D1761482

Chicas serias

Maxine Swann

Chicas serias

Traducción de Rolando Costa Picazo

emecé
lingua franca

Swann, Maxine
   Chicas serias / Maxine Swann.- 1ª ed. – Buenos Aires : Emecé Editores, 2005.
   256 p. ; 23x14 cm.

   Traducido por: Rolando Costa Picazo

   ISBN 950-04-2642-0

   1. Narrativa Estadounidense I. Costa Picazo, Rolando, trad. II. Título
   CDD 813

Emecé Editores S.A.
Independencia 1668, C 1100 ABQ, Buenos Aires, Argentina
www.editorialplaneta.com.ar

Título original: *Serious Girls*

© 2003, 2005, Maxine Swann
© 2005, Emecé Editores, S. A.

Diseño de cubierta: *Lucía Cornejo*
1ª edición: mayo de 2005
Impreso en Verlap S.A. Producciones Gráficas,
Spurr 653, Avellaneda,
en el mes de abril de 2005.
Reservados todos los derechos. Queda rigurosamente prohibida,
sin la autorización escrita de los titulares del "Copyright", bajo
las sanciones establecidas en las leyes, la reproducción parcial o total
de esta obra por cualquier medio o procedimiento, incluidos
la reprografía y el tratamiento informático.

IMPRESO EN LA ARGENTINA / PRINTED IN ARGENTINA
Queda hecho el depósito que previene la ley 11.723
ISBN: 950-04-2642-0

Para Juan Pablo

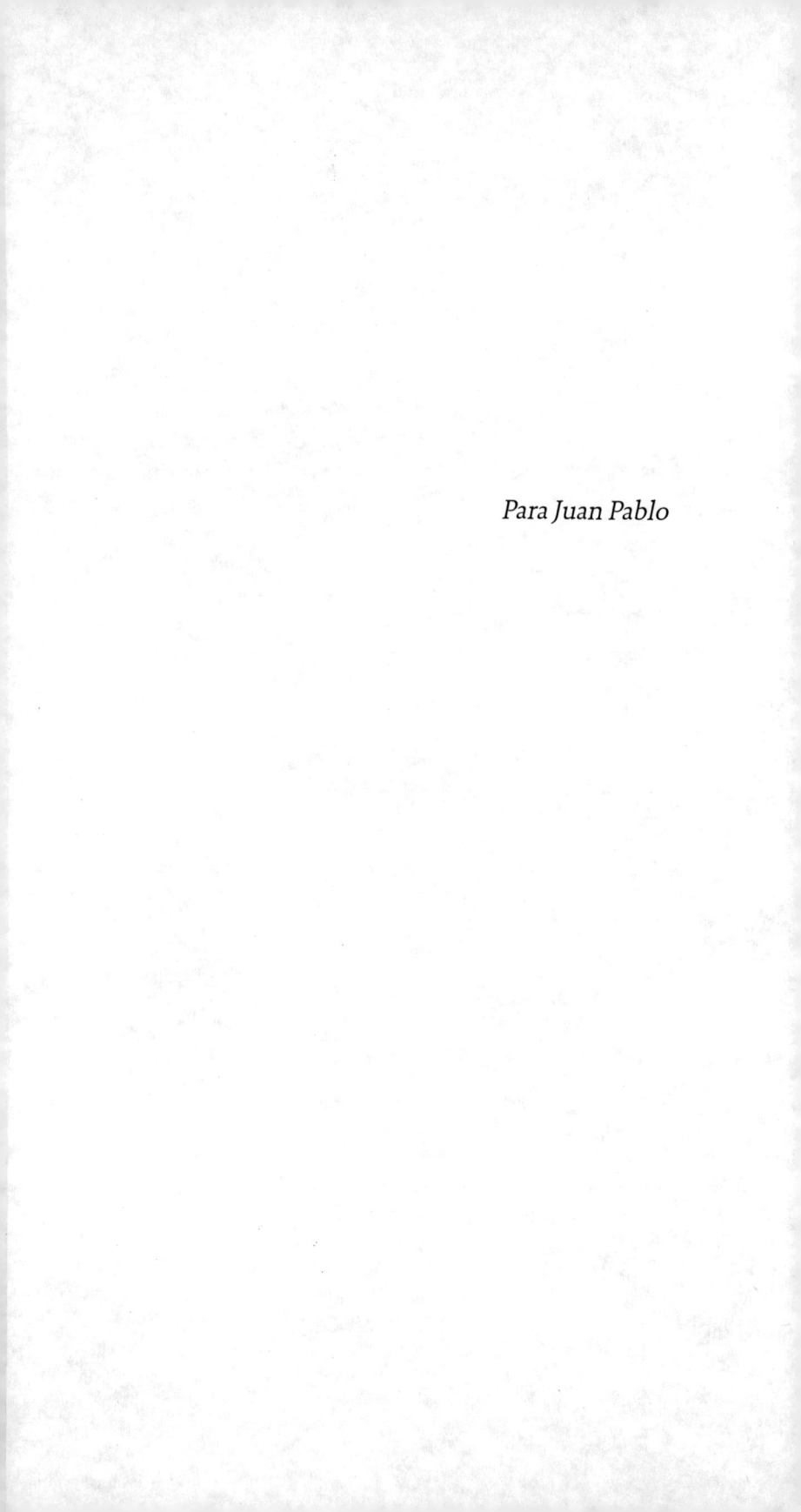

Capítulo 1

No era que extrañara mi hogar, aunque a veces recordaba ciertas cosas. Cuando iba caminando por los senderos de piedra de vuelta al dormitorio de la universidad o estaba acostada en mi cama por la tarde, de repente me acordaba de cuando estaba acostada sobre las grandes lajas de piedra junto al arroyo, mientras las sombras de las hojas me recorrían la piel. O me veía trepada a uno de los árboles frutales mientras mi madre trabajaba cerca en el jardín. Recordaba cómo trabajaba ella, siempre con tranquilidad, sin quedarse quieta nunca, y cómo me gustaba observar sus manos. Eran fuertes y bien formadas, y en el verano se le ponían muy oscuras por el sol. Cuando no trabajaba en los jardines de los demás, o, en el invierno, en los invernaderos de las granjas, trabajaba en su propio jardín. Cortaba las raíces del brezo al borde del pasto o podaba los árboles. No se fijaba en mí. Sus ojos eran de un verde grisáceo, con una tonalidad umbría, como si siempre estuviera mirando a lo lejos. Por eso, aunque tenía una cara muy bonita —todos lo decían— yo prefería mirarle las manos. Si no, pensaba en Jasper. De hecho, pasaba la mayor parte del tiempo con él, en el bosque o en sus habitaciones encima del granero. Subía la escalera y golpeaba. Él tenía puesta la música, y los ventiladores encendidos en el verano y la estufa de leña en el invierno.

—Escucha esto —me decía no bien yo entraba: siempre tenía algo nuevo para contarme. Yo recordaba esas cosas, y también recordaba la esquela que había enviado mi abuela. La encontré abierta sobre el escritorio de mi madre. "Me he mantenido fuera del asunto hasta ahora, como tú querías", le decía. "Sólo deseo esto". Y se ofrecía a pagarme el colegio. "De lo contrario, no crecerá", proseguía diciendo, "con esa vida allá en los quintos infiernos. Recuerdo muy bien esa mirada inexpresiva de la chica".

Era como empezar todo de nuevo.

Mi habitación en el dormitorio estudiantil del colegio donde era pupila estaba en una casa de madera pintada de blanco, con ventanas de postigos. Otras nueve chicas vivían allí. Los muebles —como noté desde el primer día— eran desproporcionados: la cama corta y angosta, el ropero y el escritorio demasiado grandes. Había una araña de luz eléctrica en el cielo raso, un artefacto con una mezcla de flores y hojas de enredadera verde amarillentas, con una bombilla en cada flor.

Por la tarde los dormitorios estudiantiles estaban casi siempre vacíos, los pasillos en silencio. Afuera, el pasto frente a la casa no se movía. Acostada allí, en medio del vacío y el silencio, podía imaginarme como una hoja sin el tallo flotando en el agua, pasando aquí junto a unas olas pequeñas, o más allá, un lúcido charco refulgente.

La mañana era diferente, ruidosa, aterradora. Las chicas iban y venían parloteando por el pasillo, subiendo y bajando la escalera de madera. Chillaban y se reían y daban portazos. Yo me ponía el uniforme, una túnica dura y tiesa, azul cobalto, con una blusa de cuello blanco debajo, y me sentaba en la cama, a esperar. Una vez que se habían ido todas, entonces salía tímidamente.

El oscuro cuarto de baño al fondo del pasillo tenía una ventana, en lo alto, con los vidrios pintados de amarillo. Había dos lavatorios y un espejo moteado con puntos color bronce y plata. Me miraba en el espejo. Alguien golpeaba la puerta. Yo no contestaba. Se oía un segundo golpe, más vacilante.

—¿Quién es? —preguntaba yo.

Era la chica pequeña y pecosa, cuyo dormitorio estaba dos puertas más allá del mío. Ella también debía de haber esperado. Una vez la vi hablando sola por el sendero. Cuando levantó los ojos, se sonrojó. Ah, pensé, ella también siente miedo. Pero, aun así, yo no reunía valor para dirigirle la palabra.

Afuera, los cálidos ladrillos de los edificios, los fríos senderos de piedra. Al principio me sentía confundida y no hacía más que perderme. Todo —senderos y edificios— eran iguales. Luego, bastante rápido, empecé a reconocer las cosas, a adueñarme de ellas: un grupo de frutales sorprendentemente desiguales junto al comedor, una pared musgosa al borde del camino. Un día descubrí un banco de piedra en un costado de la capilla. Frente a la capilla había una ancha extensión de pasto, el Prado, como lo llamaban. Allí era donde se reunían las chicas por la tarde. Algunas se juntaban en grupitos y charlaban; otras, con palos de hockey, le pegaban a la pelota. Yo las observaba desde el banco. Había distintas clases de chicas, como me di cuenta en seguida. En un extremo del espectro estaban las afables chicas populares; en el otro, las parias. Entre uno y otro extremo existía un terreno medio donde subsistían las demás, ansiosas por su futuro, desplazándose a veces hacia uno de los extremos, otras veces hacia el otro.

Un día, cuando estaba sentada en el banco, vi pasar al profesor de historia, Mr. Ryan, que caminaba junto a la profesora de francés, Madame Loup. Está enamorado de ella, pensé. ¿Cómo no estarlo?

Madame Loup. Su aula estaba en el piso superior. Tenía ventanas altas que daban al estanque del colegio, y una alfombra azul pálido que olía ligeramente a humo. Antes de que la oyéramos nos llegaba el golpecito de sus tacos. Y luego su voz en el pasillo, y su risa o las palabras que decía a alguien en voz alta por encima del hombro. Cuando entraba, siempre parecía sorprendida, sorprendida de encontrarnos, o de estar ella misma allí. Tenía ojos grandes y pardos, con contornos de un pardo más profundo: por lo general miraban con languidez, pero al vernos se dilataban. Hacía un chiste, o una de sus estudiantes favoritas de las primeras filas hacía un chiste, y su bien cincelada boca se abría como un relámpago, dejando al descubierto, al reírse, unos dientes largos, un tanto manchados.

Luego, con el esponjoso pelo castaño sobre los ojos, haciendo sonar los tacos, entraba con su paso bamboleante en el aula. Tenía una ropa magnífica, pequeñas chaquetas abotonadas y faldas ajustadas haciendo juego, muchas veces color marrón, con los puños y bordes de piel. Con andar negligente y desgarbado, dejaba caer sus cosas sobre el escritorio, como si acabara de entrar en su propio dormitorio de su casa. Luego se repantingaba en la silla, nos observaba entornando los ojos, y por fin comenzaba. Con su voz murmurante, de fuerte acento extranjero, nos contaba algo, por lo general algo que le había sucedido el día anterior, que relacionaba con alguna otra cosa, con una escena o un personaje de un libro —por ejemplo, una mujer en un negocio de la ciudad que se comportaba como un personaje de Flaubert— y eso constituía el discurso inaugural de ese día. Todo esto era en inglés. Aunque se suponía que debía enseñarnos francés, no era lo que le interesaba, evidentemente. Todos los días hacía que una alumna diera la lección de gramática a la clase. Por lo general, le prestaba algo de atención, aunque siempre tenía ante sus ojos sus propios papeles, pilas de páginas duras y manchadas, cubiertas de una letra muy fina que leía por encima de los anteojos mientras la estudiante daba la lección, mirándola de vez en cuando, asintiendo y sonriendo vagamente para luego volver a bajar los ojos a sus papeles.

Luego, abruptamente, impulsada por lo que parecía fastidio o inspiración, se ponía de pie y anunciaba que eso sería todo por hoy. La mayoría de las veces la estudiante se retiraba, feliz. Madame Loup se dirigía hacia la ventana y se quedaba allí, con un codo levantado y la mano suspendida ante el rostro —aunque no estaba fumando, hacía los gestos de quien fuma— y pensaba por un momento. La luz del día sobre su cara la hacía parecer vieja de repente. Hacía una pausa, luego se volvía, y, extática, hablaba el resto de la hora sobre Virginia Woolf o Proust o Sylvia Plath.

Aunque nadie podía compararse con Madame Loup, mis otros profesores también eran fuente de intensa curiosidad. Mr. Ryan, que nos enseñaba historia europea, era pequeño pero perfectamente proporcionado. Era rápido, de movimientos rápidos, de inteligencia rápida. En ocasiones se impacientaba y se enojaba y salía del aula, dando un portazo, y luego, después de un momento, volvía a entrar, sonriente e imitándose a sí mismo. Ésta era su manera usual de expresar frustración, la mímica, y era muy bueno para eso; imitaba las expresiones o posturas de las chicas cuando buscaban una respuesta o no habían hecho su tarea. Se decía que era un alcohólico reformado, con un pasado oscuro. Eso sólo agregaba encanto a su atractivo (según les oí susurrar a las chicas), y parecía sugerir que, a pesar de su situación actual —vivía con su esposa y tres hijos pequeños en la planta baja de nuestro edificio— en cualquier momento era capaz de hacer una regresión y comportarse de manera escandalosa.

A veces, mientras yo caminaba, pensando en todo esto —Madame Loup, la Guerra de las dos Rosas, los poemas de Sylvia Plath— sentía como si mi cerebro floreciera.

Reinaba una sensación de florecimiento, una sensación de miedo, en el vacío y el silencio de la tarde.

El cielo en el invierno podía tener un aspecto apagado y gris. Aunque más apacible cuando nevaba. A mi madre no le gustaba el invierno, porque aborrecía quedarse adentro, pero sí le gustaba la nieve. Cuando nevaba por primera vez, ella y su novio me llevaban a jugar afuera. Cuando jugábamos juntos en la nieve después de la escuela, me olvidaba del aspecto negro y púrpura que solía tener el cielo y de lo que había dicho la chica vecina, que si una no iba a la iglesia (nosotros no íbamos nunca), nuestro cuerpo ardería en el infierno. El cuerpo, de todos modos, pensaba yo, no podría arder con esa nieve. Pero luego, más tarde, volvía a oír la vocecita burlona en mi cabeza, y, cuando hablaba, lo hacía casi con desprecio. Más tarde llegué a conocer muy bien esa voz. Se aferraba a las cosas, como esos escarabajos que tienen ganchos en las patas, y no las soltaba. Por un tiempo fueron los cuerpos que ardían, más adelante, otras cosas.

Pero quizá, pensaba yo, había una salida. Una noche, en la cama, me imaginé que encontraba a Dios en el jardín, y trataba de explicarle. Le rogaba, sobre todo, por mi madre. Pero ¿sería bondadoso? Yo pensaba que sería triste, pero también bondadoso. Acostada allí, me imaginé que lo oía en el piso de abajo, que oía sus pisadas y el crujido de su ropa. ¡Debería haberme reunido con él en el jardín! En cambio, me quedé dormida. Ahora era demasiado tarde. Él había entrado en la casa. Era bondadoso y triste y sufriente, y, además, no le gustaba hacer eso. Sin embargo, yo debía salvar a mi madre, obstruir la puerta del dormitorio. El corazón me latía con fuerza, pero no estaba del todo despierta. Cuando por fin me desperté, pensé que había mojado la cama. Había sudor por todas partes. Pero cuando me volví a dormir, conservé en la mente la imagen de ese bondadoso, triste y sufriente Dios, que venía a hacernos mal contra su voluntad, y se me destrozó el corazón por su causa, y al hundirme más, sentí que se me volvía a romper el corazón, y me olvidé por completo de custodiar la puerta.

Durante ese primer mes en el colegio, donde estaba pupila, un día llegó un cheque de mi abuela. En el sobre había una tarjeta, con una sola línea sobre el papel color crema, con un monograma en la parte superior: "Debes estudiar francés". Volví a mirar el cheque: era de cien dólares, "para los gastos del mes". ¿Qué podía hacer yo con cien dólares? Pero fui al tesorero y lo hice efectivo, de todos modos.

Los sábados bajaba la colina hasta el poblado. Era un pueblo industrial, con hilanderías, con un río que lo atravesaba, como largas cuerdas serpenteantes color plomo. El río, y luego el poblado. Las casas eran pálidas, todas juntas. Algunas tenían porches altos. A lo largo de la calle principal había locales comerciales, un pequeño bar. En las afueras, las casas no estaban tan juntas. Yo caminaba, mirando las ventanas y los patios traseros. El dueño de una de las casas era loco por las enredaderas. En algunas había hamacas para niños. En el camino de vuelta, cuesta arriba, contaba mis pasos: veintisiete, veintiocho, veintinueve. Los números sonaban hermosos, claros y redondos. Y también en la capilla, los domingos, las palabras entre los susurros sonaban bellas y grandiosas. En la capilla, la luz era pardo amarillenta. Al escuchar las palabras, me acordé de cuando pensaba en Dios, pero me pareció que eso había sucedido hacía mucho tiempo. Todo: el arroyo, el jardín de mi madre, hasta Jasper, parecían pertenecer a un tiempo muy lejano. Me miré las manos y las muñecas sobre la falda: otra vez la sensación. No tengo nada. Mi vida empieza aquí, sin nada.

Habla con alguien, pienso, pero no puedo decir ninguna palabra.

Capítulo 2

Luego, un día, mientras cruzo el Prado, se me acerca una chica. Su uniforme, como el mío, es demasiado largo, y tampoco lleva puestos los zapatos adecuados, de cuero delgado, con cordones, como los que usan todas. Los suyos son oscuros y pesados; los míos —lo que es peor— son de gamuza.

—¿Eres nueva aquí? —me pregunta.

—Sí —le digo.

—Yo también —dice ella—. Me llamo Roe. Ven a ver lo que encontré.

Me lleva hacia el campo de juegos. La examino con cautela, de costado, mientras caminamos. Tiene una cadencia en la voz. (Es del Sur, me entero.) Es más alta que yo, con un diáfano rostro ovalado ligeramente ladeado hacia arriba, un cuello largo, y pequeños hombros inclinados. Su nariz, muy bonita, tiene la punta un poquito torcida (se la quebró una vez, también me entero), y hay en la piel de sus mejillas una extraña luminosidad.

Llegamos al borde del campo de juegos. Justo donde empieza el bosque, hay un viejo cementerio, pequeño y lleno de malezas enmarañadas. No está cercado. Del lado del bosque, unos pocos árboles se han abierto camino entre las lápidas.

—Bonito, ¿no?

Estoy de acuerdo. A unos pocos metros del cementerio hay un haya ferrugínea, con hojas verde purpúreas y lisas raíces expuestas. Roe se sienta, apoyando la espalda y los hombros contra el tronco. En el camino ha empezado a contarme un poco de su vida. Su madre murió cuando era niña. La crió su padre, un militar.

—Y él es así —dice. Hace un movimiento tajante con la mano. —Muy estricto. Hasta con las cosas pequeñas, como las uñas. Se supone que siempre hay que tener las uñas limpias. —Extiende una mano y se las mira. Hay un pequeño borde de suciedad debajo de todas. Se ríe. —Pero yo era la chica. Se me perdonaban alguna cosas.

—¿Tienes hermanos?

—Uno. Es mayor, muy diferente. —Se inclina más cerca. —Es un cristiano renacido.

—Me estás tomando el pelo.

—No —dice ella—. Y su mujer también.

—¿Está casado?

Asiente con la cabeza.

—¿Puedes creerlo? Tiene veintiún años. Ésa es la edad para casarse en mi pueblo.

La miro. Todo en ella parece cada vez más intrigante.

—¿Dónde está tu pueblo? —le pregunto.

—En Georgia —dice. Vuelve a mirarse las uñas, y trata de limpiárselas. —Nos mudábamos seguido cuando yo era chica debido a la carrera militar, pero ahora hace años que vivimos allí. —De repente levanta la vista. —¿Y tú? —me pregunta—. ¿Cómo es tu padre?

—Ah... —digo, vacilando. Estaba tan interesada en su vida que me había olvidado de la mía. —Él no, quiero decir... nunca conocí a mi padre.

—¿Se murió? —me pregunta con brusquedad.

—No —le digo—. Al menos, que yo sepa. —La miro con cautela. —Pero se fue antes que naciera yo. Creo que mi madre le dijo que se fuera. No estaban casados ni nada.

—¿Así que no lo conoces?

Sacudo la cabeza. Me siento incómoda.

Ella mira uno de los campos de juego.

—Guau —exclama—, eso sí que es extraño. Mi madre murió cuando yo era chica, pero me ha quedado una sensación de ella. Recuerdo algunas escenas, y hasta cómo era estar sentada con ella.

—¿Cómo murió?

—Un accidente. La atropelló un auto. —Pensar en eso causa una conmoción. Miro a Roe, impresionada. En mi mente ella ya había adquirido cierta importancia, pero ahora, con eso de que me he enterado, parece aumentar. Está jugando con unas hierbas de pasto entre los dedos. —En el pueblo, yo siempre era la chica que no tenía madre. —Sonríe, levantando la vista. —Creo que me daba cierto prestigio.

Me río, sorprendida, vacilo, pero decido seguir, aunque con cautela.

—Yo tuve alguien que era como un padre, sin embargo —le digo.

Me mira con curiosidad.

—¿Qué quieres decir?

—Jasper —le digo—. Al principio era el novio de mi madre, aunque tenía diez años menos que ella. Pero de eso casi no me acuerdo, yo era tan chica. Cuando no funcionó, él se quedó igual, instalándose en el granero.

—¿Él era el *novio* de tu madre?

—Bueno, sí —digo, sonriendo, confundida—. ¿Cómo, tu padre no tenía novias?

—No —dice Roe abruptamente.

—¿No? ¿Ni siquiera una vez, después de muerta tu madre?

—No —dice ella, esta vez más despacio—; al menos, no lo creo. —Hace una pausa, mirando a lo lejos. —Hay

una cosa segura. Si alguna vez me entero, lo mato.
—Vuelve a mirarme. —¿Quieres decir, entonces, que tu madre tuvo otros novios, también?

Digo que sí con la cabeza.

—Bastantes. Pero yo pasaba la mayor parte del tiempo con Jasper, de todos modos.

Roe arruga la frente, tratando de entender.

—¿Y a tu madre no le importaba que él viviera en el granero?

—No —le digo. No puedo creer que esté interesada, pero parece estarlo. Sigo hablando. —Me parece que hasta le gustaba. Él pagaba un pequeño alquiler, y hacía trabajitos en la casa, como cortar leña en el bosque o ahuyentar a los cazadores, y me cuidaba. —Le digo a Roe que Jasper solía contarme cuentos. Repartía leña a la gente, y siempre volvía con alguna historia, acerca de los tres hermanos que vivían juntos del otro lado de la montaña y todos se parecían a Baryshnikov, o sobre la loca Bella, que tenía dos hijitas y siempre andaba en líos con la ley.

A lo lejos, mientras hablo, Roe y yo oímos voces, y luego aparece un grupo de alrededor de cinco chicas que bajan corriendo la cuesta, camino a los campos de juego. Tienen palos de hockey. Miro a Roe, nerviosa. ¿Cortará el hechizo su presencia? Roe también las mira, pero sin prestarles atención. Luego, dando la espalda a los campos de juego, se vuelve, levantando las piernas y rodeándose las rodillas con los brazos.

—Suena como si te hubieras criado en medio de la nada —dice.

—Pues, sí —le digo—, me parece que de eso se trataba. Mi madre se crió de otra manera. O al menos eso es lo que siempre oí. De pequeña, pasaba la mayor parte del tiempo adentro, con niñeras. Así que de grande tomó la decisión de vivir en el campo. Sobre todo, creo, para estar lejos de su madre y de ese estilo de vida.

—¿Qué estilo de vida?

—Ah —le digo—, ¡deberías ver a mi abuela!

Una tarde de verano yo volvía del arroyo cuando vi en el sendero de entrada a la casa un largo automóvil plateado. Adentro, los asientos eran brillantes, y las puertas tenían iniciales negras. Había un hombre en el porche. Ha venido a ver a mi madre, pensé, pero no se comportaba como los otros. Cuando me vio, bajó la mirada.

—¡Marcel! —Era la voz de una mujer, proveniente del interior de la casa. Detrás de la puerta de alambre tejido alcancé a divisar un vislumbre blanco. Luego la puerta se abrió apenas para dejar ver una mano. Había un destello en la mano: sostenía una copa.

Marcel tomó la copa.

—Ha llegado la chica —murmuró a través de la puerta de alambre.

El destello de blanco hizo una pausa; miró.

—Pues, ¿qué estás esperando? —bramó la voz—. ¡Dile que entre!

La mujer que estaba adentro me pareció hermosa, y su ropa también. Llevaba pantalones blancos y una camisa con la parte delantera china. Tenía cintura grande, piernas largas. La cara era algo lobuna, con la garganta y las mejillas empolvadas. El pelo era oscuro y alisado, con las puntas curvadas como el ala de un sombrero, y usaba un perfume muy fuerte. ("El sueño de tu abuela", me dijo una vez mi madre, "era caminar en medio de una multitud y sentir cómo todos contenían el aliento".) A su lado, sobre el mostrador, se veía un balde pequeño de hielo, tres botellas, y una varilla para revolver, nada de lo cual pertenecía a nuestra casa, y a sus pies un perro pequeño y musculoso de cara achatada. El perro gruñó débilmente cuando entramos.

—Marcel —dijo la mujer—, lleva a Louis afuera. Encendió un cigarrillo y se volvió, estudiándome durante lo que me pareció un largo rato.

—¿Nos damos la mano? —preguntó por fin. Traté de dar un paso, pero no pude. Sentía las manos viscosas. Mis shorts estaban sucios y rotos por las malezas del arroyo. Me cubrí con la toalla húmeda, pero no resultó. Mis pies seguían clavados al piso.

Esa noche, para la comida, me puse mi mejor ropa. Pero mi madre estaba fastidiada, como pude darme cuenta. Cuando bajé, la vi deshojando la lechuga en la pileta, con la espalda vuelta hacia mi abuela.

—¿Dónde está Marcel? —preguntó mi madre con voz tranquila.

Marcel, el chofer de mi abuela, seguía afuera. Al parecer, no quería comer con nosotras. Mi madre insistía. Eso hizo reír a mi abuela. Al reírse, agitaba una mano que dejaba colgar, suelta, desde la muñeca, como cuando una espanta un mosquito o aplasta una mosca.

—¿Y Louis? —preguntó—. ¿Qué hay de Louis? Me parece que a la chica no le gusta. ¡Marcel! Ven aquí, y trae a Louis.

Marcel entró, seguido de Louis. A la luz de la cocina, Louis se veía diferente, todo calvo, lo que era muy raro, y parecía temblar. Ahora no gruñía, pero estaba parado con las patas tiesas, mirando fijamente, y de repente me pareció más embalsamado que verdadero.

—Lo que me gustaría saber —dijo mi abuela—, es dónde están todos los hombres. Cuando yo era una viuda joven, mi casa estaba llena de hombres. ¿No es verdad, Marcel?

Marcel asintió. Permanecía junto a la mesa, cauteloso, negándose a sentarse. Sin embargo, cuando mi abuela le dio una bebida como la de ella, él tomó la copa, y cada vez que ella se levantaba mientras comíamos para llenar su copa, llenaba la de él sin preguntarle nada.

—Yo no soy viuda —dijo mi madre, todavía de pie frente a la pileta.

Mi abuela no le contestó. En cambio, se volvió hacia mí.

—He enterrado a tres maridos —dijo.

Yo estaba nerviosa. Intenté sonreír.

—¿Dónde? —le pregunté.

Mi abuela estaba claramente complacida. Volvió a ponerse de pie y encendió otro cigarrillo. Arrastraba las palabras al hablar. Me miró con los párpados entrecerrados.

—Oh, aquí y allá —dijo—, alrededor de la casa. A uno lo enterré junto a la piscina. A Roger. Si vas a visitarme, te lo mostraré.

Yo observaba a mi abuela todo lo posible cuando ella no me miraba. A medida que transcurría la noche, arrastraba más las palabras, entrecerraba más los párpados, y a mí me parecía más y más bella. Sobre todo, yo quería decir algo que le agradara. Yo estaba segura de que podría decir algo maravilloso si se me daba tiempo para pensar. Durante la cena me devané los sesos en busca de algo que decir.

En un momento dado, mi madre salió de la habitación. Mi abuela se volvió, como si ya no pudiera contenerse, y habló en parte a Marcel, en parte a mí.

—Es realmente ridículo, este hippismo, o lo que sea, esto de pasarse todo el día cultivando hortalizas, trabajando para otra gente. Si sólo me permitiera ayudarla... pero se ha aislado. Te das cuenta de eso ¿no? Tu madre se ha aislado. —De pronto me miró directamente. —Vi a un joven hoy, que entraba y salía del granero. ¿Quién es?

—Jasper.

—¿Qué hace aquí?

—Vive aquí.

—¿Con ustedes?

—No, en el granero.

—¿En el granero? —Se rió. —Una maravilla: vive en el granero. ¿Es el novio de tu madre?

—No —contesté. Pero pensé en algo que podía decir. Tenía que hacerlo rápido, antes de que volviera mi madre. Miré la puerta con cuidado, luego me levanté y me acerqué a mi abuela. Pero cuando estuve allí, no me salían las palabras.

—¿Y bien? —preguntó, dando una pitada a su cigarrillo.

—Ella tiene novios, sí —murmuré finalmente en su oído. Oí los pasos de mi madre que volvía, y de repente me sentí avergonzada. —No le digas que te lo dije —añadí con rapidez, y volví a mi asiento.

Mi abuela se hizo hacia atrás en la silla. Sonrió.

—Pues eso sí que es interesante —dijo.

—¿Qué? —preguntó mi madre al entrar. Se veía confundida, e incluso infantil.

—Nada. —Mi abuela me miró con languidez. —Prometí no decir ni una palabra.

Me sentí culpable y rebosante de alegría a la vez. Esa noche, en la cama, no podía dormir, tratando de pensar en otras cosas maravillosas que podría decir. Me imaginaba todas las cosas maravillosas, no en palabras, sino en colores. Tendrían los mismos colores que mi abuela. El blanco de los pantalones y de su garganta, el dorado de sus numerosos anillos, el púrpura de una gran piedra tallada en uno de ellos, y de sus ojos, también, casi púrpuras.

Pero cuando me desperté por la mañana, mi abuela seguía durmiendo. Cuando volví a casa de la escuela, ya se había ido. Durante días la casa entera olía a perfume. Después, nada más que la habitación donde ella durmió. Cada día olía menos, y luego dejó de oler del todo.

Roe escucha, los ojos brillantes.

—No hay nadie así en mi familia —dice.

—Es gracias a ella que estoy aquí —digo—. Ella me paga el colegio. ¿Y a ti?

—Ah —dice Roe, bajando los ojos—. Nosotros no podríamos pagar. Tengo una beca. —Se ruboriza un momento, luego recobra su compostura y, con aspecto casi desafiante, se levanta. Camina hasta las lápidas y baja la mirada. —Así que ahora estoy aquí —dice—, y todo es muy lindo. Quiero decir, me alegro de estar aquí. —Levanta la mirada. —Lo que me pregunto es cuándo toma su curso la vida. Debe de ser en algún momento.

—Sí, así será —digo, de acuerdo con ella. Me pongo de pie con cautela, también.

—Y entonces una debe de sentirse muy diferente.

—Muy diferente, sí. —Vacilo antes de hablar. —Como una persona.

Roe se da vuelta.

—¡Exactamente! ¡Como una persona! Pero ¿qué quiere decir eso?

La miro, sorprendida.

—No lo sé.

—Yo tampoco. —Sonríe, con los ojos iluminados, como diciendo que en parte es una broma, pero también algo muy serio. —Pensemos —dice—. ¿Qué hace que una persona sea una persona?

Camina de un lado a otro, con las manos tomadas detrás de la espalda, contemplando el suelo. La observo, intrigada. Me acerco a mirar las lápidas. En algunas, las letras prácticamente se han desvanecido. En su lugar hay líquenes, en forma de diminutas hojas de lechuga.

—¿Conoces a Madame Loup? —le pregunto.

Roe levanta la vista.

—Sí —dice—. No es profesora mía, pero sé de quien hablas.

—A mí me parece que es una persona hecha y derecha —digo.

Roe asiente.

—Sí —dice—. Estoy de acuerdo, pero ¿por qué?

—Por la forma en que camina, por ejemplo. —Trato de imitarla, dejando sueltos los tobillos y las muñecas, y me tambaleo, como con tacones altos.

Roe se ríe.

—La he visto caminar así.

—Pero también por la manera en que se viste. Casi siempre de marrón.

—Sí, tiene estilo. —Los ojos vuelven a brillarle, como si se riera. —¿Qué más?

—La forma en que se ríe (descubro los dientes) y su letra…

—Hmm —dice Roe—. Pero ésa es la cuestión. ¿No tienen todos esas cosas? Supongo que lo que yo me pregunto es si existe una persona marcadamente distinta de todas las demás. —Se detiene, abriendo bien los ojos. —Y —prosigue— si el propósito mismo de la vida no es llegar a ser lo más distinto posible del resto. —Se vuelve a mí, con el rostro iluminado. Pero luego, mientras la observo, la luz se extingue. Vacila, como si estuviera irritada. —Pero ¿podría realmente ser esa la meta? ¿Qué hay de las otras cosas, la felicidad, por ejemplo? —Me mira directamente. ¿La felicidad es tu meta?

Vacilo.

—Quizá —digo—, pero no estoy segura. —Estoy pensando con mucho cuidado. Al principio, cuando una piensa, siente algo que se mueve con fuerza, el impacto de un obstáculo. Después, si una tiene suerte, el obstáculo desaparece, y hay una fresca y repentina irrigación del cerebro. —Me siento más que nada asustada —digo. Y supongo que lo que me gustaría es no estar asustada.

—¿En serio? —pregunta Roe. Las dos estamos de pie en el pasto, inmóviles, frente a frente. —Pero ¿de qué estás asustada?

Me río.

—¡De todo! —Me río del placer que me causa tan sólo el decirlo. Luego dejo de reír. —No, no de todo. En realidad, sólo me asusta la gente.

—Hmm —dice Roe, pensativa, con un temblor en la frente. —Estoy tratando de pensar si yo también me siento asustada. Me parece que sí. —Se sienta, apoyando la espalda contra el tronco del haya. —Pero creo que estoy asustada de que pueda pasar algo. Algo terrible, un accidente o alguna tragedia.

Se queda callada un momento. Me siento, no lejos de ella.

—Pero —dice—, la verdad es que no sólo es eso. En realidad, es más como que estoy segura de que ocurrirá, y sólo estoy esperando. ¡No sólo estoy asustada, sino esperando, resignada!

Se vuelve hacia mí, ansiosa. Siento una especie de estremecimiento y una oscuridad abismal. Es como si hubiéramos llegado al borde de algo, pero en vez de detenernos, hemos seguido. Cuando vuelvo a hablar, es a través de esa estremecedora oscuridad, y mi voz sale áspera y ronca.

—Yo tengo más miedo de hacer algo terrible.

La mirada de Roe me apresa, veloz y triunfante.

—¿En serio? —dice—. Qué interesante.

Hunde la barbilla en el espacio entre las rodillas y contempla, silenciosa, los campos de juego. Después de un momento o dos, levanta la cabeza.

—No —dice—, estaba tratando de imaginar si es eso lo que yo siento también, pero no lo es. Lo que a mí más me asusta es el mundo exterior.

En el camino de regreso a mi cuarto esa noche, todo se ve diferente. Hasta la luz. Hay un débil resplandor en el crepúsculo. Una vez que llego, trato de visualizar a Roe en su cuarto, y cuando no lo logro, trato de imaginarla en general, su aspecto y sus movimientos, su voz y expresiones. Pero no puedo. Es un borrón en mi mente, como un torrente de luz. Acostada en la cama, pienso en otras cosas que podría contarle, de cuando corría para alejarme de los cazadores y de la voz burlona, acerca de cómo todo en mí parece horriblemente mal. ¿Habrá sentido lo mismo ella, también? ¿Oirá alguna vez una voz burlona?

Siento, por un momento, como si el mundo hubiera empezado todo de nuevo otra vez. O, más precisamente, como si yo hubiera entrado en otro mundo —oscuro, de luz trémula— donde todo lo que he pensado o que me he imaginado o con lo que he soñado de repente se hubiera transformado en algo dicho, o que podría expresar con palabras, si me atreviera.

Roe y yo hemos quedado en volver a reunirnos al día siguiente en el cementerio. Estoy preocupada toda la mañana por la posibilidad de que ella no vaya, o, que si va, no sea la misma. Está allí, esperando, con las piernas cruzadas y extendidas, leyendo un libro debajo del haya.

—¿Qué libro es ése? —Me lo muestra: *El idiota*, de Dostoyevski. —¿Es bueno? —le pregunto.

Roe asiente. Sonríe y se levanta. Ayer fue un día calmo. Hoy hay una brisa ondulante. Roe se estremece y se tira del pulóver para ceñirlo más sobre los hombros.

—¿Caminamos un poco? Tengo frío.

Caminamos por el contorno de los campos de juego, bordeando los árboles.

—¿Qué clase de libros lees?

Al principio mi mente queda en blanco. Nunca nadie me ha preguntado eso. O, más bien, como alguien que tropieza, tengo demasiadas cosas para contestar, pero nada claro. En mi mente todo es confusión, ambientes y escenas y personajes todos mezclados y cayendo en tumulto de los libros que he leído en mi vida, en la biblioteca, en el ómnibus de la escuela, o sentada en el jardín de casa.

—*Jane Eyre*—digo sin seguridad— es uno de mis libros favoritos.

Los ojos de Roe se iluminan. Ella lo ha leído, también. Y luego, a medida que proseguimos enumerando libros, coincidimos en todos.

A Roe le encantan las novelas rusas, dice. Luego, acostadas sobre el pasto tibio, con la brisa que sopla arriba, hablamos de *Ana Karenina*, la única que he leído yo.

—¿Te sorprendiste cuando lo hizo? —pregunta Roe—. ¿Que se tirara delante del tren?

—Sí —le digo—. ¿Tú no?

Roe no responde. Está acostada de espaldas ahora, mirando el cielo.

—¿Tienes miedo de morir?

Estos cambios de ella, estas preguntas bruscas, me sobresaltan. Pero me gustan.

—No, en realidad no —le digo. Un avión vuela alto sobre nosotras, silenciosamente. Resplandece, traza un rastro de blanco. —Si muero, muero —digo—. Son otras cosas las que asustan.

—Estoy de acuerdo —dice Roe. Ríe.

Le lanzo una mirada. Alcanzo a ver su perfil a través de los tallos del pasto. Parece sonreír, pero no puedo estar segura. Mueve unas cuantas briznas con el aliento.

—¿Has tenido sexo ya?

—Sí. —Lo dice de una manera natural.

—¿En serio? —No me esperaba eso. Me siento, ruborizándome. —¿Cómo fue?

Roe rueda, poniéndose de costado y sosteniéndose con el codo.

—No lo que yo esperaba, pero lindo. Nos escabullimos de mi padre. Quizás eso fue lo más excitante, escabullirse. ¿Nunca quisiste hacerlo?

Me río, nerviosa.

—Un día, sí, quise hacerlo. —Hago una pausa. —Una vez lo hice, con el chico vecino, pero —hago una mueca— no fue lindo.

—¿Por qué? —pregunta Roe, riendo.

—Me parece que él no sabía cómo hacerlo. Me llenó de saliva la cara. —Me acuesto otra vez y miro las hojas, levantando la vista. —La gente parece actuar siempre como si la vida empezara sólo después que se ha tenido sexo.

—No es así —dice Roe—. Créeme.

Eso es un alivio.

—¿Cómo, entonces?

Roe me mira con ojos resplandecientes.

—No lo sé —dice—. Pero, ¿no es eso lo que queremos descubrir?

Roe y yo volvemos a reunirnos en el cementerio al día siguiente, y también el día después. Le muestro el banco junto a la capilla y la llevo para que vea el estanque. Pasamos horas en el cuarto de una u otra. Comemos juntas, estudiamos juntas, y en la mitad, nos detenemos. Acostadas en su cama o en la mía, hablamos de nuestro cuerpo.

—Ojalá mis pantorrillas fueran más llenas, como las tuyas.

—Pero tienes lindas pantorrillas. Al menos, bien formadas.

—¡Pero de eso se trata! A mí me parece que no tienen forma.

—Cuando era chica, quería tener pelo negro ensortijado, de ese tono azulado.

—Sé a qué te refieres. Yo deseaba no tener nariz.

—¿De verdad?

—Sí. Me parecía que sería mucho más lindo.

Otras veces nos preocupamos porque carecemos de centro.

Pero, ¿qué es el centro? Una cosa densa, interior, que siempre es la misma. Como el alma, ¿entonces? Bueno, sí, pero, ¿qué es el alma? Eso nunca lo entendí. ¿Es tu alma como la mía? ¿Son iguales todas las almas? ¿Podrías reconocer el alma?

La luz se va haciendo más oblicua. Finaliza septiembre. Las hojas empiezan a cambiar de color. El haya ferrugínea toma un brillante dorado cobrizo. Ya no me quedo esperando en mi cuarto. Ya no tengo tiempo. Cuando no estoy en clase, o estudiando, vengo de ver a Roe o voy camino a verla. ¿Y las otras chicas? Ya no oigo su clamor en los pasillos.

Roe también reconoce sentirse intimidada ante las otras chicas, sobre todo en los primeros días en el colegio. También ella, cuando sale, siente que su cara es tan fea e informe, que quiere cubrírsela con las manos.

—Además —dice—, tengo este acento cuando hablo. Y soy pobre. —Dice esto último con naturalidad, o trata de que suene así, pero al mismo tiempo se pone colorada.

—Nadie se daría cuenta —le digo—. Al menos, yo no.

—Sí, lo saben —dice—. Esta gente lo sabe.

No es que no sigamos admirando a las otras chicas, e incluso envidiándolas. En absoluto. Pero son como un espectáculo que observamos. Lo único que queremos es pasar más tiempo las dos juntas.

—¿Quién es ése? —pregunta Roe un día, cuando estamos en mi cuarto. Hay una fotografía de Jasper sobre mi escritorio. Es la única fotografía que he sacado.

—Jasper —le digo.

—Estás bromeando. —Roe toma la fotografía, la examina de cerca. —¡Es tan joven! ¿Cuántos años tiene ahora?

—Treinta y dos —le digo.

—¿Y tu madre?

—Ella tiene cuarenta y dos.

—Y es buen mozo.

—¿Te parece? —le pregunto. Jasper es rubio, y lleva el pelo atado en una cola de caballo. En realidad. Nunca pensé en si era buen mozo o no.

Roe vuelve a poner la foto donde estaba, y la mira.

—¿Lo extrañas?

Me encojo de hombros.

—En cierto modo, sí —digo—. Nos escribimos cartas. Él me manda una carta casi todas las semanas. —Tengo una pila sobre el escritorio. —Pero en otro sentido, es cómico. Casi tengo que forzarme para pensar en él, como si todo ese mundo ya no existiera. Y tú, ¿extrañas algunas cosas? —le pregunto.

—A mi amiga Laura, a veces —dice Roe. (Me ha hablado de Laura, su amiga de la infancia. "Ya la conocerás. Es una rareza. Ya verás", me ha dicho Roe, obviamente orgullosa. "No hay nadie como ella en mi pueblo".) Pero no extraño a mi padre —sigue diciendo—, al menos, todavía no. A lo mejor eso es porque debo llamarlo todos los domingos —pone los ojos en blanco—; se lo prometí.

Otro día, después de clase, estamos sentadas en el cuarto de Roe.

—La gente tiene hábitos —dice Roe—, y preferencias.

—Sí, ya sé, pero ¿cuáles son los nuestros?

Roe y yo bajamos la colina hasta el pueblo. Vamos al pequeño bar y pedimos café. Estamos de acuerdo en que *Jane Eyre* es mejor que *Cumbres borrascosas* y que Mr. Ryan es el profesor más apuesto del colegio. Odiamos los paraguas y el papel con renglones, preferimos los marcadores de punta de fieltro a los bolígrafos. Nos gustan los zapatos de taco sólido. Cuando seamos viejas, pensamos llevar bastón. Deseamos ser viejas porque nos imaginamos que para entonces ya habremos dejado de preocuparnos por cualquier cosa y podremos sentarnos juntas al sol, con las piernas en alto sobre un banco. Por otra parte, tenemos un miedo terrible de convertirnos en amas de casa. Juramos que jamás aprenderemos a cocinar ni a planchar ni a coser, y no podemos comprender cómo alguien quiere cocinar o planchar o coser. Casi no nos cepillamos el pelo. No nos gusta el pelo cepillado. Aunque las dos tenemos el pelo hasta los hombros, planeamos cortarlo pronto, y llevarlo muy, muy corto. Y planeamos dejar de comernos las uñas algún día, no ahora, y leer muchas, muchas cosas. Cuando empezamos a nombrar los libros y los escritores que leeremos, al final sentimos que la cabeza nos da vueltas. Nos imaginamos cómo será cuando viajemos juntas, una sentada al lado de la otra en los trenes del extranjero. Por la ventanilla vemos pasar el mundo a la carrera, terrenos llanos o rocosos, pálidos o azules o verdes.

Los colores que nos gustan son el azul, el verde, el negro, el marrón, en ocasiones el púrpura. No nos gusta ni el amarillo ni el rojo. Sobre la pared de su cuarto, Roe tiene dos reproducciones de cuadros de mujeres en un ambiente tropical, en que sus faldas y vestidos parecen parte del follaje. Roe dice que le gustaría vivir en un lugar tropical. Yo le digo que a mí podría llegar a gustarme, aunque extrañaría la nieve.

Decimos estas cosas, pero al mismo tiempo no podemos imaginar en realidad que alguna vez viviremos en algún lugar o poseeremos cosas, una casa, un jardín, o un auto, o nos comportaremos igual que otra gente. Cuando caminamos por el pueblo y vemos la gente que entra o sale de sus casas, nos parecen extranjeros, casi como de otra especie. Pero hay otra cosa, además.

—Siento como si estuviéramos esperando.

—Yo también. Pero ¿esperando qué?

¿El futuro? ¿A nosotras?

Roe y yo nos embriagamos mutuamente con nuestros pensamientos. Tratamos de describirnos cosas, la una a la otra, nuestros sentimientos y situaciones que nos parecen tan complicados y sutiles que no podemos creer que sea posible describirlos. Roe me cuenta que una noche, tarde, cuando estaba sentada en el jardín, vio salir a su padre y lo oyó maldecir las flores.

—A veces yo oigo una voz en la cabeza —le digo yo—. Una voz burlona. Dice toda clase de cosas. Espera hasta que encuentra algo que me asusta en serio, y entonces lo repite una y otra vez.

—¿Por qué?

—No lo sé. No sé lo que quiere. Pero siento a veces que está tratando de destruirme.

Otra vez le cuento de cuando huía de los cazadores. Cuando los cazadores iban al terreno alrededor de nuestra casa, aunque no les estaba permitido hacerlo, Jasper salía a perseguirlos. Él estaba cortando leña detrás de la casa, y si oía un disparo, soltaba el hacha. Mi madre le decía que tuviera cuidado, que los cazadores muchas veces estaban borrachos, y todos tenían escopetas, por supuesto, pero eso no parecía preocupar a Jasper. Una vez encontró una cierva medio muerta junto al camino, malherida, y trató de salvarla; la puso en la parte de atrás de su auto y la llevó a casa, pero cuando llegó se había muerto.

Una noche, en que había vuelto a quedarme hasta tarde, yo bajaba corriendo la ladera de la montaña, con el aire fresco y oscuro en la cara y en las piernas, cuando me enfocó de repente un reflector. Cegada, me quedé paralizada. Oí risas, voces. Luego alcancé a ver en la penumbra un grupo pequeño de figuras, un camión detenido de costado en el camino. Corrí hacia un lado, fuera de la luz del reflector. Más risas. El reflector me siguió. Corrí hacia el otro lado, una y otra y otra vez, esquivando la luz entre los árboles, pero el reflector seguía persiguiéndome, hasta que finalmente di media vuelta y eché a correr lo más rápido posible en el sentido en que había venido, colina arriba, y luego bajé un largo trecho por la ladera opuesta, hasta llegar a la casa del vecino, donde golpeé y golpeé la puerta. Estaba temblando, sentía la piel helada, cuando me hicieron pasar. Pero no quería contarles lo que había ocurrido, y más tarde, cuando mi madre y Jasper vinieron a buscarme, tampoco a ellos les quise contar nada. Cuando llegamos de vuelta a casa, mi madre me metió en la cama, pero yo no dejaba de temblar, e inclusive luego de que ella calentó las frazadas junto al fuego, yo seguía temblando, y por primera vez en mi vida vi que mi madre estaba asustada.

Roe escucha.

—Mi padre tiene un arma —dice.

—¿Sí? ¿Sale a cazar?

—No —dice ella—, sólo la tiene. En la casa.

—¿La usa alguna vez?

Mira a un costado.

—No, que yo sepa. Quiero decir, en el ejército, sí. Estoy segura de que mató gente. Y mataría a alguien también ahora, estoy segura, si lo creyera necesario.

Roe y yo tenemos dieciséis años. Yo soy unos meses mayor, pero Roe, al parecer, ha visto más del mundo, mientras que yo sólo conozco muy bien un lugar, y por esto, y por otras cosas, no somos para nada iguales.

Roe escucha música, y yo no. Siente un interés fluctuante hacia Heathcliff; yo no. Yo estoy perdidamente enamorada de Mr. Rochester, y siento una fascinación irreprimible por Madame Loup.

Roe es dueña de unas botas de montar de goma que le llegan hasta la rodilla. Tiene un capote del ejército roto en las costuras. Compró las dos cosas en negocios de segunda mano en su pueblo de Georgia. Cuando no tiene puesto su uniforme, Roe usa ropa de hombre, pantalones y chaquetas y zapatos de hombre, que ha comprado en negocios de segunda mano o ha sacado del ropero de su padre en su casa. Desde que llegué al colegio, yo no sé ya qué me pongo.

—Muéstrame lo que tienes —me dice Roe. Abre mi ropero y mira mis cosas. —La clave, por supuesto, es encontrar tu propio estilo. Esto, por ejemplo —saca mi impermeable de tela con forro estampado— o esto (un suéter gris con rayas negras en los puños).

A Roe le gusta el agua; a mí me gustan los bosques. Ha pasado años junto al mar. Adora el sonido de las olas. Yo ni siquiera puedo imaginarme cómo suenan las olas. Lo que yo oigo, en cambio, son los sonidos del bosque, los sonidos de las plantas y de pequeños animales y de los árboles. Me gustan mucho las plantas y los árboles, pero Roe les tiene miedo a las cosas que crecen y echan ramas. Sus pesadillas con frecuencia tienen que ver con cosas que brotan, raíces blancas que crecen y se aferran a las cosas.

Yo casi nunca recuerdo mis sueños. Roe recuerda los suyos. Me los cuenta con una precisión alucinante, de modo que muchas veces parecen más reales que el día en que estamos.

Para el deporte obligatorio, yo elijo fútbol, Roe, ballet.

Un día, después del deporte, mientras cruzábamos por el pasto en vez de tomar un sendero, un profesor de pelo gris oscuro cuyo nombre no conocíamos vino corriendo con furia detrás de nosotras. —¿Qué pasa? ¿Quiénes son ustedes? ¡Hay un sendero espléndido, pero ustedes se empecinan en arruinar el césped!

—Perdónenos, señor —dijo Roe—, pero estábamos absortas conversando.

Su voz tenía un acento sureño más pronunciado que de costumbre, y me di cuenta, sorprendida, de que estaba actuando.

De niña, a Roe le enseñaron los rituales de la cortesía —en esto su padre también se mostraba estricto— pero, además, no deja de gustarle representar roles dramáticos y fingir que es alguien distinto. A mí me parece que no sé actuar, y que, en cambio, me quedo paralizada, como el día en que me encontré con Mr. Ryan junto al estanque.

—¿Eso te pasó? —me pregunta Roe.

—Sí. Fue antes de conocerte.

—¿Qué pasó?

Se lo cuento. Yo estaba arrodillada, mirando el agua —llena de algas, color verde oscuro— cuando vi que se acercaba, con la cabeza inclinada, por el sendero. Él no me había visto. Me quedé helada y luego, por los nervios, me puse de pie abruptamente. Él se asustó y dio un salto. Para entonces, ya estaba muy cerca.

—Ah, hola —dijo—. Perdón por asustarte.

—No... —dije yo.

—Sí, es verdad. Fue al revés. Fuiste tú quien me asustó. —Sonrió, distraído, y siguió camino.

Roe quiere aprender ruso. También quiere ser fotógrafa. Tiene una cámara pequeña de plástico que le regaló una maestra de su escuela hace años. En una caja de zapatos guarda fotografías en blanco y negro que un día saca para mostrarme. Son de lugares o de gente de su pueblo: un árbol cubierto de húmedo musgo, un perro echado fuera de un edificio, una fila de chicos mirando bizcos el sol.

—El comienzo de mi brillante carrera —dice.

Le cuento que yo tenía un cuaderno en el que escribía las historias que me contaba Jasper, y que luego, después de un tiempo, empecé a inventar mis propias historias.

—¿Eso es lo que quieres hacer, escribir?

—Sí —digo. Lo he pensado antes, pero nunca lo he dicho en voz alta.

Nos imaginamos a ella dentro de unos cinco años, junto al Mar Negro con su cámara, fotografiando escenas rusas, y a mí, vestida de marrón, escribiendo en París.

Mientras charlamos, el pequeño bar se llena y luego queda vacío alrededor de nosotras. Hay dos camareras. Una es alegre, de piernas carnosas; la otra, fuerte y delgada, siempre pone los ojos en blanco. Pero a esta hora las dos se comportan de igual manera. Lánguidas y aburridas, se apoyan, desgarbadas, sobre el mostrador, mirando hacia afuera, aguardando el fin del día. Cuando no charlamos, Roe y yo también miramos por la ventana. Siempre tratamos de conseguir un reservado junto a la ventana para poder mirar la calle. Por lo general vemos la vida diaria del pueblo, la mujer policía poniendo multas en los autos, chicos jugando en el baldío, calle abajo. Golpean la maleza con palos o tratan de trepar la verja. Un día vemos a una chica del colegio, mayor que Roe y yo, con actitud furtiva, fumando un cigarrillo a la sombra de un edificio de una esquina. Cada vez que pasa alguien, pone el cigarrillo detrás de la espalda, con miedo de que sea un profesor y la descubran.

A Roe y yo nos encanta cuando empieza a llover. Despacio al principio, la calle empieza a llenarse de gotas, y luego más fuerte; la calle se pone oscura y llena de gotas que bailan. Roe y yo pedimos la cuenta. El cielo se oscurece; las fachadas de los negocios se tornan borrosas. Nos ponemos el abrigo. El cielo se raja. Salimos a la calle. Hay un rugido arriba, y luego la lluvia se precipita.

Afuera, una cortina de agua cae ante nuestros ojos. Vistas a través de la lluvia, las casas parecen inclinarse colina abajo. Seguimos la misma dirección. La lluvia cae copiosamente sobre nosotras mientras caminamos. Cae sobre nuestra cara y se nos mete en la boca. Nos corre por las piernas y se escurre en nuestros zapatos. Se nos empapan los pies. El pelo se nos pone pesado y se oscurece. La ropa se oscurece y cuelga. Seguimos caminando. ¡No nos importa! La calle se ensancha donde termina el pueblo. Hay un centro comercial y luego el río, más allá. Nos encaminamos hacia el río. La lluvia es densa. Apenas si podemos ver algo delante de nosotras. Si queremos hablar, tenemos que gritar. Casi no podemos vernos la una a la otra, pero lo que alcanzamos a ver nos hace reír: una absurda cosa apelotonada de pelo espeso, una bruja o un fantasma. ¿Y si nos ve alguien? Que nos vean, no nos importa, no nos importa si se nos arruina el uniforme, si se nos rompen los zapatos, si nos da fiebre y nos llevan a la enfermería, si nos pescamos una enfermedad horrible y nos morimos. Estamos de acuerdo en que no tememos a la muerte, aunque —como hemos decidido— tememos a algo.

La lluvia amaina. Llegamos al río. Es gris opaco, como siempre, pero ahora rápido, de un modo excitante. Estamos paradas en el puente y mirando hacia abajo. Roe tirita. Dice que oye una voz burlona, también.

—Sólo que no es una sola voz. Hay dos voces pugnando. Hay una voz que lucha contra la voz burlona.

—¿En serio? —le pregunto—. ¿Le dice que se calle?

—Bueno, sí —dice Roe. Levanta la cabeza y se despega el pelo de la cara. —O al menos le responde.

—Y ¿cuál de las dos gana? —insisto.

Roe vuelve a bajar la vista hacia el río. Hace una pausa, meditando.

—Creo que depende.

Del otro lado del puente hay vías de tren que bordean el pueblo. A veces Roe y yo vamos a sentarnos debajo de un refugio techado de madera y esperamos que pase el tren. En ocasiones hay una mujer allí, de unos cuarenta años. Que va a ver a la familia de su hermana, según nos explicó una vez. Tiene un bolso amarillo y por lo general lleva comida, una torta o un guiso en una cacerola alta. Un día había un hombre joven de pie fuera del refugio, junto a las vías, bajo el sol. El sol caía sobre la grava y las vías y sobre el pelo del hombre, liso y oscuro. Delgado, de mirada insolente, fumaba un cigarrillo tras otro. Nosotras lo observábamos desde el refugio de madera, espiando por los resquicios entre las tablas. Tenía unas sombras delicadas bajo los ojos. Sobre un hombro llevaba una pequeña valija de cuero.

—Pidámosle un cigarrillo.
—Te desafío a que lo hagas.
—¿Sí?

Roe se puso de pie de repente y salió del refugio. La observé cuidadosamente a través de las hendeduras de las tablas. Se mostró muy decidida al principio, luego vaciló, y se ruborizó. El hombre estaba mirando al otro lado. Roe se aclaró la garganta. Él se dio vuelta, sorprendido. Ella habló con su fuerte acento sureño. Él la miró con fijeza. Era como si la estuviera clavando con sus ojos negros. De pronto yo ya no me sentía sólo nerviosa, sino con miedo. ¿Creería él que ella estaba sola? El pelo y los ojos del hombre brillaban como las vías. Me sentí confundida, luego imaginé ver todo con claridad, él que agarraba a Roe del cuello, ella que abría la boca, el pelo al viento, y detrás de ellos el traqueteo clamoroso del tren. Me levanté de un salto y salí corriendo del refugio. Los dos me miraron, sobresaltados. Estaban en silencio. Las vías, vacías. Roe tenía la cabeza ladeada, con un cigarrillo en los labios. El hombre joven, a un paso de distancia, extendió el brazo hacia ella. Hizo chasquear un encendedor con naturalidad, una vez y otra, mientras Roe, con el pelo caído hacia adelante, se acercó e inhaló.

—Gracias —dijo Roe, pero tenía la voz tensa. Trató

de sonreír, pero en cambio tosió, apenas al principio —el humo le salía por la nariz y la boca— y luego fuerte, con violencia, doblándose en dos. El hombre sonrió de manera forzada. Roe se puso toda colorada y dio media vuelta. Todavía doblada, vino hacia mí. Tenía la cara arrebatada, y las venas del cuello resaltaban contra su piel. La seguí de vuelta al refugio, y ambas nos sentamos.

—¿Estás bien? —le pregunté.

Asintió. Tosía con menos violencia, pero todavía no podía hablar. Me dio el cigarrillo encendido. Lo tomé y di una pitada. Después de unos segundos, yo también sentí un obstáculo en la garganta. El obstáculo se hizo más grande. Me hice hacia adelante, estirando el cuello, y tosí.

—¡Shhhh! —exclamó Roe.

El hombre joven seguía allá afuera. Traté de toser sin hacer ruido, tomándome del banco. Pero no era sólo la tos. Me sentía mareada. Sentí como que me hundía en el piso. Le devolví el cigarrillo a Roe. Roe se aclaró la garganta y volvió a inhalar. Sus labios estaban muy delgados y pálidos, como bajo una gran tensión. Tenía los ojos colorados, y también alrededor de los ojos. Nunca la había visto tan enferma.

—Toma —susurró.

Volvió a darme el cigarrillo. Ella seguía reteniendo el humo. Di otra pitada y también retuve el humo. Las dos estábamos en silencio, pálidas y sin respirar. Luego Roe tuvo una convulsión. Esta vez no era sólo tos. Sonaba más como un jadeo, como un ataque, supuse. Pensé que se estaría ahogando, pero luego me di cuenta de que se estaba riendo, y no era su risa normal, lagrimosa y estridente, sino una risa estrangulada, llena de humo. Yo también empecé a reírme. Luego paré. Me apreté la garganta. Me dolía tanto, que era como si me hubiera arrancado la piel.

Justo entonces llegó la mujer del bolso amarillo, pero en lugar de saludarnos, como hacía siempre, nos lanzó una mirada de desaprobación y pasó de largo, apostándose a unos pasos del refugio. Durante unos minutos se quedó allí, tiesa, echando miradas rápidas y furtivas por encima del hombro hacia nosotras y en dirección al hombre joven, que otra vez estaba fumando, hasta que Roe, que reía y tosía y trataba de contenerse, ya no pudo más, se levantó y salió corriendo del refugio, extendiendo el brazo hacia atrás con el cigarrillo a medio fumar y exclamando "¡Tómalo! "¡Tómalo!" mientras yo, también a punto de sufrir un colapso, la seguí, y ambas llegamos a duras penas hasta el puente.

Pero hoy, en lugar de detenernos junto a las vías, Roe y yo seguimos camino a lo largo del río, pasando por unas casas diminutas encaramadas tras jardines embarrados. Algunas parecen a punto de desplomarse y hundirse en el río, mientras que otras son prístinas, de persianas azules o rojo cereza. Pasamos al lado de un muchacho con botas de goma que observa con expectación la creciente del río. Un auto se detiene frente a su casa. Él corre hacia adentro. Ha parado de llover. Un sol pálido, oblicuo, ha empezado a asomarse lentamente.

—Jane Eyre tiene respeto por sí misma. No hace más que repetirlo. Pero ¿qué quiere decir?

—No es orgullo.

—No, definitivamente no es orgullo. Es algo mucho más sólido.

—¿Otras personas también lo tienen?

—¿Lo tenemos nosotras?

El capote militar de Roe está seco en los hombros, pero el ruedo sigue chorreando agua. Damos vuelta en un callejón y, haciendo un círculo, nos dirigimos de regreso al centro del pueblo. Desde el callejón vemos la parte trasera de todo: setos, cercas, casas, autos. Hay garajes y tachos de basura. Todo está aún mojado. Las cosas están más oscuras, pero brillan. El pavimento del callejón está agrietado. Se hincha y se rompe. El pasto crece en las hendiduras.

En la calle principal, otra vez damos la vuelta. La camarera fuerte y delgada del café está subiendo a su auto. Es verde azulado. Todavía lleva puesto su uniforme de camarera. Pone los ojos en blanco al ver lo mojadas que estamos.

Nos dirigimos cuesta arriba, deteniéndonos primero en el *drugstore* a comprar bolígrafos y goma de mascar, y luego en el negocio de segunda mano, que en realidad vende cosas para mujeres —tiene en letrero afuera— para ver si hay algo nuevo. Es una casa ancha, de ventanas con gabletes. Sobre el buzón hay una campana con una soga. La hacemos sonar y esperamos. Después de un momento, la mujer nos hace pasar. Adentro, la habitación del frente, de cielo raso alto, está atestada de cosas, muebles, lámparas, alhajas, platos y copas, percheros con ropas de tonos oscuros, una hilera de zapatos viejos. La mujer, recelosa al principio, ahora nos conoce. Ya nos ha vendido dos trajes de pantalones largos, una pluma de pavo real, una lámpara, un par de zapatos de hombre. La mujer, de unos sesenta años, se viste raro, igual que Roe. A veces, por ejemplo, tiene puestas pantuflas de plumas, o alguna combinación extraña, como una polera con un chaleco de angora encima. Tiene una cara traviesa, mofletuda, y ojos de una expresión a medias audaz, a medias temerosa.

Roe echa una mirada experta por el local. Ha comprado en negocios de segunda mano toda la vida, y tiene mucha experiencia.

—Mira —le dice la mujer, observándola—, esto es nuevo.

Levanta un bolso de lamé dorado. Roe sacude la cabeza y sonríe. La mujer sonríe. Vuelve a poner el bolso sobre una pila de carteras, pero mientras todavía lo sostiene con una mano, echa una mirada incierta por la habitación. La mujer es un misterio para nosotras. Nunca parece salir de su casa. Entonces, ¿cómo acumula todas esas cosas?

Aguardamos. Después de unos segundos, recorre la habitación, tocando aquí el cuello de una lámpara, allí una silla baja de caña. Todas las veces es un ritual. Nos muestra lo que es nuevo. Roe y yo miramos lo que nos muestra, luego miramos solas. Roe pasa la mano por los pantalones de hombre, colgados en una percha. Yo nunca sé qué hacer, exactamente. Abro los cajones de algunos muebles. En uno encuentro un mechón viejo de pelo. Lo cierro sin decir nada, luego miro a la dueña del negocio. No es de ella.

Ella está de pie al lado de la ventana. Mueve la persiana a su espalda, pero es una persiana blanca y delgada, que filtra la luz al dejarla entrar. Tiene las manos enlazadas, pero levantadas, cerca del estómago, y está inmóvil ahí, esperando. Tiene la mirada casi exclusivamente fija sobre Roe. Roe casi siempre compra al menos una cosa. Hoy es un peine de marfil.

Afuera, el sol está dorado y tiene una tonalidad dorada. Cuando subimos la colina, el viento nos vuela el pelo sobre la cara, luego, cuando damos vuelta por un recodo, lo empuja hacia su lugar.

—Siento como si no tuviera expresión en la cara —digo.

—No temas —me dice Roe—; te reconozco.
—¿Sí?
—Sí.
—¿Hasta cuando no estoy contigo? ¿Si me ves caminando?
—Pues, sí, tienes tu manera de caminar.

Capítulo 3

Debe de ser alrededor de ese tiempo cuando encontré el vestido. No recuerdo con exactitud, sólo que un día, después de clase, Roe y yo pasamos por el negocio de segunda mano otra vez. Es mediados de octubre. Ha estado lloviendo otra vez, y hace más frío. Hojas brillantes y húmedas cubren completamente el suelo. La mujer no acude cuando hacemos sonar la campana. Esperamos, y cuando estamos a punto de irnos, oímos un ruido amortiguado: es ella, manipulando torpemente el picaporte. Tiene puesta una bata floreada. Pero eso no es lo extraño. Es su cara. Tiene maquillaje, sombra de ojos azul y lápiz labial rosado pálido, que se le ha corrido por una mejilla. Bajo la bata lleva puesta una *negligeé* negra.

—Hace frío —dice una vez que hemos entrado. Examina nuestra ropa: Roe tiene puesto su capote militar sobre el uniforme, yo mi impermeable de tela. —¿No necesitarán abrigos? —pregunta.

—Sí —dice Roe con imprecisión, mirando alrededor.

La mujer camina hasta un perchero con abrigos en el fondo del cuarto. Roe y yo la seguimos, pero antes de llegar algo me llama la atención, una franja de color verde pálido entre las pilas de ropas oscuras. Extiendo la mano, la toco. Es un vestido, que resulta horrible cuando lo bajo.

Roe se vuelve.

—¿Encontraste algo? —me pregunta.

Vacilo, turbada, luego le muestro el vestido. Tiene mangas pequeñas y talle alto. Roe lo mira, sorprendida. Por un momento creo que se va a reír. Pero no.

—Sosténlo frente a ti —dice. Obedezco. Ladea la cabeza, observando. No está convencida, pero tampoco lo descarta. —La única forma de saberlo es si te lo pruebas.

—Sí —dice la mujer. Se dirige a una cortina que cuelga en un rincón y la corre.

Llevo el vestido detrás de la cortina, donde está oscuro, y me lo pongo. Hasta en la oscuridad me doy cuenta de que me queda bien. Pero no es sólo eso. Cuando salgo, Roe también se da cuenta. Se le ilumina el rostro.

—Ven —me dice, y me hace dar una vuelta. La falda se hincha levemente, luego cae sobre mis rodillas.

—Sí —murmura la mujer, poniéndose al lado de Roe—. Le queda bien. Jamás lo habría pensado, pero es así.

Ésa es la palabra. Me queda bien. Es como una solución improbable pero incuestionable de una situación difícil. Roe y la mujer también lo ven así.

—¿Qué hay del pelo? —pregunta Roe.

—Levantado, ¿no? —dice la mujer. Busca una hebilla y me recoge el pelo y lo levanta.

—Muy bien —dice Roe una vez terminada la operación. Me doy vuelta. De repente, en el espejo, me veo de edad indefinida, muy joven o mucho mayor. La mujer saca del bolsillo de su bata un lápiz labial en estuche plateado. Pone una pizca de lápiz labial rosado, el que tiene puesto ella, sobre mi labio inferior.

—Roza los labios ligeramente. —Me muestra cómo, luego observa cómo lo hago.

—Ahora, zapatos —dice Roe.

Buscamos juntas en la hilera de zapatos, zapatos de tacones altos, de tacones bajos, botas, pantuflas, sandalias, chinelas, zuecos. Roe me da unas botas con botones en el costado y luego un par de sandalias blancas de taco cuadrado. Pero no importa. Todas lo sabemos, la mujer también. Basta el vestido, y el peinado. Todo lo demás queda bien, o no importa. Yo ya he debutado, he pasado el trance.

—Pero no debes usarlo ahora —dice la mujer rápidamente. Ya he pagado el vestido, pero todavía lo tengo puesto. —Hace frío.

—Ah, pero debo hacerlo —digo, sorprendiéndome a mí misma.

Los días en que hay clase, no importa dónde una esté, se supone que debe usar el uniforme. Pero mi impermeable no es bastante largo para ocultar el vestido. Mientras caminamos colina arriba con Roe, con el uniforme que hace un bulto en mi cartera, luciendo el vestido verde plateado que no puede ver nadie, trato de imaginarme qué aspecto tendría yo antes, cuando venía al pueblo. Diferente, con toda seguridad. De ninguna manera igual que ahora.

Algo pasa, y una se olvida de tener miedo. Cuando era pequeña, solía imaginarme el jardín del Paraíso. Había leído acerca de él en un libro de la escuela. Una vez que una entra en el jardín, deja de tener miedo. Los lobos se juntan a los pies de una, las flores se inclinan a su paso, una víbora bebe agua de la mano.

Ya hemos cruzado el camino y nos dirigimos al edificio de Roe bajo los árboles.

—¿Sabes lo que estaba pensando? —pregunta Roe luego de una pausa—. Tú dices que estás asustada, pero yo me siento aturdida, insensible. No en la superficie, precisamente, pero debajo. Como una muerta, casi.

Sonríe cuando dice esto, pero sé que lo dice en serio.

—¿Sí? —digo. Trato de entender lo de la parte que

está viva en la superficie, que parece tan llena de vida, fluctuante y móvil, y lo de la parte que está muerta.

—Nadie lo diría al mirarte.

—¿No? ¿Tú no? —me pregunta Roe, mientras abre la puerta de entrada de su edificio. Como en el mío, hay un angosto tramo de escalera no bien se entra.

—No —le digo, haciendo un esfuerzo para expresarlo, mientras subo la escalera detrás de ella—, sobre todo, quiero decir, porque pareces tan interesada en todo.

—Es verdad, sin embargo —dice Roe—. Estoy hablando de algo diferente, mucho más profundo. —Camina por el pasillo. —Como si hubiera algo, como un cordero dormido, sólo que está muy adentro, y no se puede mover.

Entramos en su cuarto. Se ve ropa en el piso; la cama está a medio hacer. Sobre el escritorio hay una lámpara comprada en el negocio de cosas usadas. Hay una pluma de pavo real apoyada contra el antepecho de la ventana. Roe se sienta en la silla junto a su escritorio. Por la ventana, frente a ella, se alcanza a ver un árbol dorado. Roe está absorta.

—Lo que quiero en este mismo momento es sentirme viva, enteramente —dice—. O, al menos, despierta.

Me mira. El dorado brilla tenuemente sobre su rostro.

Roe se entera por una chica de su edificio que podemos ir a la ciudad de Nueva York los fines de semana si conseguimos un pase por el día. Me lo dice mientras almorzamos en el comedor.

—Un ómnibus nos recoge en lo alto de la colina.

—¿Y una se sube? ¿Sólo eso? —Yo fui a Nueva York una vez con mi madre, cuando era pequeña, pero aparte de eso no conozco la ciudad.

—Pues, sí —dice Roe. Ella ha estado en varias ciudades. Su familia vivió en Austin. —Pero debemos regresar antes del toque de queda. A menos que consigamos un pase hasta el día siguiente. Podemos hacer eso, también. Alguien de la ciudad debe escribir e invitarte. O al menos se puede decir que tenemos una invitación.

—¿Qué quieres decir?

—La chica de mi edificio dice que a veces le pide a su hermana que le escriba, haciéndose pasar por su tía.

Yo ya siento algo en el estómago. Un revoloteo, como si levantara vuelo.

—Pues, vayamos —digo, nerviosa. Quedamos en conseguir un pase diario para el sábado.

El sábado Roe me busca en mi edificio. Llevo puesto el vestido verde, y un impermeable encima. Como de costumbre, ella tiene una camisa abotonada y pantalones. Caminamos colina arriba, donde para el ómnibus; el cielo está claro y azul, ya hay un grupito de chicas esperando. Nos fijamos en lo que tienen puesto —los fines de semana podemos usar nuestra propia ropa— y con quién están. Pero no sentimos la necesidad de juntarnos con ellas. Mientras esperamos el ómnibus, nos quedamos a un costado. ¿Somos parias? Cuando una chica mayor, afable, nos mira con frialdad, estamos convencidas de que lo somos. Por otra parte, nos sentimos algo superiores. Nadie, pensamos, habla acerca de las cosas que hablamos nosotras, ni ha descubierto lo que hemos descubierto nosotras. Nadie, pensamos, es tan interesante.

Cuando llega el ómnibus, Roe y yo nos sentamos juntas atrás. No es un ómnibus escolar, sino un verdadero ómnibus, del mundo, camino a la ciudad. Miro a mi alrededor. Los asientos tienen respaldo alto. Hay un portaequipajes sobre ellos. En el asiento junto al nuestro hay una mujer leyendo, con la cara levantada. Tiene cejas oscuras, cuidadosamente dibujadas, una parte muy blanca en la mitad del pelo negro, que parece como chamuscada. Más allá, del otro lado del pasillo, sólo alcanzo a ver la parte inferior de una pierna —debe de ser de un hombre—, un pie pesado, pantalones arrugados.

El ómnibus arranca. Yo ya me siento sobre alfileres. Roe está arrellanada a mi lado.

—¿Crees que podremos pasar? —me pregunta en voz baja, con los ojos brillantes—. ¿Por gente común, quiero decir, y no por estudiantes?

Estamos resguardadas de las otras estudiantes por el asiento delante de nosotras. La miro, veo sus mejillas arreboladas, su nariz, levemente torcida, su camisa con cuello, como la de un hombre.

—Creo que tú podrías —le digo.

—¿De verdad? —pregunta, complacida. Me mira, ladea la cabeza. —Date vuelta —me dice—. Finge que no me conoces. —Miro hacia otro lado, por la ventanilla. Los campos dorados pasan como un relámpago.

—Sí —dice Roe luego de un momento—. Tienes un aspecto muy peculiar. En nada parecida a una estudiante.

—¿De verdad? —digo—. Pero me siento sobre alfileres. ¿Lo notas?

—No, en absoluto. De hecho, todo lo contrario. Se te ve impasible.

Intercambiamos más cumplidos, luego nos quedamos calladas. Hago tamborilear los dedos sobre el vidrio. Los campos pasan de prisa, en cuadrados dorados o marrones. Las hojas se agitan en los árboles, rojas y doradas y verdes.

Una nunca está preparada para la ciudad de Nueva York, no importa lo gradual que sea la manera de abordarla: con los rojos y dorados trocándose en púrpuras y grises, con los vellones de árboles dando paso a hileras de edificios, con el pasto haciéndose cada vez más ralo, con el comienzo, después, de edificios más altos con más y más ventanas, todos apretados, desparejos, con autos, cercos, calles, todo amontonado. ¿Cómo podría estar preparada una? Al emerger del túnel, allí está, de repente. Piedra por todas partes, concreto elevándose junto a las ventanillas del ómnibus, mientras nos bamboleamos y viramos y giramos. Y la frescura del aire, algo que no había esperado. Piedra y aire. Las anchas avenidas con islas para peatones en el medio, bordeadas de árboles pequeños, y a ambos lados autos que pasan vertiginosamente. Luego más piedra, más aire. La espaciosidad: hay espacio para todo en las anchas calles, para todos, para los edificios altos, hay espacio inclusive para el viento. Se apodera de una avenida, la fustiga, hace volar el pelo, los abrigos, los faldones de las camisas, hojas de diario y basura. Un edificio todo de vidrio se estremece en una esquina.

Roe le ha dicho al conductor que queremos bajar en el Upper West Side. Estamos buscando algo, un negocio de cosas usadas. Roe tiene el nombre escrito en una tarjeta. Su amiga, Laura, de su pueblo, le ha hablado de él. Es el único lugar preciso que conocemos en la ciudad, la única pista que tenemos.

Riverside y calle Ochenta y seis. Roe y yo descendemos del ómnibus. Caminamos una cuadra hasta Broadway. Una vez allí, no sabemos qué dirección tomar. Estamos en una esquina. Hay un tacho de basura, un puesto de diarios, una hilera de teléfonos públicos. Un olor a fruta machacada se mezcla con el olor a emanaciones de humo y frituras. Una fila de autos avanza como un oleaje. Roe y yo damos un paso atrás. En la vereda, un hombre con sombrero de vaquero y camisa de vaquero roja da unos cuantos escobazos, luego extiende un recipiente para que le den una moneda. Detrás de él, una mujer habla por teléfono a los gritos, en español. Nos dirigimos hacia un lado, luego hacia el otro. Chocamos entre nosotras. Roe me toma con fuerza del brazo, aunque sin mirarme, con expresión de aturdimiento, mirando intensamente a su alrededor.

Luego, como siguiendo un impulso, da un paso hacia adelante. Yo la sigo. El cielo está muy azul, la luz muy clara sobre los edificios. Miro a Roe que camina a mi lado, su paso largo, sus hombros pequeños y mejillas iluminadas. Me es familiar, pero no es sólo eso. Tiene puestos sus zapatos. Camina como siempre. Como una persona, pienso. Parece una persona. Y si es así, pienso, quizá yo también lo parezca. Además, tenemos una misión. Estamos buscando el negocio de segunda mano.

Caminando por Broadway, pasamos junto a una mujer sin techo sentada en un pórtico. Tiene puestas capas y capas de ropa de distintos colores, inclusive, abajo de todo, un vestido floreado de verano. Un negro joven apoyado contra la pared de ladrillo de un supermercado extiende la mano.

—Dame cinco —dice.

Roe vacila por una décima de segundo, luego le da una moneda mientras seguimos caminando. Un hombre de traje está afuera de un bar cantando canciones de amor a todo pulmón. Tiene un maletín. Está borracho, tiene un traje de buena hechura. Esto debe de ser lo que ha querido hacer toda la vida, cantar canciones de amor en público a todo pulmón. Pasan dos mujeres jóvenes con ropa fabulosa y zapatos fabulosos.

—Canta para mí, tesoro —le dice una al hombre. La otra, con una risita nerviosa, la toma del brazo.

Es esa sensación repentinamente embriagadora. La brecha entre la acción y el deseo se angosta y, en ciertos momentos, simplemente se desvanece.

El negocio de segunda mano está en la calle Setenta y siete y la avenida Central Park West. Llegamos a la Setenta y siete. En la esquina hay un puesto de diarios y revistas, golosinas, cigarrillos y cigarros.

—Perdón, señor —dice Roe, con su marcado acento sureño—, estamos buscando Central Park West.

El hombre tiene cincuenta y tantos años, es canoso, amigable. Señala con el dedo:

—Tres cuadras hacia allá.

—Gracias, señor —dice Roe—. Ah, y un paquete de cigarrillos. —Se vuelve hacia mí. —Camel.

Yo asiento, siguiéndole el juego.

Nos da los cigarrillos y una cajita de fósforos y nos vamos. A mitad de la cuadra, entramos en un portal para refugiarnos del viento y, acurrucadas, encendemos un cigarrillo. Damos una pitada cada una. Pero estamos acurrucadas allí, escondiéndonos. Miro la calle, luego a Roe. Me río.

—¿Qué estamos haciendo? —pregunto.

Salgo del portal a la vereda, con el cigarrillo en la mano. Doy una pitada a la vista de todos. Roe sale, también. Da una pitada y exhala el humo, tosiendo apenas al final. Seguimos camino, pasándonos el cigarrillo por turnos, hasta que llegamos a Central Park West.

En la vereda de enfrente está el parque, el muro bajo de piedra, los árboles detrás. Al darnos vuelta, unas puertas más allá de la esquina, vemos un letrero púrpura que dice VE Y PREGÚNTALE A ALICE, y unos escalones de metal que llevan hacia abajo.

La puerta al final de los escalones se abre cuando hacemos sonar la campana. Adentro, hay una mujer de pie detrás de un mostrador, hablando por teléfono. Apenas si nos mira cuando entramos en el negocio. Yo sigo mirando todo, pero Roe, en cuestión de segundos, ya tiene una idea formada.

—Esto es como mi sueño —murmura.

Hay estantes y estantes, no sólo de ropa, sino también sombreros, pelucas, zapatos, cajas con joyas, un cesto de guantes. La habitación parece no terminar nunca. En todas las paredes hay espejos con marcos dorados. Y luego, más estantes, más cajas y baúles con cosas. Hay maniquíes puestos en lugares estratégicos, uno luciendo una chaqueta de gamuza, otro un vestido de lentejuelas.

De pronto, detrás de nosotras, hay un ruido. La puerta de uno de los probadores se abre, y sale un muchacho. Es delgado, más o menos de nuestra misma edad, con un rostro extraordinario, huesudo pero muy terso, y lleva puesto un vestido de mujer con un chillón estampado turquesa. Le queda ajustado. Tiene el pelo muy corto y desparejo, y botas negras, con cordones. Roe y yo lo miramos, atónitas. Cuando él nos ve allí paradas, un rubor se extiende lentamente por su cuello y cara. Vacila, como si fuera a volver al probador, pero sigue avanzando, en cambio. Va hacia un espejo y se mira. Yo finjo apartar la vista pero no puedo dejar de observarlo. Por el espejo veo que él también nos observa, con cuidado, de reojo, mientras se contempla a sí mismo. Quiere que lo miremos. Luego avanza unos pasos más, hasta la hilera de maniquíes, y toma una peluca de pelo negro azulado, largo y rizado. Los rizos se apiñan alrededor de su cara pálida, luego caen como zarcillos sobre el arco de su larga espalda delgada.

—¿No es ese el pelo que siempre hemos deseado tener? —susurra Roe.

Sonrío y asiento con una inclinación de cabeza, pero no puedo sacarle los ojos de encima al muchacho. Ninguna de las dos puede hacerlo, aunque intentamos hacer como que estamos mirando otras cosas. Ahora que se ha puesto la peluca no hay ningún signo claro de que no sea una mujer, o una chica como nosotras. Su expresión es de sorpresa, también, y de agrado. Se mira por última vez y da media vuelta, pasando al lado de nosotras camino al probador.

Una vez que está fuera de la vista, Roe se vuelve hacia mí. Hay una expresión excitada en su rostro arrebolado. Inspecciona el recinto. Su mirada se posa sobre un estante de camisas de hombre, con cuello. Yo busco vestidos. Estoy pensando en el muchacho. ¿De dónde sacó el suyo? Luego los veo, toda una centelleante hilera de vestidos cortos y largos hasta el suelo, colgados allí, esperando.

Roe está juntando camisas. Ella también, igual que el muchacho, se ha puesto una peluca. Yo he encontrado un vestido dorado, con un cinturón. El muchacho sale del probador un momento después, vestido con pantalones y camisa. Tiene los pantalones tan sueltos que debe sostenérselos con una mano. Nos mira con timidez, pero al mismo tiempo con deliberación. Nosotras no decimos nada. Roe sonríe levemente. Él camina hasta la caja registradora, con el vestido sobre un brazo y la peluca en la otra mano.

Para cuando Roe y yo salimos de la tienda, también con una compra —yo me llevo el vestido dorado, Roe dos camisas y una peluca— ha pasado alrededor de una hora. Compramos unos sándwiches en una fiambrería y, mientras los comemos, nos dirigimos al parque.

Los senderos del parque están repletos de gente con sus perros. Las sombras de los árboles se van alargando despacio entre las brillantes parcelas de césped. Aquí y allá hay montones de hojas caídas. En el medio del parque damos con un rutilante lago verde con una senda alrededor. Nos detenemos un momento para observar una carrera de veleros de juguete; los pequeños triángulos blancos dan vueltas y vueltas, niños y padres vitorean desde la costa. Luego seguimos caminando por la senda en derredor del lago, y pasamos junto a un grupo de patos y de ancianos sentados en los bancos, dos de ellos inclinados sobre un tablero de ajedrez.

Más allá, el sendero se inclina hacia abajo. Hay más oscuridad, y la maleza tiene mayor espesor. Llegamos a un túnel de piedra, un pasaje bajo tierra —encima corre un camino— con enredaderas gruesas y brillantes que trepan por los costados. En un extremo del pasaje vemos la puerta de un baño público, y junto a ella una fuente para beber anegada, y el cemento debajo mojado y oscuro. No hay nadie en el lugar. Roe y yo nos miramos y nos reímos, nerviosas. Tenemos una sensación de temor. Luego corremos a través del pasaje. Adentro está oscuro como boca de lobo, y húmedo. Hacemos un ruido estrepitoso con los pies. Cuando salimos al otro lado, está más fresco, pero aún oscuro. Estamos bien bajo; aquí las hojas de los árboles son espesas, a tal punto que las luces de la calle están encendidas, proyectando un leve, débil brillo sobre la parte superior del sendero. Trepamos hasta que volvemos a ver el lago, sus partes opacas y sus zonas centelleantes. Los patos nadan, separados. Pasa un hombre trotando. Después, hay una gran quietud.

Oímos sus pasos primero. Me vuelvo. Es un hombre joven de cara grasienta y flequillo desparejo. Está detrás de nosotras, cerca, con las manos en los bolsillos, apretadas. Luego vira bruscamente y empieza a caminar hacia Roe.

—Eh —dice, siempre con las manos metidas en los bolsillos. Inclina la cabeza para dirigirse a mí. —¿Qué están haciendo, chicas?

—Nada en particular —responde Roe con su acento pronunciado.

No puedo creer que le haya contestado. El muchacho se ha sacado las manos de los bolsillos y las mueve frente a él a medida que camina. No hay nadie en las cercanías. Le miro las manos. El corazón me empieza a latir más rápido. Podría hacernos cualquier cosa, pienso.

—Vamos —le digo a Roe en voz baja.

Empiezo a caminar de prisa. Aunque no la miro directamente, puedo verla a mi lado, de perfil, caminando tan rápido como yo. Allá adelante, veo que el sendero se bifurca. Doblaremos por allí, pienso. Pero el muchacho también ha echado a andar rápido.

—¿Qué apuro hay? —pregunta, poniéndose al lado de Roe. Roe no contesta, pero escucha. Puedo sentirlo. El muchacho se ha centrado por completo en ella.

—Tengo algo que enseñarte —le dice.

Roe echa un vistazo. De hecho, mira: la sorprendo haciéndolo. Ahora ya hemos llegado a la bifurcación del sendero. Empiezo a caminar por un lado, tomando a Roe del brazo. Ella se deja, pero ¿no está mal dispuesta? Casi no puedo creerlo. Viene conmigo, pero ejerce una débil presión con el peso de su brazo.

—Eh, ¿adónde van? —pregunta el muchacho. Se ha detenido en la bifurcación. Tiene los ojos fijos en Roe.

Roe vacila un instante, pero puedo sentir que está como suspendida allí; no es que vaya hacia él, pero tampoco se aleja. Luego se mueve, sí: lo siento. El peso de su cuerpo, iluminado, se desplaza hacia él.

—¡Roe! —exclamo—. ¡Roe! —Todo mi ser está inmóvil, vibrando de terror.

Justo entonces aparece un hombre que viene en nuestra dirección por el sendero. Es alto, y empuja una silla de ruedas con una mujer asiática diminuta que tiene puesta una chaqueta púrpura acolchada. Roe hace un movimiento y se da vuelta. Regresa hacia mí. De repente se levanta viento, que intensifica las olas del lago, haciendo traquetear las hojas. Siento que el alivio me recorre, baja por mis extremidades, como agua. Mi cuerpo es como de agua, también, como si fuera a desplomarse. Veo un banco y me quiero sentar, pero no lo hago. Hay más gente alrededor; los senderos ya no están desiertos. Pero todavía sigue siendo peligroso.

—Vámonos —digo—. Movámonos.

Roe está de acuerdo; camina a mi lado casi dócilmente. Pero no hay nada en sus movimientos que denote temor. En cambio, sus ojos brillan. La miro. Tengo ganas de sacudirla de los hombros o de darle la espalda, pero no puedo, porque estamos caminando.

—¿Adónde ibas? —le pregunto, por fin. Siento un sabor en la boca, como de asco.

—¿A qué te refieres? —pregunta Roe.

—¡Entonces! ¡En ese momento! Ibas hacia él.

—No, no es así —dice Roe.

—Sí, ibas hacia él. ¡Eso hacías! —Estoy furiosa.

Roe está avergonzada. No contesta, pero camina rápido.

—Sentía curiosidad —dice después de un momento, en voz baja, pero claramente.

Caminamos en silencio. Los reflejos de las hojas caen sobre todas las cosas, sobre los senderos y los bancos y el trémulo pasto.

Roe y yo vamos a la ciudad al sábado siguiente, también. Volvemos a Ve y pregúntale a Alice y después almorzamos en un pequeño café dominicano que encontramos en Broadway. Se llama La Rosita. Hay mesitas de fórmica, un mostrador como un brazo doblado en el codo. En lugar de papas, con los huevos sirven arroz y frijoles o bananas fritas. Después, compramos cigarrillos y nos dirigimos al parque. Esta vez, en el camino, sugiero que nos detengamos en alguna parte para comprar un paquete de seis botellitas de cerveza.

—¿En serio? —pregunta Roe—. ¿Crees que nos venderán cerveza?

Primero probamos en una licorería. Luego, con alivio, descubrimos que las fiambrerías venden cerveza. Encontramos una y entramos juntas, pero luego Roe vuelve a salir. Se queda parada afuera, mirando a través de la vidriera mientras yo compro la cerveza. El hombre tras el mostrador me observa cuando le pago, pero no dice nada. Un momento después salgo, triunfante, con una bolsa grande de papel marrón.

—¿Adónde vamos ahora? —pregunta Roe.

—Al parque —le digo. Tengo en mente esas grandes rocas y la maleza y la sombra muy oscura. —Pero consigamos un abridor.

Nos detenemos en una ferretería para comprar un abridor y luego seguimos camino al parque. Es poco después del mediodía. El cielo está blanco, con capas de nubes. Hace frío. En el parque las hojas están doradas, y la mitad se ha caído. Doblamos por un sendero y llegamos a una hilera de cerezos, confundidos por el calor de la semana anterior, florecidos fuera de estación, con sus pequeñas flores rosadas de aspecto extraño y brillante contra el dorado de las hojas.

Caminamos por el parque un rato, acarreando la bolsa de papel. Nos turnamos para llevarla. No es particularmente pesada, pero resulta incómodo llevarla: no hay por dónde agarrarla. Buscamos un lugar donde sentarnos y beber la cerveza, pero no hay ninguno que nos parezca del todo bien. Pasamos junto a un policía. ¿Estamos haciendo algo ilegal? Ni siquiera estamos seguras de que podría serlo. Luego veo unas rocas en lo alto, cerca del sendero, rodeadas de maleza. Trepo para echar un vistazo, pero en el instante que empiezo a indicarle a Roe que me siga, oigo ruidos a mi izquierda. Me vuelvo. Hay alguien entre los arbustos, una figura envuelta en frazadas. La figura se mueve, rodando hacia mí. Bajo gateando por las rocas hasta llegar junto a Roe.

—No —le digo—. Olvídalo. Hay alguien allí.

Roe se hace hacia atrás sobre los talones. Deja la bolsa en el suelo. Parece estar perdiendo interés. Levanto yo la bolsa y voy adelante. La luz es débil, el parque está casi vacío. Seguimos caminando.

Finalmente encuentro un lugar que parece ser lo que buscamos, unos arbustos arriba, contra una pared de piedra. Me agacho para mirar. No hay nadie allí. Entro arrastrándome. Roe me sigue. Las ramas de los arbustos son hacia arriba, luego caen. Tienen pequeñas hojas ovaladas. Si nos sentamos dando la espalda a la pared, las ramas caen frente a nosotras, formando un biombo. Pero son lo suficientemente transparentes para permitirnos ver y observar la gente que pasa. Debajo de nosotras hay hojas caídas, color marrón, resecas. Hacen un sonido quebradizo cuando nos sentamos.

Saco la cerveza de la bolsa. Las botellas son verde brillante. Abro dos y le doy una a Roe. Toma un sorbo y hace una mueca.

—Es asquerosa —dice.

Sonrío. Tomo un sorbo y también doy un respingo. La cerveza está fría y nosotras también tenemos frío ahora. La nariz y los dedos se nos han puesto colorados. Roe deja su botella sobre el suelo y se restriega las manos para calentárselas. Yo tomo un trago más largo. La pared, que al principio sentí dura contra la espalda, parece más blanda.

—Tienes que tomar un trago más largo —le digo a Roe.

Roe se lleva la botella a los labios, echa hacia atrás la cabeza, y allí la deja. Puedo ver el esfuerzo en su garganta a medida que baja la cerveza.

—¿Así? —me pregunta, riendo tontamente, mientras baja la cabeza. Su botella está casi vacía. Después de un momento lanza una exclamación, bamboleándose. Apoya los brazos para sostenerse, aunque está firmemente sentada en el suelo. Me mira. —¿Tú también lo sientes? —me pregunta.

Digo que sí con la cabeza. Antes tenía frío, ahora siento calor. Pero no es sólo eso. Mi mente está diferente. Es como si algo se me hubiera soltado dentro de la mente. Mis pensamientos, antes desparejos, ahora son continuos. Nada los desbarata o los tironea. Fluyen suavemente y todos parecen estar relacionados, inclusive armoniosamente, mientras que antes no era así.

Roe y yo casi hemos terminado la botella. Abro otras dos. Mientras bebo mi segunda cerveza, trato de explicarle a Roe lo que quiero decir con que mis pensamientos fluyen suavemente y con facilidad.

—Es como si todos estuvieran unidos en una corriente que fluye por mi cabeza —le digo—, mientras que antes no fluían sino que golpeaban de costado, discutiendo, discutiendo, sí, y mordisqueándome, pero de repente han dejado de hacerlo y sólo fluyen juntos, deseándome lo mejor.

—¿Te has emborrachado antes? —me pregunta Roe. Asiento. Le cuento acerca de la vez en que me emborraché con Jasper. Tendría unos trece años. Mi madre había salido esa noche con su novio. Yo estaba en casa de Jasper. Él estaba bebiendo una cerveza, y yo tomé un sorbo. Luego le pedí una botella.

Él me la dio. Casi de inmediato, me sentí diferente. Empezaba a oscurecer afuera, me acuerdo. La cara de Jasper me pareció desconocida en la luz azulada, aunque no mal. Todo, pensé, se veía amistoso y suave. Me sentía feliz y tibia, ya no más asustada. O era como si sólo me diera cuenta entonces, cuando ya no tenía más miedo, cuánto tiempo pasaba asustada. La sensación era tan diferente que me eché a reír. Entonces no pude parar y, presa de un ataque de risa, me desplomé en el piso.

—¡Ay, ay! —exclamó Jasper—. ¿Qué bicho te ha picado? —Se acercó y se paró junto a mí. —Ojalá pudieras ver el aspecto de tu pelo en este momento —dijo. Estaba desparramado alrededor de mi cabeza como un abanico. —Sabes, podríamos peinarlo de esa manera.

Fuimos al cuarto de baño, donde había un espejo. Empezó a peinarme el pelo para arriba. Muy pronto mi pelo se quedó parado en el aire alrededor de mi cabeza.

—Así —dijo—. Ahora estás igual a Bella. —Bella era la mujer de la que él me contaba historias. Siempre llevaba el pelo así, bien alto, y la ropa le caía hacia un lado, de un hombro.

Jasper tomó otra cerveza, y yo también. Puso música y empezamos a bailar, yo con el pelo bien alto alrededor de la cabeza. Tenía puesto un suéter, me acuerdo, y todo el tiempo lo dejaba caer sobre un hombro, igual que Bella.

Cuando llegó mi madre esa noche, tarde, y nos encontró bailando y bebiendo, puso una expresión peculiar. Yo no pude ubicarla. Tanto Jasper como yo teníamos turbia la vista.

Roe sonríe mientras escucha, dejando caer la cabeza hacia atrás. Parece estar disfrutándolo, o eso creo yo, hasta que de repente endereza la cabeza de un tirón, hace un profundo sonido gutural, y vomita en el suelo. Se pone de pie con dificultad, pegándose la cabeza contra las ramas, luego se agacha, poniendo las manos frente a ella para protegerse los ojos, y se lanza casi frenéticamente por el aire. Yo la sigo.

La encuentro en el sendero, limpiándose la boca con el dorso de la mano.

—¿Estás bien? —le pregunto.

Sacude la cabeza y vuelve a limpiarse la boca. Dice que quiere tomar el primer ómnibus de vuelta al colegio.

Caminamos juntas hasta el borde del parque; esperamos, sin hablar, que venga el ómnibus. Roe no se siente bien, pero yo me siento muy bien. En realidad, tengo ganas de canturrear. Roe se sienta en un banco, pero yo camino a lo largo del muro del parque, alargando el paso y canturreando.

Me topo con la mujer sin techo que vimos antes en Broadway. Ahora está sentada sobre un reborde que sobresale del muro del parque. Paso a su lado. Tiene los pies en alto. Lleva puesto el mismo vestido de flores rosadas y púrpuras del tamaño de la mano, y sobre él, varios suéters y chaquetas. En los pies tiene sandalias y medias gruesas. Las medias bajo las sandalias están inmundas. Podría tener cualquier edad; eso no importa. Su cara es toda arrugas.

No parece darse cuenta de que paso. Tiene sus bolsas a su alrededor: todo lo que necesita. No tiene que mover un dedo. Y no lo hace. Excepto para beber a veces de una botella oculta en una bolsa de papel. O para ponerse un suéter o quitárselo. De lo contrario se queda sentada allí, rodeada por sus cosas, y observa la gente que pasa y la corriente de autos. Lo único que la enfurece son las palomas, cuando vienen y se posan sobre sus bolsas. Entonces agita las manos y golpea las bolsas, furiosa, pero pronto vuelve a sumergirse, se olvida y sigue observando. Una paloma, como para fastidiarla, se queda. Ella no lo nota, o quizá ya no le importa. La paloma se queda, como un animal doméstico.

Desando el camino, sin apartarme del muro. Cuando vuelvo a pasar a su lado, pienso que una vida así no me desagradaría.

Cuando llega el ómnibus, de repente se reanima.

—¡Adiós! —grita, agitando la mano—. ¡Adiós! ¡Adiós!

Me doy vuelta y le devuelvo el saludo mientras subo al ómnibus.

En el ómnibus Roe me mira, casi con reproche. Luego, un momento después, se queda dormida, con la cabeza colgando. Pero no importa lo que yo haga, no puedo dejar de sentirme de buen humor. Canto muy despacito junto a la ventanilla, empañando el vidrio frío con mi aliento. Afuera, todo se ve ondulado y raro, como si nosotras, los caminos y las nubes, las hojas y los campos, estuvieran bajo agua. Sentada allí, mirando por la ventanilla, me parece que por un momento me siento completamente feliz.

Pero Roe no. Cuando llegamos al colegio, la despierto. Todavía no se siente bien; parece casi enojada.

—No hablemos con nadie —dice y se aleja, dirigiéndose a su edificio.

—¿Estás bien? —le pregunto mientras se aleja.

Hace un movimiento fluctuante con la mano, sin mirarme, casi deshaciéndose de mí. Por alguna razón, el movimiento de su mano me hace reír.

Tomo la dirección opuesta y continúo con mi canción, como si la melodía fuera una frondosa enredadera que arrastro por los senderos, a lo largo de las paredes, trasponiendo esquinas y curvas, todo el camino hasta mi cuarto.

Me llama Jasper. Parece ansioso.
—¿Por qué no has contestado a mis últimas cartas? —me pregunta.
No sé qué decir. Yo misma no lo sé. Le digo que estado muy atareada con los estudios.
Él tiene noticias. Se ha mudado del granero.
—¿De verdad? —pregunto—. ¿Por qué? —De pronto me siento preocupada. —¿Dónde estás viviendo ahora?
—Ah, alquilé una vivienda pequeña, la mitad de una casita, no muy lejos.
Lo visualizo totalmente solo en una casa alquilada. Tengo una idea disparatada: debería ir a vivir con él. Por supuesto que debería hacerlo. ¿En qué estuve pensando al ir al colegio?
—Pero escucha —me dice—. Quiero ir a visitarte.
—Ah. —Vacilo un instante, luego miento. Le digo que no permiten visitantes en el colegio.
Cuelgo rápido, busco mi abrigo con prisa, y voy a reunirme con Roe.
En las horas anteriores al toque de queda, cuando las otras chicas están estudiando o mirando películas en el auditorio o reunidas en fiestas secretas en sus cuartos, Roe y yo salimos a caminar en la noche. Pasamos por los edificios de dormitorios y las casas de los profesores y cruzamos los campos de juego. Un aire del bosque, húmedo y frío, baña el cementerio. El haya ferrugínea susurra en lo alto.

—¿En verdad no quieres conocer a alguien? —pregunta Roe, recostándose contra el tronco del haya.

—Sí, creo que sí. —Pero sueno dubitativa.

—¿No estás segura?

Pateo las hojas alrededor de nuestros pies.

—Me pregunto si en verdad queremos conocer a alguien, o si creemos que eso es lo que se supone que debamos hacer.

Roe me mira.

—¿Crees que de eso se trata? ¿Que pensamos que se supone que es lo que debemos hacer? ¿Porque todos lo hacen?

Me encojo de hombros.

—Pues ¿cuál es la otra posibilidad? ¿Es instintivo?

—Quizá. —dice Roe.

Echamos a andar otra vez a lo largo del borde de los campos de juego.

—Ahí está Laura, por ejemplo. Sonaba tan feliz en su carta.

—Laura le ha escrito últimamente a Roe diciéndole que ha descubierto que es gay. Ha conocido a alguien, una mujer; así fue como lo descubrió.

—Pues no se *esperaba* que hiciera eso —dice Roe—. Su madre está completamente escandalizada.

Seguimos caminando sin hablar. Hemos andado en círculo y estamos trepando la ladera que lleva al prado.

—Por supuesto, de todos modos —digo—, estoy segura de que es una experiencia.

—Sí —dice Roe, concordando conmigo—, ¿y no es eso lo que buscamos?

—¿Sin importar cómo sea? —pregunto, haciendo una mueca.

—Creo que sí —dice Roe.

Levanto la vista. El prado se extiende ante nosotras,

con la pequeña sombra oscura de la capilla al final. Nos dirigimos hacia allá.

—De manera que la cuestión —digo— es cómo conocer a alguien.

—Y, por supuesto, no queremos decir cualquiera, ¿no? —agrega Roe—. Queremos decir la persona adecuada.

Pienso en la forma en que Jane Eyre conoció a Mr. Rochester, una noche en el camino, y la forma en que Catherine y Heathcliff se han conocido desde toda la vida. Se lo digo a Roe.

—Pero ¿hay alguien que siquiera considerarías, alguien a quien has conocido desde toda la vida? —me pregunta.

—No —digo. La única persona que conozco desde hace tanto es Jasper.

—Yo tampoco. De modo que las dos tendremos que conocer a alguien.

Estoy de acuerdo.

—¿Esperamos que él llegue?

—¡Esto de esperar! —dice Roe—. ¡Otra vez esperar!

Nos sentamos en el banco de piedra junto a la pared de la capilla. Delante de nosotras se ven los contornos negros de los árboles, pinos copiosos. Alrededor de nosotras hay viento.

De repente se me ocurre que podría no ser fácil, podría no suceder en absoluto.

—¿Y si nunca encontramos a la persona? —pregunto.

—¿O que pasa si, cuando lo encontramos, no tiene interés en nosotras?

Me río.

—¿No sería horrible? Y entonces ¿qué? ¿Nos quedamos solas?

Roe se encoge de hombros.

—No sé —dice—. Estamos sentadas aquí juntas, ¿no?

—Sí —digo—, por ahora. Pero ¿qué pasará cuando se inicie la vida?

Alcanzo a ver el perfil de la cara de Roe en la oscuridad.

—¿No ha empezado ya? —pregunta.

Lo dice como si fuera obvio, pero me sorprendo.

—¿Sientes como que hubiera empezado?

—Pues, sí —responde Roe—. Algo así.

Nos quedamos en silencio. El aire de la noche es fresco. El viento sopla entre los árboles.

—¿Qué pasará? —nos preguntamos la una a la otra luego de un rato—. Quiero decir ¿qué crees que pasará ahora?

Capítulo 4

Diversas personas concurren a nuestro pequeño café dominicano en el pueblo: una pareja con un perro que los espera afuera, una anciana con una mujer que debe de ser su hija, una versión levemente más joven que ella. Entre los parroquianos un día hay un hombre. Lo observo ociosamente; se lo señalo a Roe. Aunque no podría decir por qué exactamente, todo en él me atrae: la postura de sus hombros cuando se reclina sobre la silla, con las piernas extendidas. Y la manera en que toma conciencia de sí mismo de repente, se inclina hacia adelante abruptamente, con impaciencia, y vuelve a lo que estaba leyendo o escribiendo. Sus ojos, oscuros como su pelo, son profundos. Por un momento su expresión parece incluso arisca. Cuando se va, se pone de pie de un salto como si ya no aguantara seguir sentado ni un segundo más.

—¿Cuántos años crees que tenga? —le pregunto a Roe.

—¿Treinta? ¿Cuarenta? —Se encoge de hombros.

La verdad es que no tenemos ni idea. Aunque es —según decidimos— definitivamente un hombre, la transformación ha ocurrido en sus huesos y su piel, en la manera en que se mueve, en su expresión, en la manera en que, al marcharse, mantiene una breve charla amistosa con el gerente, como si lo hubiera hecho durante años.

A la semana siguiente, cuando llegamos, el mismo hombre está allí con un amigo. Se lo ve ágil, animado, mientras habla. Levanta las cejas, mueve las manos. O, cuando escucha, se relaja por completo, con las manos flojas sobre las rodillas. El amigo se va. Nuestro hombre vuelve a sus papeles y libros. Media hora después aparece alguien más, un hombre mayor que podría ser su padre, según acordamos Roe y yo. El anciano es de coloración pálida, sus rasgos son algo más delicados, pero los labios y los ojos, y en general el porte, son los mismos. Ordenan comida. Mientras comen, nuestro hombre parece incómodo, incluso irritado. Enlaza y desenlaza las manos, paga la consumición. El hombre mayor, su padre, parece despreocupado, evasivo, algo inquieto. Sus pálidos ojos lagrimosos se posan en la calle, luego de vuelta en su hijo y la comida sobre su plato. El padre se va primero. El hijo le desliza un dinero cuando sale, luego se queda con aspecto de descontento.

Aunque Roe y yo seguimos observando a las demás personas en el café, y comentando acerca de ellas, este hombre pasa a ser el foco de nuestro interés, o al menos del mío. Estará allí cuando llegue, pienso, o no. Otro día está con una mujer. Ella tiene puesto un abrigo azul, es de cara pequeña, bonita. Arruga la frente. La conversación, aparentemente agitada al principio, se va haciendo más cordial. Ella tiene una espalda recta. Habla suavemente; su rostro resplandece. Por la expresión de la cara del hombre, casi parecería que la ama.

Luego empiezan a hablar de otra cosa. La conversación cambia. Ella se pone insistente, se inclina más cerca de él. Está enfadada. Él trata de permanecer divertido. Luego echa chispas por los ojos. Pero su enojo es irónico, contenido. A ella el reproche la pone rígida. Observo todo esto con creciente desasosiego, y también con interés. ¿Cuál será la causa de la pelea? ¿Cómo llegaron a conocerse tan bien? La pelea termina, finalmente. En el rostro de él hay una expresión de fatiga, pero el enojo ha desaparecido. Parece, no viejo, pero sí afectado por la vida. Ella también, se la ve ajada, exhausta. Pero el nerviosismo anterior se ha disipado de su cara. Los dos están calmos. Se toman de las manos. La mesa es ancha entre ellos.

—No les claves la vista de esa forma —dice Roe.
—¿Estoy haciéndolo?
—Sí.
Pero ella también los ha estado observando.
—¿Crees que es su novia? —le pregunto.
Roe sacude la cabeza.
—No —dice—. No ahora. Antes, quizás. Hay algo fuerte entre ellos.

Roe y yo hemos hablado del hombre que conoceremos algún día, el hombre que algún día nos reconocerá. (Hemos llegado a la conclusión de que eso es lo que queremos, ser "reconocidas".) ¿Será alto o bajo? ¿Moreno o rubio? Yo tengo una figura en la mente, pero no puedo fijarla, cambia todo el tiempo. Algunas veces el hombre que veo es el Mr. Rochester de *Jane Eyre*, otras veces es, en parte, Mr. Ryan. Ahora este hombre del café se mezcla con los demás. A veces, simplemente, la cara es la de él. Me imagino la expresión que debe de tener al ponerse malhumorado, y me pregunto si, como Mr. Rochester, tiene un secreto terrible. Espero el día en que me reconozca.

Un día levanta la vista cuando yo lo estoy observando. Sus ojos parecen sorprender los míos. Pero ¿me está viendo, realmente, o sólo mirando sin ver, absorto en sus propios pensamientos? De cualquier modo, no puedo sostener su mirada, y aparto la mía. Cuando vuelvo a mirar, tiene la cabeza inclinada; está leyendo de nuevo. ¿Sería eso? Me pregunto. ¿me estaría reconociendo? Y ahora que me he vuelto, él cree que se ha equivocado. Me siento desesperada por un momento: he perdido mi oportunidad.

Pero, inesperadamente, media hora después, tengo una segunda. Roe y yo nos estamos yendo del café —él se fue hace un rato— y lo encontramos de pie cerca del cordón de la vereda. Está leyendo un diario, sin prestar atención a su alrededor. Debe de estar por cruzar la calle. Nosotros también, camino al parque. Me siento nerviosa pensando que estaremos cruzando junto con él. Ya ha bajado del cordón. Luego veo que viene un ómnibus, que se encamina directamente hacia él, a toda velocidad. Él no está prestando atención, no se hace atrás. El ómnibus está más y más cerca, casi encima ya. En un instante, sin pensar, doy un salto, echando todo mi peso de costado sobre él, empujándolo de vuelta al cordón.

Él levanta la vista, sobresaltado. Ha perdido el equilibrio, trata de estabilizarse sobre el capó de un auto. El ómnibus pasa directamente frente a nosotros; la emanación y el clamor del motor están a centímetros de distancia. En seguida desaparece. El hombre se vuelve hacia mí. La calle está vacía. Parece sacudido. Yo me siento sacudida, también.

—¿Tú hiciste eso? —me pregunta.

Se me ocurre que podría estar enojado. Digo que sí con la cabeza, atemorizada. Yo tampoco puedo creer lo que he hecho.

—Parece imposible —dice él. Noto el rastro de un acento en su voz. Me mira, luego mira a Roe, después otra vez a mí. —Casi me volteaste.

Me pongo colorada, pensando que todo ha sido imaginación mía. En realidad, el ómnibus no lo habría atropellado.

—Pero me salvaste. —Se ríe. —Creo que realmente me salvaste. —Parece sacudido, pero atónito.

—¿Hice eso? —le pregunto. Mi voz suena débil. Pero me siento increíblemente aliviada.

—Me llamo Arthur —me dice. Extiende la mano. Las dos se la estrechamos y le decimos nuestros nombres. —¿Podría invitarlas con algo, un café, para agradecerles?

Estoy nerviosa.

—Acabamos de tomar café —le digo. Ay, no, pienso, ¿qué he hecho? —Pero vamos al parque —agrego rápidamente—. ¿No quieres venir?

Me mira, sorprendido.

—¿Van al parque? —pregunta.

Asiento.

—¿Y me están invitando a ir con ustedes? —Está tratando, no tanto de aclarar el hecho, sino la razón que hay detrás.

Vuelvo a asentir. ¿Es una sugerencia ridícula? ¿Se está burlando de mí? Me ruborizo y bajo la vista.

Él mira su reloj, luego de nuevo a mí, intrigado y divertido.

—Tengo una reunión en veinte minutos —dice—. Pero es en esa dirección. —Indica con la cabeza hacia el parque. —Caminaré con ustedes hasta entonces.

Es un día azul radiante de noviembre, el sol claro sobre los edificios, el aire vigorizador. Roe y yo estamos calladas. Vamos caminando un par de pasos delante de él, casi ignorándolo. Él trata de no quedarse atrás, divertido.

—Eso fue realmente notable —me dice—. La forma en que saltaste, en que casi te mataste.

Sacudo la cabeza sin mirarlo. Ahora que ha aceptado venir con nosotras, no tengo nada que decir.

—¿Siempre caminan tan rápido ustedes dos? —pregunta.

Aminoro el paso en forma abrupta. Roe hace lo mismo. Ahora caminamos despacio, moviéndonos apenas. El hombre parece a punto de reír.

—Bueno, no es necesario exagerar —dice.

—¿Qué? —le pregunto.

Lo dice otra vez. Además del acento, el giro de sus frases es gracioso. Cuando entiendo, retomo el paso de un salto, tratando de caminar más rápido. Pero mis piernas no quieren moverse normalmente. Siento que se traban. Avanzan de una forma extraña. Estoy segura de que él lo notará.

Faltan unas pocas cuadras para llegar al parque. Yo sigo sin decir nada. Roe hace lo mismo. El hombre parece disfrutar de esto más y más.

—Siento como si me estuvieran conduciendo al matadero —dice.

Roe se ríe tontamente. Yo me siento turbada, pero también un poco enojada por la forma en que él se burla de nosotras.

—Pues, ¿por qué vienes, entonces? —le pregunto.

Deja de caminar en forma abrupta. Se ríe abiertamente. Su rostro se torna sincero cuando se ríe.

—Porque me invitaste —dice, levantando los brazos—. Además de lo cual, acabas de salvar mi vida.

Pero ha dejado de caminar. ¿Significa eso que ahora no nos acompañará? Roe y yo también hemos dejado de caminar.

—¿No quieres venir ahora? —le pregunto.

Eso lo hace reír con más ganas.

—¡Sí, quiero, quiero! —dice—. Aunque sólo sea porque ésta es una de las invitaciones más peculiares que he recibido.

Todos echamos a andar otra vez. Él nos mira, levanta las cejas. No queda ningún rastro de su expresión malhumorada. Parece, inclusive, que está haciendo un esfuerzo para no reír.

Entramos en el parque. Por nerviosismo, y porque todavía no se me ha ocurrido nada que decir, finjo estar interesada en observar los alrededores, los árboles y los perros, el pasto, como si nunca hubiera estado allí.

Pero siento que, a mi lado, Roe está preparando algo. Finalmente, habla.

—¿Eres estadounidense?

El hombre acepta la pregunta de buen grado.

—Gracias por preguntar —dice—. Sí y no. La mitad. ¿Te estás preguntando porque hablo como una bestia?

—No...

—Por supuesto que sí. Ésa es la única razón posible. Mi padre es estadounidense, y mi madre rumana, pero no es culpa suya. Yo crecí en Francia. Hace muchos años que estoy aquí, pero al parecer todavía no hablo como un ser humano.

Roe ríe tontamente. Por un momento me olvido de tratar de caminar normalmente.

Él prosigue, comportándose con mucha cautela, con una especie de fingida cautela.

—¿Y ustedes dos viven en Nueva York?

—No —le digo—, estamos pupilas en el colegio.

—¡Ah! —Bate palmas, como si por alguna razón todo se hubiera aclarado de pronto—. ¿Dónde está el colegio?

Le decimos el nombre de nuestro pueblito.

—Sí, lo conozco —dice. Parece encantado por esta noticia, como si le hubiera revelado algo sobre nosotras, aunque sin arruinar la imagen que tenía en mente.

Otra vez me siento un tanto a la defensiva, como si

nuestra situación fuera ridícula en un sentido que desconozco.

—¿Qué tiene de gracioso? —le pregunto.

—Nada. No hay nada gracioso. Sólo que tiene sentido. De modo que están soterradas allí sin nada que hacer.

Hemos llegado a un recodo en el sendero. Lo tomamos. El lago se abre ante nosotros. Ha estado congelado, pero ahora el hielo se está derritiendo por el sol. Pedazos de hielo flotan en el agua brillante. Roe y yo nos dirigimos al banco donde nos sentamos siempre.

—¿Hay muchachos en el colegio de ustedes, al menos? —pregunta el hombre, Arthur.

—No —le decimos.

—¿No? ¿Pero habrá un colegio de varones cerca?

—Sí —le decimos. Nos encogemos de hombros. Nos sentamos en el banco.

Se ríe. Él también se sienta.

—De modo que nada las impresiona —dice—. Eso está bien. —Se hace atrás, con las manos en la nuca, mirando hacia arriba, como recordando. —Ustedes dos están en la edad en que nada las impresiona.

Otra vez, por alguna razón, me siento irritada.

—Eso no me parece cierto —le digo.

—¿Qué? —pregunta, sorprendido.

—Que nada nos impresione. Yo creo que hay cosas que nos impresionan.

—¿Sí?

Roe dice que sí con la cabeza, de acuerdo conmigo.

—¿Como qué? —pregunta.

—Como todo, cualquier cosa. —Lo digo como si fuera obvio, como si me sintiera ofendida. —Cosas que leemos y que vemos.

—La una a la otra. —Roe se ríe.

—Sí —digo—. Una impresiona a la otra.

—Quizás eso sea verdad —dice él—, pero en ese caso no lo dejan entrever. Ésa es la clave, no dejarlo entrever.

Roe y yo encendemos un cigarrillo y echamos pitadas, sentadas una al lado de la otra. Arthur observa esto, divertido.

—¿Las dejan fumar en el colegio? —pregunta.

—No. —Sacudimos la cabeza.

Nos mira, siempre reclinado, las piernas extendidas.

—Tengo una hermana que es más o menos de su edad —dice—. Ustedes dos me hacen acordar de ella. —Luego mira su reloj y se vuelve a nosotras, mirándonos de frente. —Tengo que irme en un minuto. Pero antes, una pregunta: Ustedes dos ¿siempre van por ahí invitando a la gente a que las acompañe al parque? —Hace una pausa, aunque leve. —Porque yo no lo haría —dice—. De verdad, no lo haría.

Se pone de pie.

—Pero gracias, de todos modos, por invitarme a mí. —¿Estará siendo cortés? Parece, sí, divertido. Aun así, siento que ha habido algún malentendido. Él está divertido, pero eso es todo. Se suponía que debía haberse comportado de otra forma, debería haberme "reconocido".

—¿Ya te vas? —le pregunto.

—Pues, sí.

—¿Adónde? —le pregunto bruscamente.

—Tengo una reunión.

—¿De trabajo?

—No —dice, ligeramente desconcertado—. Una reunión personal. —Hace una pausa. —Pero realmente quiero agradecerte por lo que hiciste —me dice. Trato de detectar si hay ironía en su voz, pero me parece que ahora habla en serio. Nos mira a las dos, y prosigue. —Si alguna vez andan por la ciudad y necesitan algo, cualquiera de las dos, orientarse, un consejo, o si se meten en algún problema, no porque crea que eso vaya a pasar, llámenme. —Se mete la mano en el bolsillo y saca una tarjeta, escribe un número, y me la da. En la tarjeta, encima de su nombre, está el nombre de una revista de arte.

Extiende la mano. Roe empieza a ponerse de pie. Yo la imito.

—No, por favor, no se muevan —dice, otra vez con tono ligero. Nos estrecha la mano mientras permanecemos sentadas allí. Cuando me está soltando la mano y empieza a volverse, me saca un pedazo de cordón del hombro de mi abrigo.

—Oh, perdón —dice, con un brillo en la mirada y fingida ceremonia, como si hubiera cometido un error grave, y pone el pedazo de cordón exactamente donde estaba—. No quiero arruinar el efecto.

Luego se va.

En el colegio el tiempo se torna frío y nieva abundantemente. La nieve se apila, alta en los campos de juego. Se amontona contra las tumbas en el cementerio, y las más bajas no son más que montículos. Limpian los senderos con palas. Ahora parecen más bien túneles, con montones que se elevan a ambos lados. La nieve es una cosa, honda y blanda. Pero luego, una noche llueve y hiela. A la mañana los árboles florecen de hielo. Es como si todo hubiera sido cubierto con una funda, envuelto, cada zarza y cada arbusto, cada rama grande y pequeña. Todo florece, destella y chorrea. Roe y yo salimos a caminar en este mundo nuevo.

Los senderos están cubiertos de hielo, y encima salpicados de sal. Cruje bajo los pies. Se puede caminar bien por los senderos, pero no tanto cuando salimos de ellos, aventurándonos en plena nieve. Mientras que antes la nieve era simplemente honda, ahora está endurecida, y cada paso abre una brecha. Apartándonos del sendero, cortamos camino hacia el estanque. Hay un trecho de terreno despejado, luego una franja de bosque. El estanque está justo más allá, rodeado de árboles.

Levantamos alto las piernas. Nos da calor y nos cansamos. Roe va adelante. Entra en el bosque, luego se detiene y se vuelve para mirarme. Yo camino detrás de ella y también me detengo. Adentro es como un mundo de hadas, brillante e inmóvil. El suelo es blando y blanco. Arriba, a través de la red de ramas, se ven trozos de cielo azul; todo lo demás destella y florece. Si miramos de cerca, vemos dentro de cada envoltura de hielo la oscura vena de una rama o los garfios de una zarza. Pero luego, desde cierta distancia, la ilusión es completa. Desde la rama más alta hasta la zarza más baja, todo parece como si estuviera hecho de un sola cosa, de la misma sustancia brillante, una materia mágica. Luego, en medio de la quietud, hay un sonido como erizado; nos volvemos, y vemos un movimiento veloz en lo alto, el hielo que cae en astillas, desprendiéndose de la rama de un árbol.

Cuando llegamos al estanque, nos parece otro pedazo de tierra seca cubierta de montículos de nieve. Podemos identificarlo sólo como un espacio desnudo con un reborde de árboles alrededor. Pero necesitamos un indicio más seguro de que el estanque está realmente allí, con su superficie de hielo que aguarda, espesa y profunda. Primero intentamos pisarlo y nos resbalamos. El hielo bajo nuestros pies es liso, pero la nieve que lo cubre es tan profunda que lo amordaza todo. La corteza de la nieve es dura. Cuando tratamos de atravesarla y deslizarnos, nos lastima las canillas. Tratamos de atravesarla y apenas si podemos movernos.

Decidimos arrojar una piedra y llegar hasta el agua debajo. Es una idea mía. hay piedras muy grandes, prácticamente rocas, colocadas como marcas señalando el sendero. Pero, como todo lo demás, están sepultadas bajo la nieve.

Nos agachamos en busca de una, cavando a través de la nieve. Sabemos que están colocadas a lo largo de la orilla. Después de un momento de cavar con brazos y manos, doy con algo duro. Palpo el contorno. Sí, es una roca.

—Encontré una —digo.

Me inclino para alzarla, pero no puedo sola. Roe se acerca a duras penas y se une a mí, hundiendo los brazos y tomando la roca con fuerza. Juntas tratamos de levantarla. Luego, si es que podemos, queremos arrojarla al hielo. La izamos lo suficientemente alto, luego la balanceamos, hacia un lado y otro, una y otra vez, luego por tercera vez, y la arrojamos con fuerza. No va lejos, pero pega en el hielo. Oímos un sonido sordo y fuerte, luego, silencio. Un momento después, cuando ya no lo esperamos, se oye un quejido —casi humano, o ¿podría ser de un animal?— seguido de un rugido, y la masa de hielo se desplaza, se rompe, y después hay un sonido de deglución. Roe me mira, alarmada. La piedra ha atravesado el hielo.

Seguimos hasta la capilla. Miro a Roe mientras caminamos. Tiene la nariz muy roja, y le lagrimean los ojos. Lleva el abrigo abotonado a medias. No está de ninguna manera acostumbrada a tanto frío. El banco de la capilla está tapado de nieve. Lo despejamos. Hay hielo amontonado en los rincones. Nos sentamos un momento. El hielo enfunda las ramas de los otros árboles, pero sobre los pinos se desliza como agua, y cuelga como trapos. Delante de nosotras, junto a la capilla, las ramas de los pinos se arrastran, con sus colgantes de género.

A continuación nos dirigimos a los campos de juego, pasando por mi edificio. Vemos a Mr. Ryan en el patio, cavando en la nieve, como hacíamos nosotras un momento antes. ¿Qué podría estar buscando? Nos agazapamos detrás de un arbusto y espiamos. Está mascullando solo. La cara de su mujer asoma tras el vidrio de la ventana. Roe se ríe. La nieve amordaza el sonido de su risa, pero de todos modos él oye algo y levanta la vista. Cubro la boca de Roe con la mano. Él sigue cavando, luego parece haber encontrado lo que buscaba. Hace un esfuerzo, levanta algo. Es un triciclo, azul turquesa en la nieve. Lo levanta, victorioso, por encima de la cabeza con un solo brazo, como una barra con pesas, y lo agita en dirección a su mujer tras la ventana. Ella se ríe. Roe y yo también nos reímos, nerviosas, detrás del arbusto. Roe se deja caer de espalda sobre la nieve. Espesa y profunda, se levanta a su alrededor. Yo hago lo mismo. Roe apoya la cabeza. Estamos cansadas. Nos hemos estado riendo. La nieve es blanda. ¿podríamos quedarnos aquí para siempre?

Pero luego de un momento sentimos el frío. Mr. Ryan ha vuelto a entrar. Nos levantamos y nos vamos. Cuando llegamos a los campos de juego, nos detenemos. Miramos alrededor. Sobre los campos de juego hay centelleantes olas de nieve. En el extremo vemos nuestro cementerio, un grupo más alto de montículos todos juntos. Si fuéramos más livianas, pensamos, si siguiéramos siendo niñas pequeñas, podríamos cubrir toda la distancia sin caernos.

De vuelta en mi dormitorio, nos acurrucamos sobre el piso, con las rodillas contra el radiador. Me vuelvo hacia Roe. Tiene las mejillas rojo brillante, el pelo enredado por el sombrero. Vacilo, aparto la vista, intento de nuevo. Estoy tratando de pensar en una manera de abordar el tema del hombre al que conocimos, Arthur, de alguna manera de sacar a relucir su nombre.

—¿Qué? —me pregunta cuando vuelvo a mirarla.

—Nada —digo. Es una sensación desconocida, esta falta de naturalidad con Roe.

—Dime —dice Roe.

—Ese tipo, Arthur... —digo—. ¿Sabes a quién me refiero?

—Sí —dice—. El tipo del café.

—Bueno —digo, respirando hondo—, ¿has pensado acerca de él?

Aunque hablamos sobre él en el ómnibus de regreso al colegio, no hemos vuelto a mencionar su nombre.

—No —dice Roe—, no en especial. ¿Por qué? ¿Tú sí?

Asiento.

—Sí. —Me muerdo el labio, aguardando para ver qué hará ella.

—¿De verdad? —me pregunta Roe, sin dejar de mirarme, interrogante, tratando de registrar esto. Es una faceta de nosotras que no hemos compartido, ni podríamos haberlo hecho, al no haberla vivido, al no conocerla nosotras mismas. Es una especie de revelación, y hasta este momento no ha estado claro qué tipo podría atraer a cada una.

Me arrojo al agua.

—Sí, y no sé qué hacer.

—Bueno, ¿qué podrías hacer?

—Llamarlo. —Me encojo de hombros.

Ella se queda callada un momento, absorbiendo la

idea. Yo espero. Pero su respuesta llega más pronto y más despreocupada de lo que yo esperaba.

—Claro, tienes su número —dice. (Se ha acordado de la tarjeta.) Pues, llámalo. Para ver qué pasa. ¿Por qué no?

Al parecer, ha decidido ver esto como una aventura. Desde este punto de vista, parece más fácil. Sí, por supuesto que debería llamar. Pero al mismo tiempo ella parece tan alegremente desligada. Por un segundo me siento irracionalmente irritada, como si de alguna manera fuera injusto que la forzada a esta posición de llamar y ceder fuera yo, mientras que ella, sentada allí, permanece imperturbable.

Roe vuelve a su cuarto. Llega la tarde, y la noche. Trato de hacer mis tareas, pero no puedo pensar en absoluto. En la cama, la cabeza me da vueltas toda la noche. Se aferra a cosas, de modo que no puedo dormir del todo, pero tampoco estoy enteramente despierta como para ver qué son.

Al día siguiente, y durante toda la jornada, me siento agitada. ¿Lo llamo? ¿Debería llamarlo? ¿Qué le diré? El sol está fuerte. El hielo gotea y gotea de los árboles. Si una levanta los ojos, se queda enceguecida. Todo pasa tan rápido, que algunos arbustos y ramas ya están pelados. Llama, pienso, llama, debes hacerlo, llama ahora.

Pero espero hasta la hora de la cena, cuando el edificio se queda vacío, los pasillos están en silencio. El teléfono está en el pasillo del primer piso, donde todos pueden oír. Hay que hablar de pie. Espero hasta que las últimas chicas se han ido. Entonces salgo subrepticiamente, con la tarjeta que él me dio en la mano. El corazón me late con fuerza. Levanto el tubo, empiezo a discar, luego me detengo. Miro por encima del hombro, escucho. Nadie. Respiro hondo y vuelvo a empezar.

Llamo al número de su casa. Suena tres veces. Responde una voz. Es su voz, una voz de hombre, con un acento débil, un tono de impaciencia, pero luego me doy cuenta, con alivio, de que no es realmente él, sino una máquina. Espero, trato de decir algo. No puedo. Cuelgo. Luego, un segundo después, vuelvo a discar. Da ocupado. Cuelgo, espero, e intento de nuevo. Pasa lo mismo: la máquina, su voz, yo espero demasiado tiempo y vuelvo a colgar.

Voy rápidamente a mi cuarto y cierro la puerta. Me siento en la cama, tensa, en el borde, como si esperara a alguien o que pasara algo, luego me levanto y me paseo, una y otra vez, del escritorio a la puerta. No estoy segura qué hacer, dónde sentarme o ir, cómo ocupar las manos. Salgo al pasillo y trato de llamar otra vez. Otra vez cuelgo. Me siento mortificada. Regreso a mi cuarto, me paseo, vuelvo a salir, llamo otra vez. Repito la operación una y otra vez, llamo, cuelgo, regreso a mi cuarto, vuelvo a salir y llamo otra vez hasta que me muevo sin pensar, cada acción parece carente de sentido, pero sin embargo estoy más y más agitada cada vez. Por fin, oigo que la puerta de abajo se abre y las voces de las primeras chicas que vuelven. Estaba a punto de llamar otra vez, pero en cambio cuelgo y vuelvo a mi cuarto. Extenuada, me acuesto sobre la cama. Está muy oscuro afuera ahora; los vidrios de la ventana brillan. Puedo oír las chicas que parlotean mientras suben la escalera, luego se ríen juntas en el pasillo. Acostada allí, respirando, llego a una conclusión: no puedo hacer esto. Simplemente, no puedo. Lo acepto con lo que parece una tranquila resignación mientras que, con el otro lado del cerebro, sigo planeando cómo lo llamaré otra vez, qué diré y qué dirá él y cómo será el futuro.

Otro día y otra noche sin sosiego. El agua chorrea de los árboles, y sus ramas desnudas y mojadas se ven oscuras en contraste con la nieve. Todo, esa hermosura, ha desaparecido tan pronto. Me siento cada vez más encerrada en mi mente. Mis pensamientos son mellados, con puntos, como escarabajos negros. Saltan ante mis ojos, adhiriéndose y aferrándose.

Esa noche trato de llamar de nuevo. Doy con la máquina, y cuelgo otra vez. La vez siguiente, sin embargo, él contesta. Al principio estoy confundida. Más que nada, parece una interrupción; yo contaba con que respondiera la máquina. Pero luego, un segundo después, la oigo, realmente la oigo: es su voz. Se me ilumina la cara, se me aclara el pecho. "¿Hola? ¿Hola?", dice. Pero he aguardado demasiado, ya es tarde. Desolada, cuelgo el teléfono.

Voy a mi cuarto. Más agitada aún, lo recorro, caminando junto a la pared. En algún momento me aparto, voy hasta el centro de la habitación y me detengo. Es como si un estanque de agua se hubiera despejado en mi cabeza, y su arrugada superficie de pronto se hubiera alisado.

—Iré. Simplemente, iré —resuelvo.

—¿Hablaste con él? —me pregunta Roe cuando le digo que iré a verlo. Es el día siguiente. Estamos almorzando en el comedor.

—No —le digo. Me duele confesarlo, inclusive a ella. La noche anterior parecía una iluminación. No puedo hablar con él por teléfono, pero en persona será diferente. Será diferente, y él también lo será. Digo esto en voz alta, y suena un tanto cuestionable, y hasta fantástico.
—No —le digo—. Simplemente, iré.

—¿Irás? —me pregunta ella—. ¿Sin avisarle? —Está obviamente impresionada. Mira hacia atrás, como si hubiera alguien escuchando. —¿Irás, así como así? —susurra, asombrada—. ¿Y qué pasa —dice— si no está allí?

—Regreso.

Roe me mira, dilatando los ojos. Pero su actitud sigue siendo vacilante, como la mía. Es aquí, en este punto, donde nos detenemos. Luego, después de un momento, ella se repone. Lanza una exclamación de asombro.

—Te felicito —dice.

El viernes por la noche me quedo levantada hasta tarde. Ya he decidido lo que me pondré. Me siento más calmada ahora que he tomado una decisión, como si de ahora en adelante el resto fuera inevitable. Pienso en la escena en el jardín entre Mr. Rochester y Jane Eyre, en la que ella le confiesa su amor, y luego él también. Después veo otra escena —debe de ser de una novela de Hemingway— en la que estoy viajando con Arthur en un tren a través de las montañas; yo llevo un pañuelo sobre el pelo.

Al día siguiente Roe me acompaña hasta que llega el ómnibus. Me despido con la mano cuando subo. Si teme por mí, no lo demuestra.

En el ómnibus me siento junto a la ventanilla y observo todo lo que pasa, los campos y granjas y postes telefónicos y las casas a la vera del camino, cubiertas de nieve. Cuando entramos en la ciudad, casi no reconozco las calles. Hay nieve sobre los rebordes y entradas de los edificios, y pilas en las esquinas. Los autos en los bancos de nieve no se han movido. Parece un lugar totalmente distinto, completamente extraño, debajo de tanta nieve.

Llamo a Arthur desde un teléfono público. Estoy nerviosa, pero al mismo tiempo procedo de una manera práctica, como si no tuviera opción. Le digo que soy la chica que conoció la semana pasada, en la calle afuera del café, que fuimos al parque juntos. Él me interrumpe, diciéndome que se acuerda, que sabe quién soy, pero parece sorprendido de oírme. Le digo que estoy otra vez en la ciudad.

—¿Nos encontramos? —le pregunto rápidamente. De lo contrario, tengo miedo de que él no quiera.

—Ah —dice, confundido —pues, seguro...

—¿Ahora? —le pregunto.

—¿Todo está bien? —me pregunta—. ¿Estás con tu amiga?

—No —le digo—, ella no pudo venir.

Oigo que hay un cambio en su voz; ahora suena preocupado.

—¿Dónde estás?

Le digo que estoy muy cerca del café dominicano.

Dice que ya ha hecho planes, que se va a reunir con un amigo en el vecindario, para cenar. Está cerca. ¿Por qué no paso a saludar? Por su modo me doy cuenta de que cree que algo anda mal. Quiero explicarle que no se trata de eso, que todo está bien, sólo que es un esfuerzo agotador e involucra demasiadas palabras. Es todo lo que puedo hacer para aceptar su sugerencia, y anoto la dirección y la hora.

Mientras me dirijo al restaurante, pienso en la mendiga sin techo del vestido floreado, acostada ociosamente en un portal o trepada al muro del parque. Ah, vivir como ella, sin poseer nada, sin hacer planes.

Encuentro el restaurante, luego doy vueltas a la manzana varias veces. Por fin me obligo a entrar. Arthur y su amigo ya están allí. Es un local pequeño, italiano, con piso de madera. Están sentados en un rincón, charlando y riendo, con una botella de vino. El amigo tiene pelo rubio rojizo, ojos lánguidos, oscuros. Él me ve primero, me clava los ojos. Entonces Arthur se da vuelta. Se pone de pie, con aire intrigado y preocupado a la vez.

—Creí que no vendrías, después de todo —me dice.

Me estudia la cara, tratando de relacionarla con la voz que oyó en el teléfono. —Éste es mi amigo Lionel —me dice—, y ella es...

—Maya —digo rápidamente, pensando que lo ha olvidado.

—Ya sé, recuerdo tu nombre —dice, todavía preocupado, pero ahora también divertido. —Y me lo repetiste por teléfono. Le estaba contando a Lionel sobre tú y tu amiga.

—Oh... —digo, turbada. Me quito el abrigo. Debajo tengo puesto un vestido negro, de mangas cortas.

Arthur lo examina.

—¿No tendrás frío? —me pregunta.

—No, estoy bien —pero mientras lo digo, siento la piel de gallina en mis brazos.

Por la ventana del restaurante se ve una pila alta de nieve.

—Y ¿qué le pasó a tu amiga? Roe, ¿verdad? —me pregunta Arthur.

—Tenía que terminar un trabajo para el semestre —le digo.

—Qué pena. Le estaba contando a Lionel acerca de ustedes dos, sentadas en el banco, fumando. Hacían una pareja tan linda.

Los ojos de Lionel siguen clavados en mí de manera enervante. Para evitar su mirada, paseo la vista alrededor. Los manteles tienen cuadros blancos y rojos. Sobre las paredes hay fotos autografiadas de personas fascinantes —¿italianos?— que yo no conozco.

—¿Conoces este lugar? —me pregunta Lionel.

Doy un respingo, pensando al principio que me acaba de preguntar el nombre de uno de los italianos.

—No —le digo. Todo es un error, pienso. Debería irme.

—Arthur me ha dicho que estás pupila en el colegio

—sigue diciendo Lionel—. ¿De dónde eres, originariamente?

Siento la garganta cerrada.

—De Massachusetts —le digo.

—Perdón —dice, acercándose—. No te oigo.

Lo repito.

—Estás susurrando —dice, con una sonrisa inquieta.

—¡Massachusetts! —digo, pero debo de haber gritado. La mujer de la mesa de al lado se da vuelta.

—Está bien —dice Arthur, sonriendo—. Hazte valer.

Felizmente, en ese momento se acerca el camarero. Es joven, italiano, tiene una camisa blanca almidonada.

—¿Están listos para ordenar?

Arthur le dice que por el momento estamos bebiendo. Me pregunta qué quiero tomar. Me encojo de hombros. No se me ocurre nada. Digo que tengo que ir al baño. Tardo mucho en el baño, aunque hay una rejilla abierta cerca del cielo raso por la que entra una corriente de aire frío. Antes de salir, tomo una decisión. Cuando vuelvo a la mesa, digo que debo irme.

—¿Sí? —me pregunta Arthur—. ¿En serio? —Intenta ocultar su sorpresa. —Bueno, pero... ¿estás segura de que estás bien? Se te ve un poco pálida. ¿No quieres comer algo?

—Toma —dice Lionel, vaciando un vaso con agua y sirviéndome un poco de vino—. Toma un poco de vino. Luego puedes irte cuando quieras.

Ya tengo puesto el abrigo, pero me siento un momento al borde de la silla. Tomo un sorbo de vino.

—¿Un cigarrillo? —me pregunta Arthur, levantando las cejas.

Saco mis cigarrillos.

—Déjame encenderlo —dice él, y enciende un fósforo.

Lionel dice que él no fuma, pero acepta un cigarrillo. Baja los ojos al encenderlo, luego los levanta otra vez, observándome. Ojalá no lo hiciera. Bajo los ojos.

—¿Cuántos años tienes? —me pregunta.

Arthur tose. Tiene una expresión burlona.

—Dieciocho —miento. Lo he ensayado, de modo que lo puedo decir.

Lionel asiente, mientras suelta el humo lentamente por la boca.

—¿Así que te gradúas este año?

Muevo la cabeza en señal de aprobación.

—¿Y entonces serás una mujer libre? —Sonríe. Parece haberse olvidado por completo de la existencia de Arthur.

Arthur, fastidiado, arrastra hacia atrás la silla. Le hace a Lionel una pregunta sin ninguna relación acerca de alguien que ambos conocen. Lionel le responde, y como si los dos hubieran vuelto a un antiguo ambiente compartido, comienzan a hablar. Después de un momento Arthur se vuelve hacia mí para explicar. Asistieron al colegio juntos, y fueron compañeros de cuarto el primer año. Hacía años que no se veían; se encontraron hace poco, por casualidad. Están hablando de un amigo en común de aquel tiempo. Inclino la cabeza para indicar que comprendo, tomo un sorbo de vino, aliviada de ver que están absortos en sus propios asuntos. Fumo un segundo cigarrillo inmediatamente después del primero. Siento que se me relajan los brazos; me recuesto en el respaldo de la silla.

Cuando vuelve el mozo para preguntar si vamos a comer, Lionel le dice que sí.

—Todos comeremos ¿no? —Me sonríe.

Arthur me mira.

—Sólo si tienes ganas —me dice—, porque no estás obligada, aunque lo diga Lionel.

Tomo otro sorbo de vino. Lo siento tibio en el estómago.

—Sí, tengo ganas —digo.

El camarero nos trae el menú. Pido lo primero que veo.

Ellos dos siguen charlando mientras comemos. Yo asiento de vez en cuando, hago una pequeña pregunta, pero en general me limito a observarlos. Aunque bien parecido, Lionel, de frente ancha, con leves entradas en el pelo en la parte superior, tiene el aspecto de una muñeca china, de rasgos pequeños y suaves, piel de porcelana.

En comparación, los rasgos de Arthur son marcados. Su pelo es espeso, la piel más oscura. Hay ironía en su expresión, por la manera en que le chispean los ojos. Lionel también es irónico, pero todo en él es más débil, más apagado, la voz, las pestañas pálidas, los ojos, semicerrados, el vello rubio rojizo que le sale en los brazos y manos.

Trato de imaginar la vida cotidiana que llevan, lo que viene antes y después de esto, el hecho de reunirse a la noche en un restaurante como éste. En un intervalo de silencio en la conversación, decido preguntar:

—¿Viven en un apartamento?

—Sí —dice Arthur—. ¿Por qué? Pareces sospechar algo.

—No... —digo. Me encojo de hombros. Ellos parecen estar esperando algo. Estoy a punto de avergonzarme. —La verdad es que nunca conocí a nadie que viviera en un apartamento. Y estaba a un tris de confesarlo, tímida de vergüenza. Pero luego tomo otro camino, una manera distinta de decir exactamente lo mismo. —No conozco a nadie que viva en un apartamento. —Lo digo con ligereza, de modo juguetón, como si fuera no tanto una deficiencia sino un descubrimiento, inclusive un logro, en cierto sentido.

—¿De verdad? —pregunta Lionel.

—En ese caso —dice Arthur—, tienes razón. Es algo sospechoso, muy sospechoso.

Prosigo con mi cuestionario.

—Y ¿tienen empleos?

—Pues, sí. Sí, claro —responde Arthur.

—¿Qué hacen? —pregunto.

—Ah, lo mío es aburrido. Soy abogado —dice Lionel—. Y Arthur, bueno, Arthur ¿qué es lo que haces? Eres crítico de arte ¿no? La última vez que te vi estabas escribiendo un libro, algo fantástico. Sobre catedrales, ¿verdad? Pero ahora, ¿trabajas en una revista? —Se vuelve hacia mí. —De manera que la respuesta a tu pregunta es sí, tenemos empleos. ¿Por qué, te sorprende?

El rostro de Arthur se ilumina lentamente, con expresión de que va entendiendo. Su sonrisa es tierna.

—Somos adultos.

Lionel se ríe.

—Sí, somos adultos. Eso es. Pensar que pudiera resultar interesante. ¡Adultos! Hacía años que no oía esa palabra. —Lionel parece, no sólo divertido, sino excitado, hasta exaltado. —¡Ay, ser joven, ser joven!

Después de cenar, afuera, en la calle cubierta de nieve, Lionel nos deja de mala gana. Debe volver a su casa con su esposa e hijos. Su hijo, dice, lo está esperando para que le lea *Tom Sawyer* en voz alta.

Antes de irse, se vuelve hacia Arthur.

—¿Qué pasó con ese libro que estabas escribiendo? Tenías contrato y todo, ¿no?

Arthur dice que sí con la cabeza, sonríe.

—Todavía está ahí —dice.

Lionel menea la cabeza.

—Estás loco —Se vuelve hacia mí. —Ten cuidado con este rumano loco —dice, palmeando a Arthur en la espalda y sonriéndome.

Cuando se va, Arthur y yo nos quedamos parados, solos. La calle está iluminada por los faroles.

—¿Tiene hijos? —le pregunto.

Arthur asiente.

—¿Y tú?

—No, no. Yo no.

—¿Estás casado?

—No. Escucha, son las nueve. ¿No debes volver al colegio?

—No, está bien —digo restándole importancia, agitando una mano.

—¿Qué quieres decir con "está bien"?

—Está bien —digo—. Hay un ómnibus a las once. —Me siento relajada y un tanto loca. —Vamos a tomar una copa.

Me mira, levantando las cejas.

—¿Quieres tomar más?

—Sí.

Se encoge de hombros, como dándose por vencido, y echa a andar.

Me lleva a un bar que conoce, en el mismo vecindario, a unos pocos pasos. El bar esté en una esquina. Adentro es oscuro y angosto, con compartimentos de madera y una mesa de billar en la parte de atrás. Desde cierta distancia, la mesa de billar parece una pequeña extensión verde de pasto con una bombilla colgando sobre ella. Las sombras se espesan a su alrededor, materializándose sólo cuando se inclinan en la luz, retrocediendo luego para volver a materializarse otra vez.

Nos sentamos junto a una ventana, cerca del frente. Arthur me pregunta qué quiero tomar. Le digo que no tengo ni idea, y le pido que escoja él. Lo observo cuando se dirige a la barra. Le dice hola al mozo del bar, un hombrecito con aspecto de conejo, de anteojos con armazón de carey y camisa arremangada. Saluda a una mujer de pelo oscuro, sentada frente a la barra. Lo imagino haciendo esto durante años, hablando informalmente con la gente en los bares.

Trae dos gin tonics.

—¿Vienes mucho aquí? —le pregunto.

—No —dice—. Solía hacerlo. Ahora rara vez voy a un bar.

Tomo un sorbo de mi bebida. No podría sentirme más cómoda, ubicada en mi asiento.

—Esto es muy lindo —digo—. Me refiero a este bar.

—Me alegra que te guste —dice Arthur. Pero parece un poco incómodo. Baja los ojos y por un momento se mira las manos sobre la mesa, luego vuelve a mirarme a mí.

—Tu amigo es agradable —le digo.

Asiente apenas.

—¿Por qué te llamó rumano loco?

—Ah… —Parece ligeramente fastidiado. —Para fastidiarme, supongo. —Aparta la mirada hacia la mesa de billar, luego la vuelve hacia mí.

—Yo no estoy de acuerdo con lo que dijo acerca de ser joven —le digo.

Arthur parece sentir curiosidad.

—¿Qué es lo que dijo?

—¡Ay, ser joven, ser joven! —repito, imitándolo.

Sonríe.

—¿Por qué? ¿Qué piensas tú?

—Pienso que debe de ser lindo ser mayor.

—¿Por qué?

—Pues, no sé, por mil razones. Para poder venir a lugares como éste.

Hace una pausa, estudiándome.

—Pues, tienes razón —dice—, es mejor ser mayor, en cierto sentido. —Yo tomo un trago largo de mi bebida. Él también toma un sorbo, despacio, y parece sentirse más a gusto. —Sonaba como que pasaba algo malo cuando me llamaste —dice—. ¿Algo andaba mal?

—Oh —digo. Me cubro la boca con la mano. —¿Por qué? ¿Parecía muy asustada?

—No —dice—, pero tu voz sonaba rara.

—Me estaba portando de una forma ridícula, ¿no? Cuando llegué al restaurante, casi ni siquiera podía decir hola.

—Nerviosa, diríamos, no ridícula. Pero no te preocupes. Tu nerviosismo era encantador. La gente nunca se da cuenta de que su nerviosismo es encantador.

Lo miro. Se me ocurre que es una idea enteramente novedosa.

—Y luego —digo—, recuerda que cuando volví del baño, dije que debía irme. —Todo parece muy gracioso ahora, y absurdo. Pero es como si, en mi mente, la persona que hizo eso no era yo, como si estuviera recordando la manera en que se comportó otra persona. —¿Tomamos otro? —le pregunto. He terminado mi trago.

Mira mi vaso, impresionado. El suyo está por la mitad. Vacila levemente, mientras se pone de pie.

—¿Quieres lo mismo?

Indico que sí. Por alguna razón, su vacilación me da ganas de reír.

Otra vez observo a Arthur de pie junto a la barra. La mujer de pelo oscuro se ha ido. Observo su rostro mientras espera. Recuerdo cuando lo vi con el hombre que podría ser su padre, según pensamos Roe y yo. Cuando vuelve y se sienta, le pregunto acerca de su familia, si alguna vez los ve.

—Veo a mi padre cuando necesita dinero. —Se ríe.
—De lo contrario mantiene un perfil bajo. Pero —continúa diciendo—, no debería quejarme. Mi hermano es en realidad quien se ocupa de él.

—¿Qué hace tu hermano?

—Es banquero. Vive en Filadelfia.

—¿Y tu hermana?

Ahora sonríe.

—Ah, es una colegiala. Es bonita. Como tú.

A las diez y media, Arthur me acompaña a la estación para tomar el ómnibus de las once. De esta manera llegaré antes del toque de queda. Un hombre me lanza una mirada mientras esperamos en la fila. Me examina de arriba abajo. Sus ojos se demoran en mis pechos. Arthur lo nota.

—Ten cuidado —me dice cuando estoy a punto de subir al ómnibus—. Ten cuidado. Están por todas partes, sabes, los lobos.

Sonrío. Me he subido al primer escalón del ómnibus. Me inclino de repente, y lo beso en la boca. Él se aparta levemente, con expresión confundida. Me vuelvo y subo al ómnibus. Las ventanillas tienen un tinte oscuro. No puedo verle la cara, sólo su forma, allí parado. Espera mientras el ómnibus sale de la estación. Nos dirigimos hacia el centro. Es de noche, pero el cielo está iluminado, y entre los edificios las calles estén llenas de vida. Giramos una vez y luego entramos en el túnel. Sentada allí en la oscuridad, apoyo la cabeza. Puedo sentir aún la presión de sus labios en los míos. Pienso en el restaurante y en el vino, en Arthur de pie frente a la barra, en el bar, y en las calles oscuras y llenas de nieve. Recuerdo mi manera de hablar en el bar. Es como observar a otra persona, una chica hablando en un bar. Tiene puesto un vestido negro o verde. Podría ser cualquier chica. Y luego empiezo a imaginar cómo será la próxima vez que vuelva, y lo vea otra vez.

Encuentro a Roe en su cuarto. Está sentada frente a su escritorio, con una expresión ausente que desaparece rápidamente cuando entro.
—¿Cómo fue? —me pregunta.
—Muy bien —le digo. Todavía me siento un poco loca y me tiro sobre la cama.
—¿Lo viste? ¿Estaba allí?
—Sí, cenamos con un amigo suyo. —Me recuesto. —Y luego fuimos a un bar, Roe, un bar magnífico.
—¿Se besaron?
Sonrío, incorporándome.
—Yo lo besé, justo al final. Me parece que él no estaba preparado.
Suena la campana de advertencia. Faltan unos pocos minutos para el toque de queda. Me siento. No quiero volver a mi cuarto. Miro a mi alrededor. Hay ropa apilada sobre el radiador y en montones sobre el piso. *Moby Dick* está abierto, cara abajo, sobre la cama.
—¿Qué tal tu fin de semana? —le pregunto.
Roe se encoge de hombros.
—Bien. —Sonríe un tanto lánguidamente, extiende una mano. —Estuve aquí. Lo pasé aquí.

Capítulo 5

"Insisto en que vengas", decía la esquela de mi abuela. Está en el mismo papel color crema, con monograma en la parte superior. Me invita a pesar la Navidad con ella. "Y está bien si quieres traer una amiga".

Le digo a Roe. Está encantada. Como a mí, a ella le aterraba la idea de pasar las fiestas en su casa.

—Es como dar un paso atrás, ¿no? —dice—. Aquí hemos avanzado tanto.

Mi abuela vive en Long Island. Roe y yo tomamos el tren y pasamos por extensiones de agua y estanques congelados. Llegamos al atardecer. La ciudad parece abandonada en esta época del año, con las playas de estacionamiento vacías y los negocios cerrados. El chofer de mi abuela, Marcel, nos está esperando en la estación. Es tal cual lo recuerdo, tímido, con bondadosos ojos azul hielo. Caminamos hasta el auto, que esta vez es negro —el otro era plateado— pero con las mismas puertas con monograma.

El auto se desliza con suavidad a través de la ciudad desierta y después más allá, hacia la oscuridad. Pasamos un campo de golf, cruzamos un puente, luego giramos a la derecha y avanzamos junto a un muro de piedra flanqueado por pinos altísimos. Los faros iluminan todo el largo del muro. Seguimos el camino que hace una curva —nunca he estado en un auto de andar tan suave— y luego volvemos a aminorar la marcha cuando llegamos a un portal con una arcada de hierro forjado. Lo trasponemos. El sendero parece de grava fina o arcilla. Lo que se puede ver a la luz de los faros es un terreno desigual. Hay abetos gigantescos plantados a distancias fijas. Roe y yo miramos por la ventanilla. Los faros iluminan una alberquilla para pájaros con un borde de conchillas. Luego aparece la casa. Es grande y blanca con varias chimeneas de ladrillo en el techo. Pero sólo alcanzamos a ver una parte del gran cuadro, lo que los faros iluminan. Luego estamos demasiado cerca. Marcel detiene el auto y bajamos. Lo seguimos, subimos la escalinata que lleva al porche de entrada. Hay un llamador que es una garra de león. Él llama dos veces y abre la puerta.

Un joven hermoso, con bucles dorados, sale a nuestro encuentro para saludarnos en la sala delantera. Tiene una camisa blanca y un vaso en la mano.

—Soy Calvin —nos dice.

Toma nuestros abrigos. Nosotras nos presentamos. Marcel sube nuestras valijas por la escalera.

—¿Dónde están? —pregunta una resonante voz de mujer.

Calvin nos sonríe con aire conspirador.

—Vengan —nos dice—. Creo que tu abuela quiere verte.

Atravesamos una puerta y entramos en un salón espacioso con un gran fuego en el hogar. Mi abuela está parada al lado del fuego. Tiene un vaso y un cigarrillo con la punta manchada de carmín. A sus pies hay una alfombra de tigre con cabeza y todo. Se la ve tal cual la recuerdo, sólo que más espléndida aún ahora que está en su elemento. Cerca del fuego y de la alfombra de tigre hay sillones y sillas de cuero, ceniceros de plata y de cristal, una mesa rodante con vasos y una coctelera de plata, un juego de colmillos de elefante montado sobre la pared. Y fotografías con marcos de plata de mi abuela, más joven, en poses extravagantes. Nos observa con ojos críticos mientras nos acercamos.

Ahora recuerdo que la última vez que la vi debía darle la mano y no lo hice. Pero en vez de extenderme la mano, se inclina doblando la cintura y ofrece la mejilla. Supongo que debo besarla. Acerca la cara, pero ¿si no es lo que debo hacer? ¿Sería un ultraje hacerlo? Luego me entero de lo que quiere. Una no debe realmente besarla en la mejilla, sino rozársela con la mejilla de una. Esta vez se la beso. Oigo el sonido que hago y percibo una leve humedad. Ya me he dado cuenta de que está mal. Roe se acerca después y hace lo mismo. Y mientras se aparta, oímos un gruñido. Las dos miramos hacia atrás, sobresaltadas.

—Es Louis —dice mi abuela—. ¿Te acuerdas de Louis? Me parece que quiere decir hola. —El perro blanco de cara achatada emerge de atrás del sofá. Tiene un collar con pequeñas púas de plata. —Está bien, diles hola. Diles hola, chicas. —Mi abuela parece hablar en un registro diferente, con un componente de hilaridad en todo lo que dice, pero sin embargo todo es secreto, nunca reconocido, o más bien jamás se reconoce la idea de que pueda haber otra manera de hablar, de modo que nosotras sentimos que, sin quererlo, estamos tomando parte en una pieza teatral.

Miro a Louis, con su pelo blanco recortado y la piel rosada que asoma. Tiene dos largos colmillos inferiores que sobresalen de sus encías y labios, las encías rosadas, un tanto flojas, bordeadas de negro. Lo último que quiero hacer en el mundo es tocarlo. Me aproximo, pero mis piernas no avanzan. Me inclino, tratando de palmearlo. Gruñe otra vez, luego ladra.

Mi abuela se ríe. Sus ojos se fijan en mi vestido.

—Por el amor de Dios, ¿qué te has puesto?

Me pongo colorada.

—Calla, Lacy —dice Calvin—. Se la ve muy bonita, y lo sabes. —Se vuelve hacia mí. —Eso se lo dice a todos. Me lo dijo a mí la primera vez.

—Pues, por supuesto que te lo dije. ¡Tenías puesta una chaqueta a cuadros!

Divertido, Calvin levanta las manos, dándose por vencido.

Mi abuela se vuelve hacia mí. Entrecierra los ojos. Me mira la cara, luego el resto.

—De todos modos —dice—, estás mucho mejor. —Se vuelve. —Hazme acordar de que te preste alguna ropa mía mañana. —Le echa un vistazo a Roe. —Tú también —le dice—. ¡Marcel, los canapés! ¿Qué quieren tomar ustedes dos? ¿Champaña? ¿Martinis?

—Champaña —digo yo. Roe, sometida, indica con la cabeza que quiere lo mismo.

Calvin va a la mesa rodante para servir las copas.

—Siéntense —dice mi abuela. Ella sigue de pie. Roe y yo, obedientes, nos sentamos en el sofá. Enciende un cigarrillo. —¿Fuman ya, chicas?

Roe y yo nos miramos. Asentimos.

—A veces —digo.

Nos ofrece un cigarrillo a cada una.

—Cuéntenme del colegio. Tenía muy buen nombre en mi tiempo. ¿Hay alguien interesante ahí ahora? ¿Algún Kennedy?

La miro. No tengo idea.

—No lo creo —digo.

—¡No lo crees! ¡Pues, lo cierto es que debes informarte! Hay un colegio de muchachos cerca, ¿no? ¿Saint Nicholas? ¿Están enamoradas?

Miro a Roe. No sería correcto decir que Arthur es mi novio. Al mismo tiempo me parece que, en este contexto, lo más importante es dar una respuesta, decir cualquier cosa, incluso una mentira total, ya que la verdad sería improcedente y la idea principal la de divertir.

—Conocí a alguien —digo.

—¿Sí? ¿De verdad? Cuéntanos, Calvin, ven, dice que conoció a un chico.

—Bueno, es mayor.

—Mejor aún, un hombre —dice—. ¿Es rico?

La pregunta me toma por sorpresa.

—Bueno, no —digo—. No lo creo.

—No sirve, entonces.

—Quién diría —dice Calvin, meneando la cabeza—. El fervor del converso.

—El fervor del converso... ¿qué quieres decir, por Dios? Mi familia nunca fue pobre.

Calvin se encoge de hombros.

—Pobre, no. ¿Quién dijo pobre? Clase media baja.

—¡Clase media, cuernos! Nunca fuimos de clase media. —Se vuelve hacia la repisa del hogar para tomar un sorbo de su copa y mira por encima del hombro, de modo juguetón. —Al menos yo no. —Mi abuela señala a Roe. —¿Y tú?

Roe se pone muy colorada.

—¿Soy rica?

—No, tonta. ¿Estás enamorada?

Roe sacude la cabeza, aliviada.

—Bien —dice mi abuela—. Tengo unos hombres encantadores que quiero que conozcan las dos.

Marcel llega con los canapés. Son pequeños, muy decorados, mariscos envueltos en panceta, mini arrollados de salchichas. Todo delicioso, algo que no he comido nunca. Roe se sirve una salchicha miniatura.

—Este hombre tuyo ¿es buen mozo? —me pregunta Calvin.

Me encojo de hombros.

—Creo que sí —respondo—. Es moreno.

—¿Moreno? —pregunta mi abuela—. ¿Moreno en qué sentido?

—Pelo y ojos oscuros.

—Entonces, ¿es negro?

—No —le digo—, es rumano.

—¿Rumano? ¡Dios mío! —Se echa a reír—. ¿Y qué hace aquí, por el amor de Dios?

Cada vez me siento más confundida.

—¿A qué te refieres?

—Bueno, ¿es un inmigrante?

—Vive aquí —le digo—. Es mitad estadounidense. Su padre es estadounidense.

—¡Buen Dios! —exclama mi abuela. Vuelve a tomar un sorbo de su bebida. —De modo que es pobre, es armenio. Esperemos que al menos beba. —Nos mira a las dos. —Asegúrense siempre de que beban. Los que no beben, como Richard, mi segundo marido, son aburridísimos. —Se vuelve hacia Calvin. —Hablando de aburridos —dice—, ¿dónde está ese amigo tuyo?

—Durmiendo —dice Calvin.

—Pues, despiértalo. ¡Realmente! ¿Qué clase de huésped es? Tráelo aquí abajo. No me importa que no quiera venir. Tiene que prepararse para nuestra fiesta. Marcel, ve con Calvin y trae a ese hombre acá abajo. No tolero que alguien duerma a la hora del cóctel.

Calvin y Marcel van al piso superior. Mi abuela desaparece en el cuarto de baño. Roe me mira. Abre grandes los ojos.

—Es un caso —susurra.

—Lo sé —le digo.

Oímos pasos pesados en la escalera, luego la voz de Calvin y la de otro hombre, diciendo palabrotas. Un momento después aparecen Calvin y Marcel, trayendo a un hombre entre los dos. Parece pesado, sólido. Tiene pelo oscuro, ensortijado. Lo traen a la sala y lo dejan en el sofá. Entrecierra los ojos y refunfuña.

—¿Qué hacen? ¿Qué demonios hacen?
—¡Lacy! —dice Calvin en voz alta.
—Está en el baño —le digo.
Calvin va y llama a la puerta del cuarto de baño.
—Lacy, trajimos a Toby. No sin una pelea.
El hombre echado en el sofá, Toby, abre los ojos. Nos mira directamente a Roe y a mí.
—¿Quién diablos son ustedes dos? —pregunta. Logra darse vuelta y sentarse. —¿Qué pasa? —Mira a Calvin, acusatorio. —¿Para qué me trajiste aquí abajo?
Mi abuela sale del baño. Se ha retocado los labios.
—Dénle una copa —dice.
Toby la mira con repugnancia.
—¿Cómo se puede vivir así? —pregunta. Se levanta. Tiene la cara marcada por la almohada. Su aspecto es el de quien ha sufrido. —¿Siguen bebiendo? —pregunta—. ¡Qué desperdicio! No puedo creerlo. ¡Me siento asqueado, envenenado! —Se estremece. —He bebido más en estos dos últimos días que en los últimos diez años.
—Está decididamente fuera de práctica —dice Calvin.
—Pues es mejor que empiece a entrenarse —dice mi abuela—. ¿Cómo va a poder llegar a la víspera de Año Nuevo?
—Ah, no —dice Toby—. Yo no me quedo para la víspera de Año Nuevo. No sobreviviré. No podré irme vivo de aquí. —La mira—. Tú debes de ser toda alcohol por dentro.
Mi abuela echa la cabeza hacia atrás y se ríe.

Toby nos mira a nosotras dos.

—¿Quiénes son estas chicas? —pregunta—. ¿Qué demonios están haciendo aquí?

—Son la nieta de Lacy y su amiga —le dice Calvin.

—Que Dios las ayude. —Toby se levanta, va hasta la mesita de cócteles, y empieza a servirse una copa con rabia. —Ustedes están completamente locos, es repulsivo, en realidad. —Mi abuela suelta su atronadora carcajada.

Me despierto cuando oigo la voz de Roe que susurra mi nombre. Dormimos en camas gemelas con cobertores a rayas celestes y blancas. Sobre las paredes hay grabados de hombres blancos persiguiendo indios, o a la inversa.

La casa está en silencio.

—Creo que no hay nadie levantado —dice Roe.

Nos vestimos y bajamos la escalera sin hacer ruido. Una luz matinal gris entra por las ventanas. Es tarde, alrededor de las diez, pero el cielo está cubierto de nubes.

Hay vasos y ceniceros llenos, un tronco ennegrecido quemado en el hogar, que todavía no se ha hecho cenizas. Miramos en la cocina. El mismo desorden. Abro la heladera. No hay nada, salvo una bandeja de rosados langostinos con salsa roja de cóctel.

—¿Comemos esto? —pregunto. Vacilamos, pero tenemos hambre. No se ve nada más.

Llevamos la bandeja de langostinos y la salsa de cóctel a la sala. Hay mucho silencio. Roe y yo hundimos los langostinos en la salsa y caminamos por la habitación, mirando con más detenimiento las fotografías en blanco y negro. Una es de mi abuela y varios hombres holgazaneando junto a una piscina. Por la ventana, en la luz grisácea, podemos ver la misma piscina sin agua y cubierta con una lona azul. En la foto mi abuela tiene puesto un traje de baño. Mira, sonriente, con un cigarrillo en una mano. Hay un hombre detrás de ella, que se ve hasta los hombros. Hay otro sentado al lado de ella. Él no mira la cámara sino hacia adelante, con las piernas extendidas. Es delgado y huesudo, y tiene un buen pecho firme, con músculos delgados y fibrosos.

Otra fotografía muestra a mi abuela con un abrigo oscuro y sombrero haciendo juego: la madre joven. Está despampanante. Debajo, sobre el suelo, con la mano levantada para sostener la mano enguantada de mi abuela, hay una niña pequeña y regordeta, de expresión sombría, vestida con ropas parecidas. Me acerco y me inclino. La niña es mi madre. Parece increíble. Miro los ojos de la niña regordeta. Debe de tener cinco o seis años, pero parece muy pequeña, o quizás es porque mi abuela, de tacos altos, se destaca, y la cara de la niña apenas si supera las esbeltas rodillas de su madre.

—Ésa es mi madre —le digo a Roe.

—¿En serio? —me pregunta. Ella también se inclina para mirar.

De pronto me detengo, a punto de morder un langostino.

—¿Dónde está Louis? —susurro.

—¿Quién? —pregunta Roe.

—¡Louis! ¡El perro!

Roe me mira; también recuerda. Las dos nos echamos a reír como tontas. Qué horrible sería toparnos frente a frente con Louis, estando solas en la casa. Decidimos salir. Encontramos nuestros abrigos en el placard de la sala y salimos sin hacer ruido. El llamador de garra de león hace un leve ruido metálico, luego se queda en silencio. Los jardines están rodeados por el muro de piedra que vimos al llegar. La tierra es desigual, con pequeñas depresiones y montículos.

Le cuento a Roe lo que dijo mi abuela acerca de que enterraba a sus maridos. Señalo un montículo y luego otro a los lejos.

—¿Crees que ésas son tumbas? —me pregunta Roe con incredulidad, aunque a esta altura está dispuesta a creer cualquier cosa.

Me río.

—No —le digo—. Pero ¿no te la imaginas, aquí en la oscuridad, cavando tumbas para sus maridos?

Caminando por el sendero de arcilla, vemos con más claridad lo que vimos anoche a la luz momentánea de los faros: los abetos que se elevan, altos. La escarcha, por todas partes, cubre el suelo como gasa. En un claro, damos con el bebedero para pájaros, con la pileta llena de hielo. Més allá, deslizándose por detrás de un recortado arbusto de lilas, se ve el cuerpo negro y firme de una pantera de porcelana. Atrás de la casa, el vidrioso terreno escarpado desciende hasta la piscina. Bajamos por él. La lona azul brilla en este día gris. Alrededor de la piscina hay una vereda en miniatura, y a un costado una caseta enrejada.

Roe y yo miramos adentro de la caseta. Un salvavidas de espuma de goma cuelga de un gancho junto a un arrugado traje de baño de mujer. Recuerdo la foto de mi abuela con los hombres alrededor de la piscina. La visualizo entrando aquí con uno u otro, con quien mantiene una relación secreta.

Caminamos alrededor de la piscina. Se ha juntado hielo en las arrugas de la lona. En la esquina más alejada, sobre un pedestal, damos con el busto de una niña. Es la misma niña, mi madre, de la fotografía, aunque un poco mayor, cerca de la adolescencia, con la misma cara llena y expresión solemne. Mi madre, observando los retozones alrededor de la piscina. ¿Sabrá que está aquí? ¿Qué pensaría si lo supiera? Estoy segura de que no se pondría contenta.

Roe y yo empezamos a temblar al borde de la piscina. El aire helado parece habernos calado los huesos. Sin embargo, no queremos in adentro y enfrentarnos a quienquiera que esté allí. Entonces aparece una figura, que viene caminando por el costado de la casa. Es Marcel. Se dirige hacia nosotras, colina abajo. Tiene puesta una camisa de lana, pero no lleva abrigo. Está temblando, también, y se restriega las manos.

—¿Tomaron el desayuno? —pregunta al llegar.
—Comimos langostinos —le digo.
—¿Langostinos? —dice—. Ah, sí. Encendí un fuego. Puedo cocinarles unos huevos. ¿Por qué no entran? No se ha levantado nadie —añade, como si tratara de adivinar por qué vacilamos. Roe y yo nos miramos, tentadas de quedarnos afuera. Pero el fuego y los huevos calientes suenan tan atractivos que miramos a Marcel, agradecidas, y lo seguimos.

A medida que va transcurriendo la tarde, las figuras del piso superior bajan una a una, tambaleándose, primero Toby, luego Calvin, luego mi abuela. Toby y mi abuela parecen abatidos, su expresión desolada. La cara fresca de Calvin se ve sólo levemente desencajada, pero se mueve con paso más pesado.

—No me miren —gruñe mi abuela cuando entra en la habitación.

Ese día, tal cual había prometido, mi abuela pone una pila grande de ropa que ya no usa sobre las camas gemelas: camisas de seda con adornos chinos, pantalones de gamuza, camisolas con el aroma de su perfume, hasta una caja con alhajas. Hay un tocador en nuestro cuarto, pintado de blanco, con un espejo en el centro y una hilera de cajones bajos a cada lado. Roe y yo nos probamos la ropa delante del espejo. Combinamos la ropa de mi abuela con la nuestra.

—Mira —dice Roe. Tiene puesta una camisa de seda con uno de sus pantalones de hombre y aros de diamante en las orejas.

Cuando oscurece, Roe y yo nos vestimos frente al espejo. Volvemos a probarnos todo de nuevo, hasta que nos queda a la perfección. Roe se pone un par de pantalones de gamuza y una camisa de seda. Yo me decido por un vestido de seda dorado pálido con adornos chinos. Luego vamos abajo.

Es la hora del cóctel. Ya han llegado algunos invitados. Mi abuela está hablando con alguien. Se da vuelta.

—Aquí están. —Nos mira de arriba abajo. —Mucho mejor —dice.

Calvin nos preguntan qué queremos beber.

—Prepárales martinis —dice mi abuela antes de que hayamos tenido tiempo para contestar.

De pie allí, Roe y yo, con nuestra espléndida ropa, con un martini en la mano, sentimos que todo es un juego, pero al mismo tiempo real.

—Vengan —nos dice mi abuela—. Quiero que conozcan a los muchachos Lawrence. Y, recuerden, todo el mundo está interesado en una muchacha joven, así que, por amor de Dios, no sean tímidas.

Los muchachos Lawrence tienen cara cuadrada, usan trajes oscuros. Tienen doce, dieciocho, y veintidós años.

—¿Cómo están? —pregunta Roe con su acento sureño. De su cara, arrebolada por el martini, emana un constante brillo rosado.

Los dos muchachos mayores son muy caballerescos. Le preguntan a Roe acerca de su proveniencia sureña. Me preguntan a mí de dónde soy. Nos cuentan acerca de sí mismos. Los dos van a la universidad de Cornell. Uno está en segundo año, el otro está por graduarse. Espera empezar a trabajar en un Banco. El de doce años tiene los ojos fijos en el tablero de damas.

Observo cómo escucha Roe, con el rostro radiante e inexpresivo. Se la ve tan rara con su ropa elegante, y al mismo tiempo tan familiar, y los muchachos, en comparación, parecen no tener ninguna importancia. Podemos decirles cualquier cosa, pienso.

Me vuelvo hacia Roe.

—¿No estudió Fred en Cornell? —le pregunto.

Hace una pausa por un segundo, luego pesca mi plan.

—Sí —dice, tratando de no sonreír por la elección del nombre.

—¿Quién es Fred? —pregunta el mayor de los hermanos.

—Su novio —digo yo.

—No —dice de inmediato Roe—. Ya no.

—¿Qué apellido tiene? —pregunta el muchacho—. A lo mejor lo conozco.

Roe se queda helada un instante.

—Chair —dice.

—¿Chair? ¿Fred Chair?

Me doy vuelta, riendo estúpidamente.

—Sí —dice Roe—. Un nombre raro.

Me doy vuelta.

—En realidad, se escribe "chère", como en francés, pero se pronuncia "chair" —digo.

Al oír esto, Roe apenas si puede contenerse. Pero los dos muchachos asienten, amablemente. El de doce años se ha apartado para jugar solo a las damas.

—¿Así que tú y este tipo terminaron? —persiste el mayor.

—Sí —dice Roe, bajando los ojos para mirarse las manos—, el año pasado.

—Lo siento. ¿Salieron juntos mucho tiempo?

Roe se encoge de hombros, y me mira, desvalida.

—Un año y medio. —Yo la observo, sonriente. —Un poquito más que tú y Raoul —agrega.

Me río con ganas al oír el nombre Raoul.

—¿Por qué te ríes? —me pregunta el hermano del medio.

—Sólo porque —digo, riendo todavía— mi novio odia que lo llame Raoul.

—¿Cuál es su verdadero nombre?

—Ralph.

La conversación sigue un rato en esta vía. Roe y yo retomamos la conversación donde deja la otra, explayándose cada una sobre la mentira de la otra. Apenas nos importa lo que dicen los muchachos, ni siquiera si nos creen o no. Es como si sólo Roe y yo estuviéramos iluminadas, paradas juntas con nuestra ropa elegante, y el resto del mundo en sombras, los muchachos y los demás invitados, la sala, el fuego y la alfombra, incluso Calvin y mi abuela, que apenas se ven o se oyen.

La Navidad es tranquila. Sólo Calvin y Toby están presentes. Mi abuela le regala a Roe un billete de cien dólares, y a mí un anillo con un brillante y una esmeralda. Se va a acostar temprano. El fuego arde despacio. La fiesta, la verdadera fiesta, se reserva para Año Nuevo.

A mitad de la tarde del 31, con la casa muerta, excepto por la presencia de Marcel y nosotras, se oye un golpecito a la puerta. Roe y yo estamos sentadas cerca del fuego, leyendo. Marcel ha ido al pueblo a comprar las últimas cosas para la fiesta. Vuelve a sonar el llamador. Voy a abrir. Afuera hay una mujer joven, perfectamente arreglada. Tiene poco menos de treinta años. Su aspecto es absolutamente encantador, perfecto en todo sentido, y se muestra sorprendida al verme, aunque no demasiado sorprendida. Parecería que no es de sorprenderse demasiado por nada.

—Hola —dice—. ¿Está Lacy?

Le digo que sí con la cabeza.

—Está dormida, sin embargo.

—Oh —dice la chica—. Típico —dice, pasando junto a mí—. ¿Marcel está por aquí?

—Fue al pueblo —le digo.

Está claro que conoce la casa. Pone su abrigo en el placard, se echa un vistazo en el espejo del pasillo, examinándose fríamente. Luego se vuelve otra vez a mí.

—Soy Muriel, una amiga de Lacy —dice—. ¿Estás aquí para la fiesta?

—Ella es mi abuela —le digo.

—Ah, ¿en serio? —Arquea una ceja perfectamente formada, me mira con mayor interés. Realmente es encantadora, con resplandecientes rulos negros, mejillas levemente llenas. —Pues, es fantástico —dice. Entra en la habitación del hogar. —¿Y quién es ella?

Roe se levanta. Se la presento. Muriel va a la cocina. Hace todo como por impulso, moviéndose rápido, sacudiendo los rulos negros de un lado a otro, como una rara especie de hormiga. Las dos la seguimos, deslizándonos tras ella.

—Si hay algo que no soporto, es el desorden de la mañana después —dice—. A continuación se dirige a la escalera. —Voy a despertarla —dice—. Se vuelve. —¿Hay otra gente aquí?

Asentimos.

—¿Quién? —pregunta.

—Calvin —digo—, y su amigo Toby.

—Ah, Calvin —dice Muriel, poniendo los ojos en blanco. Sigue caminando. La oímos en el corredor, sus movimientos rápidos y su voz clara y contundente.

—Todo el mundo arriba —dice. ¡Arriba, arriba, arriba! —Golpea las puertas. Hay gruñidos. Luego la oímos entrar en el cuarto de mi abuela. —¡Lacy, arriba, arriba!

Más gruñidos. Luego una voz amortiguada.

—En el nombre de Dios ¿qué estás haciendo aquí, Muriel? Estás invitada a una fiesta. Nadie te dijo que vinieras a la mañana.

—Vine temprano. Pensé que necesitarías ayuda. Está claro que es así.

Roe y yo volvemos a la sala. En cierto sentido, es algo que hemos presenciado muchas veces, las figuras del piso superior, emergiendo, una a una, en diversos estados mentales y de ánimo. Muriel camina alrededor de ellas, atareada, comentando, reprendiendo, distribuyendo café. Son las cuatro.

Tres horas después, comienza la fiesta. Mi abuela está deslumbrante otra vez. Tiene puestos pantalones, joyas, y sus zapatos dorados. Llegan los muchachos Lawrence. Roe está hablando con el del medio. Hay caras nuevas, una pareja austríaca, una mujer de la edad de mi abuela con su marido, que es médico. Muriel hace de anfitriona, yendo de aquí para allá. Agrupa a la gente de a dos, si la bandeja de canapés está vacía, hace una seña en el acto para que la llenen. Mi abuela no piensa en nada de esto. Muriel y Marcel trabajan como equipo. Calvin se para junto al bar, con la camisa abierta en el cuello, con Toby a su lado, que bebe todo el tiempo, con expresión huraña.

Mi abuela se inclina sobre mí.

—Tu madre se perdió toda la diversión de la vida, viviendo allá en el campo con los vegetales. ¡Es aburrido, aburrido! Y la ropa aburrida que se pone. —Se toca el cuello de su camisa de seda. Yo tengo puesta una de las suyas. —Estás encantadora, querida. Ven, hay alguien que quiero que conozcas. —Tomándome de la muñeca, me lleva a través de la habitación. —Es enormememte atractivo, un experto en safaris. Le he hablado de ti.

El hombre en cuestión tiene cuarenta y tantos años, cuerpo grande y corto pelo enrulado.

—¿Le estás enseñando a tu nieta la lección de la vida? —le pregunta cuando llegamos.

—Por supuesto. Dame una chica de edad impresionable... —dice mi abuela. Nos presenta (el hombre se llama Stan), luego se va.

—Es una mujer extraordinaria —dice Stan, observando alejarse a mi abuela. Parece encantado con el hecho de que soy su nieta. Dice que se ha enterado de que me paga el colegio. Me hace preguntas sobre el colegio. Yo no quiero decepcionarlo. Estoy segura de estar diciendo todas las cosas equivocadas. Pero a él parece no importarle. Hay cordialidad en su rostro, en sus ojos. Y toda mi vida creí que importaba lo que una le decía a la gente. Pero él parece encantado con cualquier cosa que digo.

Me escapo al baño. Pero no bien salgo, sus ojos me vuelven a seguir. Quizá mi abuela está en lo cierto, pienso. Todo el mundo se interesa por una chica. Miro a mi abuela en el otro extremo del salón, de pie en un círculo de hombres. Se hace hacia adelante, con los pies calzados con las sandalias doradas más bien separados, luego extiende una mano y, apoyándose en el hombro del hombre que tiene más cerca, echa la cabeza atrás y se ríe.

Al observarla, siento que capto la misma vena de hilaridad, o me siento captada por ella. El austríaco está en cuatro patas, buscando algo en la alfombra. A Muriel se le ha caído un aro. Ella lo observa desde arriba, sólo levemente perturbada.

Varias horas y copas después, miro a mi alrededor en busca de Roe. No se la ve por ninguna parte. A lo mejor se fue a la cama. Subo y busco en nuestro dormitorio, pero está vacío. Me detengo frente a la ventana, escrutando el oscuro jardín vacío. Busco en la cocina —no está allí— y luego en los demás cuartos. Hay una puerta cerrada. La abro. Hay dos cuerpos en un diván, manoseándose. Está oscuro, pero la puerta abierta arroja un rectángulo de luz. Ilumina una cara, la de Roe, y luego otra, la del muchacho Lawrence del medio.

—Ah, perdón —digo.

Oigo la risita tonta de Roe. Vuelvo a la sala. Las voces se han aplacado. Todos dirigen los ojos hacia el centro de la habitación, donde mi abuela está bailando alegremente con el mayor de los muchachos Lawrence. Se ha quitado una sandalia dorada. Ahora lanza por lo alto la otra de una patada. Pega en el cielo raso, luego cae, rompiendo una copa. Ella mueve ligeramente las caderas, se ríe. El joven la hace girar, descalza ahora. La hace girar en sentido contrario. Se abre un botón de la camisa de mi abuela. Él extiende una mano para desabrocharle el que le sigue.

Stan está observando, encantado. Su mirada se entrecruza con la mía. Me siento un poco mareada. Voy a la cocina a beber un vaso de agua. Stan me sigue. Yo no sé que él viene detrás hasta que me doy vuelta. Lo miro. Aún tiene esa mirada fascinada. Hago unos pasos de baile, también. Él se ríe, encantado. Viene hacia mí. Me toma las manos y las besa.

—Eres una chica encantadora, encantadora.

Se inclina y me besa en los labios. Dejo que lo haga. Luego le devuelvo el beso. Me pone las manos en la cintura, me toma de la cintura. Hay urgencia en su manera de tocar. Pienso en Roe y en el muchacho en la otra habitación.

—¿Podemos ir a alguna parte? —pregunta—. ¿Puedo llevarte a dar un paseo en el auto?

Se me ocurre que esta podría ser la gran ocasión. Preferiría que sucediera de una vez por todas. Luego pienso en Arthur, su frente, y en cómo fue besarlo.

Justo entonces entra Calvin.

—Ay, Dios —dice. Ha venido a llenar el balde de hielo. Da un paso atrás.

—No, no, está bien —le dice Stan, invitándolo a pasar, turbado y fastidiado a la vez.

Antes de que Calvin desaparezca, aprovecho la oportunidad para escabullirme y me voy a mi cuarto.

Al día siguiente, cuando Roe y yo nos vamos, mi abuela baja al comienzo de la tarde para decir adiós. Tiene la bata puesta, el pelo despeinado, los ojos oscuros y sombríos. Como la habitación a su alrededor, tiene un aspecto grisáceo, como si todo el brillo de la noche anterior se hubiera convertido en cenizas. Y de repente todo parece un tanto absurdo, los colmillos de elefante y las fotografías, el tigre muerto, toda la parafernalia a su alrededor. Está sentada, desgarbada, en su sillón. Nosotras estamos paradas, con los abrigos puestos.

—Está claro que ustedes, chicas, son adultas —dice, encendiendo un cigarrillo. Me mira. —La próxima vez pensaremos en la universidad. Tu madre fue a una universidad encantadora.

Hay silencio en la casa. Ella parece no encontrar las palabras, lo que es raro.

—¿Dónde está todo el mundo? —pregunta—. ¿Dónde está Muriel? ¿Dónde está Calvin? ¿Marcel? —No hay respuesta—. ¡Maldita sea! —dice—. Marcel las lleva a la estación ¿no?

—Sí —digo—. Creo que está subiendo las valijas al auto.

—Muy bien, entonces. —Vuelve a sentarse—. ¿Lo pasaron bien?

Asentimos. Ella aparta la vista y mira por la ventana. Parece estar pensando en la fiesta, disfrutando sus reflexiones.

—Sí —dice—, fue muy divertida. —Debe de estar visualizándose bailando en el centro de la sala, con los ojos de todos clavados en ella. Casi parece haberse olvidado de nosotras por completo. Luego recuerda. Se vuelve hacia mí, con expresión más suave.

—¿Ahora vuelves a tu rumano pobre, hmm?

Cuando llega Marcel, mi abuela se levanta y nos acompaña a la puerta. Parece tener las piernas flojas. Da la impresión de que pisa con los pies ligeramente separados para mayor equilibrio, como si de lo contrario pudiera caerse. Se inclina un poco para recibir nuestros besos, me da una palmada en la espalda.

—Dile a tu madre que la echamos de menos —dice.

Capítulo 6

Jasper me llama al colegio. Dice que me echó de menos para Navidad. Antes siempre íbamos juntos al bosque, buscábanos un árbol, y lo cortábamos. Le pregunto qué hizo, en cambio. Me dice que pasó la víspera de Navidad solo, luego, al día siguiente, fue a la casa de un vecino. La idea es deprimente. No lo soporto: Jaspers solo y luego en casa del vecino, con gente que apenas conoce. Rápido empiezo a contarle de mi abuela y sus amigos. Los describo a todos, la imito a ella. Mientras hablo, se me ocurre que Jasper es el que me enseñó a hacer esto, a contar un cuento, a actuar como los personajes. Ahora se ríe, disfrutando plenamente. Una vez que termino, hay una pausa. Siento una urgencia repentina por colgar. Pero él sigue. Dice que ha estado pensando mucho en mí. Empieza a creer que ha pasado algo, porque yo nunca llamo ni escribo. He conocido a alguien, ¿no? Me he enamorado. Me muestro evasiva. ¿Por qué no se lo digo? ¿Quién es esta persona? ¿Dónde me encuentro con él, y cuándo?

Cuelgo, finalmente, más decidida que nunca a llevar a cabo mi plan.

Llamo a Arthur y le digo que voy otra vez a la ciudad. Lo invito a que nos reunamos a tomar una copa. En los formularios que llenamos al comienzo del año escolar, pongo a Jasper como padrastro. También sé imitar su firma. Escribo una nota falsa en su nombre, invitándome a quedarme en la ciudad con él, y se la doy a Mr. Ryan.

El sábado me visto en mi cuarto. Me miro en el espejo. Tengo en la mente lo que planeo hacer. Roe sabe, también. En lo de mi abuela les dije que Arthur era mi novio, y estoy decidida a hacer que la verdad cuadre con lo que he dicho.

En el viaje, con la tarde cayendo por la ventanilla, el invierno, el paisaje que cambia, el mundo de árboles y campos que se va transformando mientras viajamos hacia este otro mundo, de pavimento y calles, grises y azules. Salimos del túnel, viramos hacia arriba. Las luces a lo largo de las calles suben, se van encendiendo. Pronto estamos bordeando el parque. Estamos llegando a un territorio conocido, Broadway al norte, los restaurantes y los negocios. Reconozco las esquinas, y ahora a figuras en las calles, al muchacho del restaurante dominicano que abre el candado de su bicicleta, la mendiga sin techo durmiendo sobre un pedazo de cartón: ni siquiera siente el frío.

Siempre pensé que necesitaba enfrentarme a mis temores, adentrarme en ellos. Pensé que hacía precisamente eso, sólo que ahora los temores mismos parecen haberse evaporado. Es una sensación embriagadora: no hay nada allí. Me parece haberme adentrado en el aire.

Arthur me ha dado el nombre y la dirección de un bar. Es espacioso y aireado. Las mesas tienen un lustre púrpura.

Yo llego primero, y pido un martini. Arthur llega después. Me ve desde el extremo del recinto, se acerca.

—Se te ve diferente —dice mientras se sienta.

—¿Sí? —Sé que es así. Me siento diferente. Tengo puesta la ropa de mi abuela, mezclada con la mía.

—¿Qué estés bebiendo? —me pregunta.
—Un martini —le digo. Levanta las cejas. Enciendo un cigarrillo. Doy una pitada, tomo un sorbo de mi trago.
Me mira y sonríe.
—Tienes todos los trucos —dice.
Me pregunta acerca de mi Navidad. Se la describo, imitando a mi abuela.
Se ríe.
—¿Es así como habla?
Digo que sí.
—Bueno —dice Arthur un momento después, haciendo una pausa, mirándome de una manera nueva—, ¿qué piensas hacer cuando termines el colegio?
—Mi abuela dice que quiere pagarme la universidad —le digo—. Y Roe y yo queremos viajar.
—¿Viajar? ¿Adónde?
Me encojo de hombros.
—A todas partes. A Europa y a América del Sur, para empezar. A Roe le gustaría ir a Brasil, antes que nada.
Él se hace hacia atrás, observándome.
—¿Y de dónde saldrá el dinero? —pregunta.
—Encontraremos una manera de conseguirlo —digo.
Me mira realmente de una forma diferente. No sé si está impresionado o simplemente en extremo sorprendido.
El bar se vuelve más oscuro, más pequeño, más cálido. Tomamos otra copa y hablamos un poco más. En el espejo del baño, me miro, asombrada. Lo que no puedo creer es que él acepte, en realidad, que yo soy verdaderamente esta persona sentada aquí, conversando. Es como en esos sueños donde una no se cae, sino vuela. ¿Son brazos o alas? ¡Pero, por supuesto, alas!
El bar está cerrando. Él busca los abrigos. Pregunta dónde me alojo, y es entonces cuando se lo digo:

—Contigo.

Afuera las calles están oscuras, cubiertas de hielo. Debe de estar helando, pero no siento el frío. Tomamos un taxi. Al mirar por la ventanilla, me olvido de él por completo; las luces van pasando, borrosas, todo se esfuma, las luces se van apagando una a una.

Bajamos del taxi en una oscura calle angosta. Hay edificios de apartamentos con escalinatas, arbolitos en la vereda rodeados por pequeñas verjas de hierro. Luego estamos adentro y subimos escaleras. Arriba y arriba y arriba, marea pero no cansa. Observo su mano cuando abre la puerta, sin mirarme. Su expresión parece casi tétrica. Siento ganas de reír. ¿De qué tiene tanto miedo?

Las lámparas de su apartamento proyectan una luz amarillo profundo. Es un apartamento pequeño y algo atestado. Hay un leve indicio de polvo, muebles antiguos, de madera oscura tallada, espejos, una cómoda, un escritorio y estantes. Parece como si todo perteneciera a un lugar más grande, una casa con cielos rasos altos y grandes y amplios corredores. Aquí todo está encogido, oculto, con los hombros agobiados, bello, sin embargo, pero oculto a la vista.

Extiendo la mano para tocar la talla de madera de uno de los espejos.

—¿De dónde sacaste esto? —le pregunto.

—Ah —dice—, son todas cosas de mi madre, de su familia rumana.

Va a la cocina. Miro a mi alrededor.

Hay una habitación principal, separada por estantes en un estudio y un dormitorio. La cama es baja. Delante de ella hay una ventana grande, que llega casi hasta el techo. La cocina, angosta, con una mesita angosta, sobresale del estudio; el cuarto de baño es de azulejos celestes.

Arthur trae una jarra de agua con hielo. Suena el teléfono. Lo mira, sorprendido, luego va a atender. Habla un tiempo muy breve.

—Gracias —lo oigo decir—, pero acabo de llegar a casa, y creo que me iré a la cama. —No, no estoy solo —dice luego.

Me da una remera de un cajón. Es azul oscuro, muy larga. Comprendo que se supone que debo ponérmela. Esto también me parece cómico. Voy al baño. Cuando me pongo la remera, me llega hasta las rodillas.

Cuando vuelvo, él ya está en la cama. Hay una lámpara encendida todavía. Me acuesto al lado de él. Apaga la lámpara.

—Buenas noches —dice.

No me toca en absoluto. Me sorprendo. Está acostado muy tieso. Extiendo la mano y le rozo el pecho. Puedo sentir sus músculos debajo de la piel. Está tenso, además, pero no se mueve. Muevo los dedos un poco más, por sus costillas. Él extiende el brazo abruptamente y me toma la mano.

—Durmamos, nada más —dice.

¿Durmamos? De repente me siento muy confundida. Esta posibilidad no figuraba en mi plan.

—¿Tienes novia? —le pregunto, luego de un momento.

Los dos estamos acostados de espalda en la oscuridad.

—Pues, sí, se podría decir eso —responde.

—¿Qué quieres decir?

—Ya no vive conmigo, pero lo hacía. —Cambia un poco de posición. —Tuvimos algunas… dificultades, pero todavía seguimos pensando qué hacer.

—Creo que la conozco —digo en voz baja.

—¿A quién?

—A tu novia. Quiero decir, creo que la he visto.

—¿Cómo puedes haber visto a mi novia? —Se vuelve y me mira en la oscuridad—. Ni siquiera sabes quién es.

—No, pero, quiero decir, creo que la vi contigo un día en el restaurante. ¿Tiene un abrigo azul?

Parece exasperado.

—No sé. Tiene montones de abrigos. —Se sienta y vuelve a encender la luz—. ¿Sabes cuántos años tengo? —pregunta. Se pone bizco, pero me mira todo lo significativamente que puede—. Treinta y dos.

Me encojo de hombros, luego persisto, aunque me doy cuenta de que está irritado.

—¿Has tenido muchas novias? —le pregunto. Siento que todo ha terminado, de cualquier manera, me ha rechazado, después de todo, así que ya no importa lo que diga.

Se ríe, irritado y divertido a la vez.

—No sé si he tenido muchas novias. No tengo la costumbre de contarlas.

—Por ejemplo, ¿cuántas tienes en este momento? —le pregunto.

Me mira, sin saber si responder mis preguntas o no, luego inclina la cabeza contra la pared, como dándose por vencido.

—Bueno, tengo la que tú conoces. —Sonríe irónicamente. Y luego: —Ya que, como te dije, no nos va demasiado bien... hay otra mujer que he estado viendo, a ratos.

—¿Qué significa a ratos?

—Cada dos semanas, o algo así.

—¿Quién más?

—Nadie más —dice, riendo—. ¿Por qué quieres saberlo?

Me encojo de hombros.

—Sólo curiosidad.

Se vuelve hacia mí.

—Escucha —dice—. Me gustas mucho. Pero eso no quiere decir que desee que seas mi novia. Y no creo que tú en realidad quieras que yo sea tu novio, tampoco. —Sonríe. —Creo que es sólo curiosidad, como dices.

Vuelve a apagar la luz.

—Buenas noches —dice por segunda vez, pero no le contesto. Extiende una mano para sacarme el pelo de la frente. Es una sensación agradable, pero no reacciono. Me siento no sólo confundida, sino avergonzada, además. Quiero irme inmediatamente. Me imagino levantádome y poniéndome la ropa. ¿Y después qué? Recuerdo las calles vacías y las sombras a lo largo de los bordes de los edificios. El cuarto está a oscuras, la almohada es suave y honda.

Me iré en un minuto, pienso.

Me despierto y recuerdo inmediatamente. Afuera está claro, me doy cuenta, aunque mantengo los ojos cerrados. Me quedo muy quieta y escucho. Arthur no está a mi lado, estoy segura. No oigo respiración. Pero no puede estar demasiado lejos. No quiero enfrentarme a él. Veo mi ropa en una pilita sobre una silla. Podría levantarme, ponérmela en un instante, y salir por la puerta.

No se oye ningún sonido. Levanto la cabeza y escucho. Nada. Muy, muy silenciosamente, me incorporo y miro alrededor. El sol irradia una luz que encandila. Escucho en dirección al cuarto de baño: nada. Me levanto. Bajo mis pies, el piso está frío. Camino con cuidado hacia la cocina. Nadie. Miro el reloj. Son las doce y media. Voy al baño y me lavo la cara, luego salgo y me visto rápido. Justo cuando estoy por abrir la puerta, oigo pasos en la escalera. Es él, estoy segura. ¿Ahora qué? Tendré que mirarlo a la cara, tendremos que conversar, volveré a sentirme avergonzada. Oh ¿cómo no pude despertarme más temprano? Entonces ya me habría ido a esta hora.

Él está frente a la puerta. Salió a comprar leche. Entra, con aspecto agitado.

—¿Estás segura de que quieres hacer eso? —me pregunta—. ¿Estás absolutamente segura?

Me siento confundida. Por un instante, no quiero. Por un instante, siento miedo. Luego recuerdo que para eso vine.

Digo que sí con la cabeza. Dejo la valija en el suelo y me quito el abrigo.

No decimos nada. Él me desviste a mí y yo lo desvisto a él.

Al verlo, su cuerpo me sorprende al principio. Es mucho más hermoso de lo que imaginaba, la forma, las nudosidades, las sombras en la piel. Me deja atónita, la forma de las caderas, los huesos livianos y angulosos, la manera en que el torso nace de ellos, ensanchándose, como una raíz o el tronco nudoso de un árbol.

Está acostado en la cama. Yo estoy arrodillada. Miro y luego extiendo un brazo para tocarlo. Lo toco despacio, maravillándome. Es como tocar algo maravilloso, enteramente nuevo. Él me deja que lo toque. Si antes tenía una mirada huraña, ahora se lo ve diferente, con los ojos entrecerrados, como si estuviera narcotizado.

Pone las manos suavemente sobre mi cintura, me roza los pechos, como si nada más estuviera permitido. Luego, en vez de su mano, pone mi mano entre mis piernas.

—Sabes cómo, ¿no?

Digo en sí, turbada, luego continúo. Él me observa, me ayuda, sujeta el pelo detrás de mi oreja cuando molesta.

—Sigue —dice, puedes seguir.

Sigo. Siento que todo mi cuerpo se enciende, se arrebata, rebosante.

Extiendo el brazo para tocarlo de nuevo. Otra vez me pregunta:

—¿Estás segura de que quieres hacer esto? —Su voz suena diferente, áspera. Esta vez, él es quien tiene miedo. Lo veo en su cara.

—Sí —digo.

Afuera, la ciudad pasa, puedo oírla, los autos que paran y arrancan, su silbido, el tacataca de los pasos, las voces que suben, que bajan, y, por encima de todo, una gran resonancia amortiguada, un rugido de tono grave. Siento que todo eso se eleva dentro de mí. Rasguea en mis oídos.

Al principio, dolor. Y luego algo más que barre el dolor, o lo ahoga, una ola que lo entierra más y más abajo.

Después tengo la sensación de aturdimiento del final del verano, cuando todos los olores, la fruta, la tierra, las flores, dejan de ser dulces y empiezan a podrirse y se vuelven abrumadoramente fuertes.

—¿Estás bien? —pregunta Arthur.

—Sí —digo. Me siento un poco dolorida.

La luz es brillante. Él se levanta y cierra la persiana. Me quedo acostada allí, escuchando arrobada la ciudad que pasa.

De vuelta en al colegio, voy directamente al edificio de Roe. No está allí. Entonces pienso que a lo mejor me esté esperando en el mío. No está allí, tampoco, y dejo mi valija. Salgo para buscarla. Es domingo por la tarde. Busco en la biblioteca, luego en el comedor. No está allí. Quizás ha salido a caminar alrededor del estanque. Voy hasta el estanque. Tengo puesta la misma ropa que llevaba en la ciudad. Todavía hay nieve en el suelo. Pronto me moja las calzas y los zapatos. Me paro en el borde del estanque y miro. Alcanzo a ver todo el sendero a su alrededor. Vacío. Luego se me ocurre algo obvio. Ha ido al pueblo.

En el camino, paso por la capilla, y echo un vistazo al banco. Ella no está allí. La luz empieza a palidecer. De la nieve parece emanar un aliento claro y frío. Fresco al principio, luego se vuelve gélido, e inclusive hace doler. Bajo la colina hacia el pueblo. Siento frío en los pies y en las piernas. Con seguridad la encontraré en el camino, ya de vuelta. Pero no hay nadie. El camino está vacío. Paso por las primeras casas, encaramadas en lo alto. Aquí y allá se enciende una luz. El pueblo, oscuro en las afueras, se va iluminando desde el centro. Cuando entro, más y más ventanas empiezan a encenderse. Busco en el restaurante. Los primeros comensales están comiendo su cena temprana. Las camareras que conocemos se han ido a su casa. Luego busco en la *drugstore* y en el negocio de segunda mano. La mujer allí está sacando el letrero de "abierto".

—¿Estuvo aquí mi amiga? —le pregunto.

—Ayer —dice la mujer— compró una cajita muy linda. Pero hoy, no, no la he visto. —Vacila, moviendo las manos apenas. Mira lo que tengo puesto, mis calzas y el vestido. ¿Los aprueba? No estoy segura. Fija sus ojos en mi cara, curiosa, bondadosamente. Pero poco me importa ahora. No puedo pensar en nada, salvo en encontrar a Roe.

—Gracias —le digo—. Hoy no miraré nada. —Echo un vistazo al salón por cortesía. —Vendré después, con más tiempo.

Salgo. ¿Dónde podría estar Roe? Miro colina abajo, hasta el lugar en que la calle principal se ensancha y conduce afuera de la ciudad. Está oscuro. La luz es grisácea. No aparece nadie. Veo el puente, y el agua abajo. Vacilo. ¿Debería bajar allá? ¿Podrá estar Roe allá abajo a esta hora, en el puente o junto a las vías del tren? Casi ha pasado la hora en que se nos permite estar en el pueblo. ¿Debería buscarla, de todos modos? De pronto una figura sale de la oscuridad.

—¿Está todo bien? Dice una voz. Es Mr. Ryan.
—Sí —le digo, sorprendida.
—¿Estás segura? —pregunta. Mira su reloj y hace una mueca. Es una expresión exagerada, como es su tendencia, pero aun así significa algo.
—Sí —le digo—, sí. Estoy subiendo ya. —Pero me resisto ante la posibilidad de tener que caminar con él, por timidez pero también por este día especial. —Estoy esperando a alguien —le digo. Ella está adentro.

Él asiente con la cabeza y sigue su camino cuesta arriba. Espero hasta que ha cubierto una distancia corta y luego, mirando colina abajo por última vez, cruzo la calle y echo a andar por el otro lado.

Siento las calzas endurecidas contra las piernas. Me duelen los pies del frío. ¿Dónde podría estar Roe? Camino más rápido. ¿Qué puede haber pasado? Me imagino que han sucedido cosas horribles. Me he olvidado de todo, excepto tratar de encontrarla. Cerca de lo alto de la colina, abandono el camino y corto a través de la nieve. Corro, y tomo el camino de atrás hasta su edificio. No hay nadie a la vista. La nieve cruje con ruido bajo mis pies. Veo dos figuras negras caminando a lo lejos bajo los árboles. Me detengo. ¿Es ella? Podría ser, pero no. No es su altura ni su paso ni sus hombros, nada. Vuelvo a echar a correr. A la distancia alcanzo a ver su edificio; la luz de afuera brilla contra la nieve. ¿Y su luz? No alcanzo a distinguir desde este ángulo, sólo de costado. Giro hacia el costado, siempre corriendo. Sí, ésa es su luz. Veo una sombra. Y es ella. ¿Lo es? Corro más rápido. A lo mejor es otra persona en su cuarto. A lo mejor ella no ha llegado y están preocupados, buscando. A la carrera, llego a la puerta del frente. La abro y me precipito escaleras arriba: un tramo, dos. No puedo creer que tenga fuerzas, que no esté cansada. Pero en realidad siento las piernas más livianas y fuertes que nunca. Cuando llego a su puerta en el segundo piso, golpeo pero no puedo esperar e irrumpo en el interior. Ella está allí, frente a su escritorio. Parece sorprendida, casi asustada.

—¿Estás bien? —me pregunta—. ¿Qué pasó? ¿Qué hay de malo?

Me he olvidado de todo lo que sucedió antes. No me imagino por qué *me* está haciendo estas preguntas.

—¿Qué te pasó a *ti*? —digo—. ¿Dónde estabas?

—¿Dónde estaba cuándo?

—Esta tarde. ¡Te he buscado por todas partes! Busqué durante horas en la biblioteca, en el pueblo, junto al estanque.

—Pero, ¿por qué? ¿Estás bien? ¿Pasó algo?

—No, no. Te he estado buscando. ¿Dónde estabas?

—Estoy parada en el medio de la habitación. Me siento asustada y ahora casi indignada.

—Estaba aquí —dice Roe—. Por un rato estuve en el cuarto de la chica del otro lado del pasillo. Estuvimos haciendo la tarea de historia juntas. ¿Estás segura de que estás bien?

Digo que sí con la cabeza. Me siento en la cama.

—¿Y no pasó nada terrible?

—No —le digo. Me recuesto, calmándome, reorientándome. Vuelve a mí el fin de semana con Arthur. Después de un minuto o dos, me siento y le cuento a Roe lo que pasó.

Los colores del colegio, verde, marrón, las tablas blancas de chilla de los dormitorios estudiantiles, el blanco azulado de la nieve. Los colores de la ciudad, púrpura, gris. Y las bebidas, también, oro y rojo, no como flores, pero duros y brillantes.

Tomo el ómnibus. Éste es el primer paso para la entrada en la ciudad. Existen esos momentos de encantamiento mientras entro en la ciudad. Las calles fulguran y están llenas de sombras. Se han encendido las luces en todos los restaurantes y bares. El recuerdo de dónde estaba esta mañana, en la clase de química, aparece fluctuante en el lugar donde estoy ahora. El recuerdo es esencial, hace que la escena sea lo que es. Porque sobre todo es el contraste entre esta noche y esta mañana, la colegiala y ésta de ahora, lo que me deleita, me hechiza.

Ya en el ómnibus puedo sentir cómo cambio de una persona a la otra. Empieza con la ropa y desde allí sigue. Pienso en Arthur, su cuerpo, su piel, tersa y tensa, los músculos debajo que se aferran a los huesos. Me abre la puerta cuando llego. Lo desvisto. Lo hago acostar. Él sonríe, observándome. Es un juego que jugamos. Quizá sea en parte la forma que tiene de comportarse, casual, renuente, lo que me hace desearlo. No hace nada, o muy poco, deja que haga todo yo.

Después, vamos a tomar algo. Está ese bar grande y aireado en el vecindario, donde también se puede comer. Hay espejos sobre las paredes, como cuadros. Arthur y yo llamamos a este lugar el Bar Elegante. Por lo general ocupamos una mesa.

—Ésa, junto a la ventana —dice él. Siempre es muy cuidadoso con respecto a donde nos sentamos, siempre elige la mejor mesa, y si se mueve, dobla una caja de fósforos o una servilleta para enderezarla. A veces, si el barman es el hombre que Arthur conoce, nos sentamos frente a la barra. Pero lo hacemos con cautela, porque una vez me cuestionaron por la edad. En el otro bar al que vamos nunca dicen nada, y es tan oscuro que, de todos modos, apenas si se ve. Este bar está en el subsuelo. En la ventana hay un letrero de neón que dice BAR en letras rojas. Adentro, detrás de la barra, hay un busto de Elvis. El barman es muy viejo y callado y delgado. Siempre está el mismo hombre. Si nos quedamos hasta tarde, nos invita con una copa, que paga la casa. Arthur y yo siempre nos quedamos hasta tarde.

Arthur pide las bebidas porque yo soy demasiado joven. Cuando él era más joven, me dice, solía beber mucho. Ahora bebe sólo con moderación. Yo bebo todas las noches que paso con él. Sentada alllí, siento que la mente se me pone fluida y serena. Y también oscura, pero es una oscuridad maravillosa, no inmóvil, sino llena de vida, como grandes alas que baten. Tengo los ojos fijos en él, pero escucho las alas que se elevan, que crujen.

Una mujer se acerca a nuestra mesa. Conoce a Arthur, quiere hablar con él. Yo asiento, cortés. No me importa.

Sé que hay otras mujeres que Arthur ve durante la semana, cuando yo no estoy. Las mujeres llaman y hablan en el contestador. A veces él levanta el tubo cuando yo estoy allí. Dice que está ocupado, que llamará después. Pero pienso que debería ver otras mujeres, esté o no yo, que no tengo derecho a ejercer ningún reclamo sobre él. Comprendo, inclusive, que se sienta avergonzado de mí; que cuando encuentra en la calle alguien que conoce, finja que soy su hermana, su amiga, la amiga de su hermana, una prima que ha visto sólo una vez, una jovencita desconocida que está de visita en la ciudad, del campo, sí, o si no alguien mayor, una mujer, una camarera del restaurante donde va siempre, una estudiante universitaria de la maestría. Siento que puedo ser cualquiera de éstas, según lo haga necesario la ocasión. Puedo acomodar mi expresión, mis movimientos, mi forma de hablar para representar cualquiera de estas cosas.

Y también, cuando lo requieren las circunstancias, sé representar esta otra parte, la parte de la jovencita con la que él se acuesta, que tiene entre quince y veinte años, no está del todo claro, pero resulta demasiado embarazoso preguntarlo. Como, por ejemplo, una noche, tarde, cuando encontramos a Lionel en el Bar Elegante. Está sentado del otro lado del salón, en una mesa, con amigos. Nos ve, se acerca, inquisitivo, encantado. Me mira lo mismo que antes, si bien más desenvuelto. Arthur vacila, luego se distiende, pone la mano en mi cadera cuando habla. Los ojos de Lionel pasan rápidamente de la mano de Arthur a mi cara y luego de nuevo a la mano de Arthur.

Al principio Arthur y yo hablamos de cosas generales, pero poco a poco, en los bares donde vamos, empieza a contarme más. Me cuenta de su familia, de cuando creció en Europa, que su padre tenía toda clase de planes y gastó todo el dinero que tenían. De cómo los desalojaban una y otra vez. Su madre apoyaba los entusiasmos de su padre, no perdía las esperanzas, y hasta después de haberlas perdido, seguía apoyándolo. Me cuenta que tiene miedo de llegar a ser igual a su padre. Tiene miedo de no terminar nunca su libro. Al mismo tiempo, sabe que tiene más miedo de terminarlo que de no terminarlo. Ha estado trabajando en él desde hace años. ¿Qué necesita para terminarlo?, le pregunto. ¿Quién lo sabe?, me dice. El dinero que recibió para escribirlo se terminó. Sus editores lo llaman cada seis meses. Se ríen. Se ha convertido en un chiste. Arthur está muy bello mientras habla, y trágico. Todo encaja con la imagen que tenía de él al principio, como Mr. Rochester, un hombre con un secreto.

Dice que soy una de esas personas a las que nunca les ocurrirá nada malo; nada malo habrá de tocarme nunca. No creo que sea verdad. Pero le dejo creer lo que quiera.

También piensa que soy intrépida. Dice que mi intrepidez en parte se debe a mi edad. Pero eso no lo explica por completo. Es que soy así. No le digo que en realidad todo me asusta, todo.

Volvemos a su apartamento, subimos las escaleras, es de noche. Pero lo sonidos del tráfico continúan afuera.

Cuando lo toco, gime. Él no me toca. No al principio. Luego lo hace. Sabe cómo hacerlo. Por experiencia; lo ha hecho antes. Esto es lo que quiero, por lo que he venido, por su experiencia.

Quiero que me toque los pechos, que se los ponga en la boca. Me inclino hacia adelante. Se los pone en la boca, primero uno y luego el otro.

—Más fuerte —le digo—. Chupa más fuerte. Y siento, mientras él hace esto, un momento de suspensión, de vacío, y luego un lamer, que se extiende.

Mas tarde, de vuelta en el colegio, miro a mis profesores, a los hombres, de pie frente a la clase, e imagino que puedo lograr que ellos también me hagan lo mismo. Cuando se levantan de atrás del escritorio, veo su cuerpo claramente a través de la ropa. Me imagino que podría lograr con facilidad que me hicieran lo mismo, inclusive aquellos que intentarían no hacerlo o sentirían que está mal. Podría lograrlo, a pesar de ellos mismos. No exactamente como yo misma, sino como la persona que he descubierto que puedo llegar a ser.

—Pero —me pregunta Roe— ¿querrías realmente hacerlo? —Me mira con expresión cautelosa, sorprendida—. Quiero decir, ¿realmente te gustaría tener sexo digamos, con Mr. Stein?

Mr. Stein es el profesor de química.

—¡No! —digo, poniéndome colorada—. Eso no es lo que quiero decir. —Me da una risa que suena fuerte y disparatada, cargada de alivio. —O, quizá —digo—, eso es lo que quiero decir. —Me calmo. —O al menos lo que quiero decir es algo parecido. Sólo que el sentimiento no se relaciona con lo que yo quiero, sino con la idea de que podría lograr que ellos lo quisieran.

Roe parece deslumbrada y confundida. Se me ocurre que lo que estoy diciendo puede repugnarle.

—Quiero decir, y sé que es disparatado —agrego—, que no podría ser verdad. Que yo realmente no podría obligarlos. O al menos una parte de mí lo sabe. Pero lo que es extraño, y ésa es la razón por la cual lo digo, es que mi otra parte de hecho lo *cree*.

Los ojos de Roe brillan, claros. Ha perdido su cautela.

—Sí, es extraño —dice, pensativa—. Me pregunto por qué será.

—Es como —prosigo, despacio— si sintiera que podría obligarlos, aunque no como yo misma, exactamente, sino como esa otra persona que puedo llegar a ser. Es verdaderamente extraño, esta nueva sensación, de que puedo convertirme en otra persona. Es como si —y mientras lo digo, siento que me ilumino, nerviosa, luego radiantemente— como si hubiera tropezado contra algo totalmente por accidente, una especie de poder de cambiarme en cualquier forma que se me antoje.

Cuando vuelvo de un fin de semana con Arthur, Roe me mira como si quizá no me conociera. Me mira como si de repente fuera una extraña. Su aspecto también me resulta peculiar, como si su cara estuviera levemente cambiada, sus rasgos alterados de una manera infinitesimal. Me siento perturbada todas las veces. ¿Significa esto que nos perderemos la una a la otra? Pero luego empieza a hablar como antes.

Un fin de semana, cuando yo no estoy, conoce a un chico.

—¿Verdad? —le pregunto, atónita—. ¿Quién es?

—Es del pueblo —dice—. Su nombre es Jesse. —Algo fulgura en su voz.

—¿Cómo lo conociste? —le pregunto.

Estaba en el río, parada sobre el puente. Él pasó. Se miraron. Eso fue todo. Él siguió camino, y luego ella también, en la dirección opuesta. Iba hacia las vías del ferrocarril. Pero luego, alrededor de una hora después, lo volvió a ver. Ella pensó que pudo haberla seguido, pero no estaba segura. No había notado nada. Estuvo en el café y en el negocio de segunda mano. Cuando iba de regreso, colina arriba, él venía detrás de ella.

—Me volví, y allí estaba. Él dijo hola. Me hizo algunas preguntas. Le contesté, pero seguí caminando.

—¿Qué te preguntó?

—Sólo...No sé, si era del colegio. Y si me gustaba. Y luego, bueno, en la cima de la colina, le dije que debía volver a mi dormitorio. Parecía decepcionado, como si esperara otra cosa, no sé qué. Luego dijo que quería verme otra vez, para charlar un poco más. Y quedamos en vernos al día siguiente, en el pueblo.

—¿El domingo? ¿Y lo viste?

Dice que sí con la cabeza.

—¿Y qué pasó?

—Nada. —Roe está sonriendo. —Pero nos besamos casi en seguida. —Sigue sonriendo, pero con nerviosismo. —Me mordió el labio. —Me muestra. Todavía está hinchado, justo en el borde del labio inferior. —Y luego dimos una vuelta. Él pateaba cosas todo el tiempo, como piedras y basura, mientras caminábamos. Creció en el pueblo, o en los alrededores. Señalaba cosas, como una casa junto al callejón, donde todavía vive un amigo suyo. Y hablaba, y cómo —dice Roe. Abre grandes los ojos. —Habló sin parar. Se excita mucho con respecto a ciertas cosas, al parecer, sobre todo Irlanda, la situación en Irlanda, la lucha, sabes, entre católicos y protestantes. Creo que su familia es católica, no que él sea religioso.

—¿Cuántos años tiene? —le pregunto.
—Diecisiete.
—¿Y va a la escuela?
—Sí, asiste a la secundaria del pueblo. Pero no va casi nunca. —Roe se encoge de hombros y sonríe. —Dice que es una mierda, de todos modos, lo que se aprende en la escuela. Prefiere leer el diario. —Se ríe de una manera casi tonta. No parece ser la Roe de siempre.

—¿Y lo verás otra vez? —le pregunto.
—Sí —dice—, el sábado. Junto al puente.

Y desde entonces, todas las semanas, cuando yo vuelvo de la ciudad, Roe tiene más que contarme.

—Es como si Jesse tuviera una clase de obsesión —dice—, sólo que él mismo no sabe exactamente qué. Se apropia de las cosas.

Este fin de semana tuvieron una discusión. Es el martes por la tarde. Ella y yo vamos caminando al pueblo.

—¿Se apropia de qué?
—De todo. Con los ojos —ella agranda los ojos— y con la voz. Empieza a hablar a cien por minuto. —Se ríe.

Es evidente que le gusta. —Habla a cien por minuto, pero al mismo tiempo, lo que dice siempre es interesante.

—¿Y la discusión? Todavía no entiendo sobre qué fue.

—Yo tampoco. Empezó porque él dijo que, por supuesto, a mí no me interesa la cuestión de Irlanda. ¿Por qué debería importarme? Yo no soy más que una anglosajona protestante blanca, una chica privilegiada que va a un colegio preparatorio para la universidad. Yo le pregunté que cómo lo sabía.

—Mírate —dijo—. Mira tu cara. Y mira esto. —Me tomó del pelo como si fuera a darme un tirón.

—¡Por Dios!

—Y yo me agaché y dije que la verdad era que yo más bien soy una blanca pobre. —Se ríe.— Y esto lo pone más furioso. Estaba hablando a cien por hora, agrandando los ojos. Estábamos en el callejón. Yo no sabía lo que iba a hacer él. Todo lo que sabía era que yo quería irme de allí. Eché a andar rápido para volver a la calle principal. Él me siguió. Empecé a correr. Había una chica de mi edificio, Anne, que iba caminando colina arriba. Estaba bastante lejos, pero le grité, algo que jamás hubiera hecho en otra situación, pero era la única forma de asegurarme de que él se iría.

—¿Y escapaste?

—Sí, sí. Él dejó de seguirme.

—¿Y no has hablado con él desde entonces?

—Sí. Hablamos alrededor de una hora después. Me llamó y me pidió disculpas. Quería que nos viéramos. Pero yo le dije que no me sentía con ganas de verlo. Y luego, esa noche, vino a mi edificio. Yo estaba sentada leyendo, y sentí un arañazo en la ventana. Estaba en la escalera de incendios, justo afuera.

—¡Roe!

—¿Qué?

—Bueno, suena como alarmante. ¿Y si te pescan con él allí?

—Oh, no lo harán. Estaba oscuro y él no hacía ruido. Y además se estaba comportando de una manera muy agradable, extremadamente agradable, pero no quise dejarlo entrar.

Caminamos un momento en silencio. Hemos pasado el centro del pueblo y doblamos por una calle lateral, dirigiéndonos hacia ninguna parte en particular, caminando sólo por caminar. Todavía hace frío —es fines de febrero— pero hay algo más en el aire, una corriente debajo del frío, o lugares, bolsillos de aire más liviano y más tibio. De vez en cuando uno nos da en la cara. Pero luego una vuelve a entrar en el frío. Una piensa que es todo imaginación, esto de los puntos de aire tibio, hasta que, cuando se da vuelta, siente otro más, como una burbuja contra la mejilla, que se rompe suavemente, levemente.

Me vuelvo hacia Roe.

—¿Y ustedes todavía no han... dormido juntos? —le pregunto.

Roe sacude la cabeza. Se encoge de hombros.

—No. Él dice que está tratando de arreglarlo. Está tratando de encontrar el lugar. Quiero decir, hemos hecho otras cosas. Debajo del puente. Es muy lindo allí, pero hace frío. Un día hasta tratamos de encender un fuego. Pero no; él dice que está tratando de arreglarlo con su amigo, el que vive en el pueblo, para que podamos usar su casa. Pero depende del día, y si la hermana de su amigo está allí. Todo suena muy complicado.
—Se detiene y respira hondo. —La verdad es, como puedes ver, que no tengo idea. No sólo acerca de eso, sino acerca de muchas otras cosas. No tengo absolutamente ninguna idea de lo que piensa él. Nunca sé,

cuando estamos hablando de algo, si en realidad estamos hablando de la misma cosa. No tengo la sensación de que estemos sobre el mismo terreno. Es un completo misterio. Totalmente imposible. —Hace una pausa. Se le iluminan los ojos. Luego las palabras salen a borbotones. —Pero completamente fascinante al mismo tiempo.

Hemos doblado en otra calle lateral. La casas de esta calle están metidas hacia adentro, con cercos alrededor. Los jardines bajo la nieve están empapados; son marrón oscuro, con franjas de césped alto, amarillo verdoso. Roe levanta la barbilla al ver algo por la calle.

—Ésa es la casa de su amigo. —Señala una pared trasera, rosa pálido. —Es allí donde se supone que dormiremos juntos algún día. —Nos detenemos frente a la casa un momento, para mirar. Hay un diván en el porche posterior, con un gato encima. El jardín, como todos los demás, está empapado. Seguimos caminando.

La calle lateral termina inesperadamente en un ancho camino. Aquí es por donde pasan los camiones, pero ahora está vacío. Nunca hemos estado aquí. Probablemente no se supone que lo hagamos.

—¿Volvemos? —pregunto.

Las dos miramos. El ancho camino vacío se abre ante nosotras; a ambos lados, todo es soledad; hay altos árboles corpulentos.

Roe se encoge de hombros.

—Caminemos un poco —dice.

Acepto. Empezamos a caminar por el costado del camino. De la nada, aparece un camión. Pasa rápidamente. El ruido es ensordecedor. El pelo, los abrigos, la ropa se nos vuela, luego vuelve a su lugar.

—¿Volvemos? —pregunta Roe.

Me encojo de hombros. Me parece ver —¿o lo imagino?— en lo alto de uno de los árboles, el primer verdor que crece, brotes de hojas.

—Sigamos un poco más —digo—. Seguimos caminando sobre el césped, más lejos.

—Sabes, es cómico —dice Roe—. Quiero decir, creo que es imposible, y hasta perturbador a veces, pero, por otra parte, me siento tan felizmente estremecida.

—¿Te sientes así? —muevo la cabeza, alentándola.

—Sí.

—Y eso es lo que querías.

—Exactamente. Es increíble. —Levanta el rostro con serenidad.

Pasa otro camión a toda velocidad. Veo cómo vuela el pelo de Roe, su abrigo, los puños, la falda, todo se estremece.

Capítulo 7

Arthur sale de viaje por una semana, a las montañas de Vermont. No soporto la idea de quedarme en el colegio todo el fin de semana y decido darle una sorpresa el domingo, cuando regrese. Le pregunto a Roe si quiere ir conmigo a la ciudad el sábado. No puede: ya ha hecho planes para estar con su muchacho. Decido ir sola.

Como de costumbre, escribo una nota falsificada firmada por Jasper, y se la doy a Mr. Ryan. El día que viajo, recibo una postal de Jasper con un desnudo, la *Olympia* de Manet. "Pensando en ti", dice la postal. La pongo en el cajón de mi escritorio, luego la saco y la meto en una caja de zapatos en mi armario, donde guardo cosas. ¿De qué tengo miedo? ¿De que la vean, y la interpreten mal? O a lo mejor tengo miedo de interpretarla mal yo misma. Preparo una valija pequeña y subo al ómnibus.

En la ciudad me dirijo, como siempre, al mismo lugar. Hay un hotel pequeño en la esquina de la calle de Arthur. Lo he visto antes. Me bajo del taxi frente al edificio de Arthur y camino, indecisa, por la calle. Cuando entro en el hotel, miro por encima del hombro. No sé quién me imagino que podría verme o, si así fuera, qué temo que piensen, pero en mi mente las precauciones me parecen necesarias lo mismo.

El vestíbulo del hotel es pequeño, está alfombrado e

iluminado por una luz artificial anaranjada. Hay un mostrador de madera artificial, con una mujer detrás. Camino hasta ella.

—¿Sí? —dice la mujer. Me mira de frente. De repente me siento confundida. Es la primera vez que estoy en la ciudad sola. Antes estaba con Roe, o aquí me reunía con Arthur. Ahora, sola, me siento como una impostora, y estoy segura de que alguien me descubrirá. —¿En qué puedo serle útil? —me pregunta la mujer cuando no contesto.

Por fin, lo digo.

—Quiero una habitación,

Aunque pronuncio las palabras de manera correcta, y tienen sentido, el ritmo de la oración sale equivocado, todo mal.

—¿Perdón? —dice ella.

Creo que he interpretado mal. Éste no es un hotel.

—¿Es éste un hotel? —pregunto.

—Sí —dice ella.

Cierro los ojos rápidamente, luego vuelvo a abrirlos.

—Me gustaría una habitación —digo. Lo enuncio muy claramente. Estoy segura de que la mujer no me va a entender, si lo hace, que me dirá que no es posible que me aloje allí, que soy demasiado joven, o que hay algo malo en mí. Pero, en cambio, me mira dulcemente.

—¿Simple o doble? —me pregunta.

—Simple —digo rápidamente, antes de que cambie de idea.

—¿Cuántas noches?

—Una.

—Son cincuenta dólares. Se paga por adelantado.

Saco el dinero. He ahorrado de los cheques de mi abuela. Cuento cincuenta dólares. La mujer los toma y me da una llave. No lo puedo creer: me da una llave, así como así. Es gorda y dorada. Habitación 311.

—Llama si tienes un problema —me dice.

Subo al pequeño ascensor hasta el segundo piso, luego camino por el corredor alfombrado y pongo la llave en la cerradura. La habitación es oscura y hay olor a humedad. Todo parece cubierto de género. Las cortinas y el cobertor de la cama son de algodón y tienen un diseño de color oscuro. Por la ventana alcanzo a ver la vereda de enfrente. Examino la habitación. Hay un armario, adornos, una cama algo hundida. El baño es diminuto; apenas si hay espacio para mí. El lavatorio, el inodoro y la ducha —sin bañadera—, son de color marrón oscuro. Sobre las paredes hay dos cuadros, uno es de una catarata; las cabrillas del agua que cae son azul eléctrico. El otro es de una pradera llena de algo parecido a amapolas.

Todo en el cuarto es feo, pero aun así, todo me complace. Cuelgo mis cosas en el armario, apago las luces, y me tiendo sobre la cama. Me quedo allí, escuchando. El atardecer se va convirtiendo en noche. Se van encendiendo las luces de las ventanas de enfrente. Hay ruidos de la calle, y luego ruidos más cerca, los de los inquilinos del hotel. Un hombre sube la escalera. Oigo refunfuños, y un perro. Una voz de mujer llama hacia abajo. Me levanto para mirarla desde la ventana. Ella está en su ventana, dos pisos más arriba, a medio vestir, tiritando, y llama a un hombre que está abajo, en la calle.

—Está bien, está bien —dice él, levantando la vista.

Parece que ella quiere que le compre un par de calzas y se las suba a la habitación. El hombre se muestra reacio, pero lo hará. Yo debería vestirme también, pienso, y salir. Pero espero. No quiero salir, todavía. Me vuelto a recostar, dilatando la situación.

La noche se vuelve oscura. Los sonidos cambian. Sigo recostada allí. No tengo hambre. No tengo sed. No deseo nada. El vestido que traje cuelga de una percha. Lo imagino colgando allí en la oscuridad, en silencio, esperando. Luego me levanto y me lo pongo; es negro, con encaje. Me queda a la perfección, lo siento perfecto. Me pongo los zapatos y el abrigo y salgo, cerrando la puerta. Abajo, la mujer está mirando televisión. Es la misma mujer, pero parece diferente ahora, más amistosa, más dulce, los ojos y el pelo distintos. Sonríe levemente cuando le entrego la llave.

—Que tengas buenas noches —dice, y sus ojos vuelven al televisor.

Salgo a la calle. El aire nocturno es fragante. A la luz de los faroles de la calle, los árboles, rodeados por pequeñas verjas de hierro, están echando brotes. Otros, cercanos, ya están llenos de hojas. Veo un hombre que viene caminando en mi dirección y recuerdo: Estoy sola. Pasa a mi lado. Oigo que sus pasos se apagan, y luego oigo los míos, el tap-tap sobre la vereda. Me pregunto si alguien arriba, acostado en un cuarto, puede oírlos. Miro alrededor. Se me ocurre que estar en el hotel es una cosa, pero la calle es otra. Aquí estoy realmente en el mundo. Echo un vistazo alrededor otra vez, más furtivamente, ahora que no estoy con Arthur, con seguridad esta gente se dará cuenta de que no soy una de ellos, que no pertenezco aquí. Cuando llegue a la esquina, estoy segura de que alguien me detendrá, me interrogará. ¿Qué está haciendo usted aquí? ¿Adónde va? No se supone que usted deba estar aquí. Nadie me pregunta nada. Me detengo en un puesto de diarios y compro cigarrillos. El hombre me los da sin mirarme. No es la manera en que me mira la gente, es la manera en que no me mira, lo que me hace estremecer. No parece notar nada extraño con respecto a mí.

Me dirijo a un bar. Paso frente al Bar Elegante, echo un vistazo cauteloso al interior y luego sigo hasta que llego al otro bar, más pequeño, más oscuro, el que tiene la mesa de billar y carece de nombre.

Camino por el frente una vez, mirando el interior. Es difícil ver nada: está muy oscuro adentro. Vuelvo a pasar. El barman que Arthur y yo conocemos está allí, con su aspecto de conejo y sus anteojos de marcos de carey. Lo miro. No es que haya hablado con él nunca, pero puede conocerme, debe conocer mi cara. Quizá finja que Arthur vendrá a reunirse conmigo en cualquier momento.

Entro, con la cabeza levemente gacha. Ya hay bastante gente. Me siento segura de que todos me mirarán y se reirán, o de lo contrario harán un silencio. Pero nada pasa. Sus voces siguen como de costumbre. Levanto la vista. Nadie me mira de manera particularmente extraña, nadie parece sorprenderse. Fortalecida, me dirijo al bar. El barman tampoco parece sorprenderse. ¿Me reconoce? No es posible saberlo. No parece importante. Me pregunta qué me gustaría beber.

Por primera vez, pido mi propio trago, una medida de whisky con hielo, y lo llevo a una mesita junto a la ventana. Tomo un sorbo y luego otro y después, encendiendo un cigarrillo, miro el bar, a la gente junto al bar, la mesa de billar a cierta distancia, las apariciones alrededor de ella, que se materializan y desaparecen. Miro la calle por la ventana. Al mismo tiempo estoy excitada y tranquila. Me siento más fresca que el resto del día, y más llena de vida. Tengo la mente clara. Ya no se distrae, no piensa contra sí misma, ni trae pensamientos retorcidos. Más bien fluye, lisa y serena. Visualizo a la mendiga sin techo sentada afuera y los árboles junto al río florecidos en la oscuridad. Visualizo el agua en la oscuridad, y el pasto, el silencio debajo de la tierra donde crecen las raíces del pasto, en que los diminutos brotes pálidos hacen presión hacia afuera y hacia abajo. Siento que me podría quedar sentada aquí la noche entera, feliz, en esta mesa del rincón, sorbiendo mi bebida.

Entonces, de la nada, aparece un hombre. Está de pie junto a mi mesa. Dice que me ha estado observando desde el bar.

No estoy segura de qué decir. Esto, otra gente, no estaba en mi plan. Es calvo, aunque todavía joven, con pálidos ojos claros. Me pregunta si se puede sentar.

Acepto. Parece entusiasmado de que acepte, y más y más interesado. Me pregunta si puede invitarme con una copa. Le digo que en realidad debo levantarme temprano —tengo una reunión— de modo que debo irme después de terminar la que tengo. Dice que es una lástima. ¿Podría invitarme alguna otra vez? Quedamos en reunirnos aquí en el bar la noche siguiente para tomar una copa. Yo acepto, aunque no tengo intención de venir. Estaré con Arthur para entonces.

Le digo adiós y me voy. En vez de volver al hotel, doblo en la esquina y voy a otro bar. Éste tiene peceras sobre una pared, que brillan en la oscuridad. Uno contiene lo que parece un tiburón muy pequeño.

Ocupo un lugar junto a la ventana y pido una copa. Mientras contemplo lánguidamente la calle, veo al hombre de los ojos claros otra vez, que pasa por la vereda. Me hago hacia atrás; no me ha visto. Da vuelta la esquina, desaparece. Llega mi copa. Enciendo un cigarrillo. Tomo un sorbo y me hago atrás en la silla. Algo muy agradable me recorre las extremidades.

La mujer detrás del mostrador del hotel está dormitando cuando entro, pero se despierta.

—¿Qué habitación es? —pregunta.

Le digo, y me entrega la llave. Dice que si me voy mañana, debo hacerlo antes del mediodía.

Subo en silencio la escalera alfombrada, recorro en silencio el pasillo alfombrado, y con cada paso disfruto pensando en mi habitación, que me espera allí en la oscuridad.

Allí está, esperando, tal cual la dejé. Enciendo las luces y cierro la puerta con llave. Me siento al pie de la cama y miro alrededor. Vuelvo a mirar los cuadros, las cabrillas y las amapolas. Miro el cuarto de baño desde aquí, la vista a través de la ventana, de la noche y el farol de la calle, las ventanas de enfrente. Apago las luces y observo los reflejos del exterior moviéndose sobre las paredes. Pero quiero estar enteramente sola. Cierro las cortinas. Entonces estoy sólo yo y la habitación. Me levanto otra vez y examino las cosas apaciblemente, las manijas de los cajones, el espejo, el armario, las cortinas. Espío entre las cortinas, abriéndolas un resquicio, luego vuelvo a correrlas. Hay un televisor, pero no quiero ver nada. No lo enciendo. Me acuesto y levanto los brazos. La cama se hunde en el medio. Me dejo hundir, también. Miro hacia arriba. Hay una mancha de agua en el cielo raso, a la izquierda. Escucho a través de las paredes los sonidos de la noche. Poco a poco, me voy quedando dormida, deliciosamente, hundiéndome, subiendo, volviendo a hundirme. Es como dejarse llevar por suaves olas marinas. En algún momento de la noche, no recuerdo cuándo, me levanto, me quito la ropa.

Por la mañana, mi confusión dura sólo un segundo. Luego recuerdo. Me siento y descorro una de las cortinas, luego me vuelvo a acostar. Oigo el ruido de un auto que pasa como una exhalación afuera, y observo un cuadro de luz acuosa que se mueve sobre la pared.

Se acerca el mediodía. Me doy una ducha y empaco

mis cosas. No hay nadie detrás del mostrador cuando bajo, de modo que, luego de vacilar un momento, simplemente me voy.

Es un día pleno de primavera, tibio en el sol, fresco en la brisa. Tengo tiempo hasta las cinco, cuando llega Arthur. Camino por Riverside Drive. Las laderas del parque descienden hacia el río. Se baja por los peldaños de piedra, con la larga ladera abrupta al lado de una que luego se nivela. A lo largo del sendero de barro, por el que van los que corren, los árboles frutales están floreciendo. Hay perros corriendo, libres. A otros los llevan con traílla. La gente reposa, tendida sobre mantas en el césped. Las familias portorriqueñas han organizado un partido de voleibol. Se juntan a observar y vitorean. Los bebés caminan torpemente solos, luego alguien va tras ellos y los rescata. Alguien está haciendo un asado. Más allá, sobre el río, grande y ancho, hay olas pequeñas. Me acerco a la baranda. El agua está cubierta de resplandecientes parches plateados. Hay botes que pasan, a lo lejos.

Camino hasta la hilera de bancos verdes de madera colocados a lo largo de la senda para las personas que corren. Hay gente sentada o acostada sobre los bancos, con la cara al sol. Encuentro un banco vacío y me siento, también. Luego me recuesto. Me estiro todo lo que puedo, con la cara al sol. El sol es tibio pero no deslumbra. Los portorriqueños están escuchando música en la radio. El sol penetra mi piel.

Al principio, cuando la gente pasa cerca —oigo sus pasos, y voces— levanto la cabeza y miro. ¿Quiénes son? ¿Quién sabe lo que podrían hacerme, tendida como estoy, con los ojos cerrados? Después ya no me preocupo. Me quedo allí, dormitando. Pienso en que veré a Arthur, que haremos lo que hacemos siempre, haremos el amor y luego saldremos a tomar algo. La madera del banco está tibia, el sol es tibio, la brisa ondea en medio del sol.

Después de un rato, no sé cuánto, me despierto y me siento. La gente pasa en bicicleta, en patines. Pasan bebés en cochecitos. Me levanto y echo a andar, paso junto a caniles, juegos para niños, un jardín comunitario, verduras mezcladas con flores. Un hombre con una bolsa de plástico da de comer a las palomas. Se amontonan en grupos cada vez más densos, luego toman vuelo en una bandada todas juntas, batiendo temblorosamente las alas unas contra otras. Me detengo un momento frente a una mujer joven que toca el violín. Tiene puesto un vestido griego color crema. El estuche del violín, deshilachado y marrón, está abierto delante de ella para que allí echen monedas.

Como una minuta en el restaurante dominicano, luego camino hasta el apartamento de Arthur. De repente, cuando estoy cerca, me vuelvo aprensiva. Espero no estar haciendo nada malo con mi idea de sorprenderlo. ¿Y si está con alguien? Esto me perturba, aunque me parece interesante. ¿Qué pasaría, entonces?

Toco el timbre. Responde por el intercomunicador.

—Hola —le digo.

—¿Maya? ¿Qué estás haciendo aquí? —me pregunta.

—Estaba en el vecindario.

—Sube. —Suena sorprendido, pero contento.

Me está esperando en la puerta cuando llego arriba. Todavía sigo con la fantasía de que hay alguien allí con él. Espero verla cuando entre.

Nadie. Dejo caer mis cosas sobre la cama.

—Estás solo —le digo.

—Pues, sí. ¿Qué creías? —Me mira raro.

Hacemos el amor. Lo observo, su rostro adormilado, su torso, como una raíz.

Después salimos a tomar algo. Me cuenta sobre su viaje. Pensó en mí cuando estaba lejos, incluso pensó en llamarme. Se llevó su manuscrito: ése era el plan. No quiso decírmelo antes, por si resultaba que no podía trabajar. Pero lo hizo. Lo leyó todo entero. Es mejor de lo que recordaba. Está mucho más cerca de terminarlo de lo que creía.

Se recuesta.

—De manera —dice, no del todo irónicamente— que es el comienzo de toda una nueva era.

Sonrío.

—¿Qué significa eso?

Está de buen humor.

—Verás ante ti un hombre enteramente nuevo.

—Pero a mí me gustaba el otro —digo, siguiéndole la corriente.

—Ah, no, no —dice él—. Éste será mejor... —Se interrumpe. —¿Quién es ése?

Alguien al otro lado del salón nos está mirando descaradamente. Es el hombre con el que hablé la noche anterior, el calvo de ojos claros. Está sentado frente a la barra. Cuando nuestras miradas se entrecruzan, me saluda con la cabeza.

—Oh —digo—, es un tipo que conocí.

Arthur parece irritado y divertido a la vez.

—¿Dónde lo conociste?

No le he dicho que estoy en la ciudad desde ayer. Lo hago ahora.

—Me alojé en el hotel de la esquina de tu cuadra.

—¿Sí?

Asiento, disfrutando de su sorpresa.

—¿Y tomaste una copa con ese tipo?

—No, no, sólo charlamos.

Arthur no lo aprueba, como puedo ver por su cara,

pero también se siente provocado. Ésta es la imagen que quiere tener de mí. Y quizá sea la imagen que yo quiero tener de mí misma.

De noche, en la ciudad, y sobre todo si una ha tomado algo, siente algo de coraje. La vida de una está en manos de extraños. Aquí, en este mismo momento, es donde comienza. Siento esto sentada aquí con Arthur, pero sin embargo también lo sentí la noche anterior, sola en el bar, sentí este coraje, este arrobamiento, como si nada en el mundo pudiera igualarse a esto, ni importara, en esta ciudad, esta noche que durará para siempre, y en la que yo me convertiré, copa tras copa, en esta persona que nunca había conocido.

Capítulo 8

Roe tiene la ventana abierta y está limpiando su cuarto. Tiene el pelo mojado. Acaba de ducharse. Está contenta de verme, entusiasmada. Se acostó con su muchacho el fin de semana.

—Lo hicimos —dice—, por fin, y salió muy bien.

—Pero, aguarda —le digo. Su excitación es contagiosa—. Vuelve atrás, cuéntame desde el principio.

—Está bien —dice—, pero, ¿por qué no salimos? Está tan lindo.

Estoy de acuerdo. Roe se pone una chaqueta sobre los hombros, y bajamos juntas la escalera. Pero no empieza a hablar hasta que nos hemos alejado del dormitorio estudiantil, temiendo —supongo— que alguien pueda oírnos.

Empieza por el principio. Fueron a la casa del amigo de Jesse en el pueblo, sobre la calle lateral, como lo habían planeado. Estaba lloviendo, dice Roe, aunque no fuerte, sino más bien esa clase de lluvia mansa, cuando el cielo todavía está claro. Había zonas de lluvia en las que brillaba el sol. Ella estaba nerviosa, sentía los nervios en el estómago, no porque fueran a acostarse —se moría por hacerlo— sino porque habían esperado tanto. Él también estaba nervioso.

—Y no sólo nervioso —dice—, sino asustado.

Él había preparado las cosas, llevado un poco de comida y whisky. Le ofreció un poco de whisky. Ella no tenía ganas. Fue entonces cuando vio que a él le temblaban las manos. Estaban en la cocina. Él se sirvió un poco de whisky en un vaso y tomó unos sorbos. Luego le mostró el pequeño dormitorio que daba al corredor. Lo miraron juntos. Había una cama de una plaza y una ventana que mojaba la lluvia. Las manos de Jesse le temblaban menos, pero su expresión todavía era de susto. Roe sólo podía pensar en qué hacer para que él se sintiera menos asustado. Se acostó en la cama y extendió la mano.

—Para él era la primera vez, ¿no? —pregunto, interrumpiendo el relato.

Roe asiente.

—Sí, creo que sí —dice—, pero yo no quise preguntárselo. Pensé que eso lo asustaría más.

Él se acercó. Parecía no querer hacerlo. Todavía sostenía el vaso de whisky. Ella tiró de la mano de él. Él dejó el vaso y se sentó en la cama. Empezaron a besarse como hacían siempre. Él se acostó.

Roe se pone colorada.

—Al principio no funcionó —dice—. Baja la vista. —Yo hacía lo que podía. Eso duró un rato. Él estaba cada vez más preocupado, yo me daba cuenta, y frustrado. Pero yo no sabía cuánto, hasta que de repente gritó "¡Mierda!" y dio un puñetazo a la pared.

—Ay, no.

—Sí, y luego se dio vuelta. Se cubrió la cara con la mano. Creo que estaba llorando. Y después se lavantó y se fue del cuarto.

Roe, con la camisa desabrochada, se levantó en el acto y lo siguió. El corredor estaba oscuro. Él había ido al baño. Ella golpeó la puerta.

—¿Estás bien? —le preguntó.

—Dame un minuto —dijo él.

Roe volvió y se sentó en la cama.

Él salió del baño. Parecía avergonzado; tenía la cara ligeramente hinchada. Había dejado de llover. Afuera estaba claro, y se podía oír el agua que goteaba del césped.

Empezaron de nuevo. Esta vez funcionó. Roe sonríe, todavía triunfante,

—Quiero decir que fue muy rápido —dice—, pero lindo. —Se encoge de hombros. —O al menos empezaba a ponerse lindo. —Baja la vista otra vez. —Y creo que él estaba feliz. Quiero decir, sé que lo estaba. Y yo me sentía tan aliviada de que hubiera funcionado. Y que él no se sintiera mal después. Eso es lo que yo más temía, que él se sintiera mal.

En el pueblo, el río está crecido por las lluvias de la primavera. El agua sube, fluye velozmente. Cerca de las márgenes ondea, impaciente. Roe y yo dejamos de caminar y observamos desde la orilla. El río ha perdido su color plomizo. Ahora es de un marrón cálido, precipitado. Levanta paladas de barro, se demora en las malezas a lo largo de la costa.

Etéreos jirones de nubes llenan el cielo. En los patios, aquí y allá, hay brillantes parches de verdor, narcisos y lirios, con sus altas hojas tenaces. Las altas hojas caen y se pliegan por el peso de sus puntas. Los tallos siguen creciendo. Los largos brotes coloreados no se han abierto aún. Sólo se puede ver una vena o dos de colores brillantes. Pero una siente que quiere ver todo completo, la flor entera en su lozana plenitud. Una está cansada de esperar. Casi quiere forzar los brotes y abrirlos con las manos.

Más tarde, Roe y yo estamos sentadas bajo el haya ferrugínea; la luz se filtra entre el verdor de las hojas. En los pastos, a nuestro alrededor, se oye un zumbar y un canturrear. Roe se recuesta, los brazos sobre la cabeza. Yo estoy a su lado, apoyada sobre un codo.

—Creo que siempre espero que todo sea difícil —digo—. Y luego no puedo creerlo cuando no lo es. —Roe vuelve la cara; su mejilla es de un verde luminoso. —Si algo parece fácil, no puedo creerlo. Estoy segura de que he hecho algo mal.

—¿De verdad? —pregunta Roe—. ¿Qué es lo que parece tan fácil ahora?

—Supongo que... la vida. Le tenía tanto miedo a todo, a la gente, la ciudad, y de pronto parece que nada me da miedo. O —me río— es casi como si hubiéramos conquistado todo.

Roe sonríe. Todavía permanece con el cuerpo extendido y los brazos flojos encima de la cabeza.

—Por ejemplo, fíjate en ti —digo—, fíjate en ti justo ahora.

Se ríe con su risa fuerte y acuosa, contemplando el cielo raso de hojas.

—Yo nunca vi las cosas de esa manera, pero supongo que tienes razón. Piensa en todo lo que hemos hecho: viajado, tenido relaciones. ¿Qué más falta por hacer?

—¡Nada! —digo—. Lo hemos hecho todo.

La sonrisa de Roe es irónica.

—Ahora hasta me siento nostálgica por cómo éramos antes, cuando todavía teníamos tanto que experimentar.

—Nuestra vida está terminada, concluida. —Me río.

En el camino de vuelta a mi dormitorio me sigo riendo por lo que dijimos. Cuando subo la escalera, sale Mr. Ryan.

—Necesito hablar contigo —dice. Se lo ve muy severo. Espero que haga lo que hace siempre, cambiar por completo su actitud, trocar todo en una broma, pero no es así. Abre la puerta de su apartamento. Entro.

Cuántas veces las chicas del colegio se habrán imaginado entrando en su apartamento, cuando no están su esposa y sus hijos. Ahora yo lo estoy haciendo, pero apenas si lo noto. Las circunstancias son tan diferentes.

—¿Pasa algo malo? —le pregunto.

Aparta la mirada, con el entrecejo fruncido. Me indica una silla.

—Recibimos una llamada —dice— de un hotel. Alegan que te llevaste su llave.

—¿Sí?

—No sé si lo hiciste. Eso me incumbe menos. Lo que sí me incumbe es que te hayas alojado en un hotel. ¿Qué hay de este guardián tuyo, Jasper Lewis? ¿No es que parabas en su casa?

Asiento, demasiado perturbada para pensar con claridad.

—He hecho algunas llamadas. Hablé con él personalmente; no vive en Nueva York, y no va nunca allí. —Hace una pausa. —Entonces, exactamente ¿qué has estado haciendo? —No le contesto de inmediato. —No te preocupes en responderme; estoy seguro de que no quiero saberlo. —Se vuelve. —Esto es maravilloso, maravilloso —dice. Parece haber recuperado un toque de su antigua mímica. —¿Te das cuenta de lo que podría haberte ocurrido? ¿Tienes idea? —No le contesto. —Parece excitarse cada vez más. —Y ¿adivina a quién culparán? —Se señala con un dedo. —Comprenderás que estoy obligado a denunciarte, por supuesto. —Me encojo de hombros, luego asiento. En realidad, era algo en que no había pensado. —¿Y que no toman ese tipo de cosas a la ligera aquí?

Asiento otra vez, con energía, y voy arriba.

Una vez en mi cuarto, me siento, aturdida, sobre la cama. No es tanto que esté preocupada, sólo terriblemente confundida. Es como en un sueño, cuando chocan dos mundos. Busco la llave del hotel en mi valija. Está allí, en efecto. ¿En qué estaba pensando? Y recuerdo, también, que di esta dirección al registrarme.

Durante la comida en el comedor, le cuento a Roe lo que ha pasado.

—Oh, no —dice en voz baja. En su niñez, su padre no hizo más que castigarla por todo, y la idea la asusta. Ésta es quizá la única vez en mi vida en que me he metido en problemas. Todavía trato de entenderlo.

—¿Dijo qué iban a hacer? —me pregunta Roe.

—¿Quiénes?

—Los del colegio.

—No, él no lo sabía —le digo—. Dijo que preguntaría.

Esa noche mis sueños son desagradables.

Al día siguiente, cuando salgo de clase, Mr. Ryan me lleva otra vez aparte. Dice que ha hablado con los que se ocupan de estas cosas. Debo comparecer ante la Junta de Disciplina el miércoles.

La sesión con la Junta de Disciplina es un recuerdo borroso. El lugar es una sala de conferencias en uno de los edificios de la administración, con altos ventanales con muchos vidrios y una alfombra delgada y una gran mesa de madera tan bien lustrada que brilla como vidrio. Jurados estudiantiles y profesores me hacen preguntas. Luego hay una media hora de espera en la que hay deliberaciones y finalmente me llaman para que oiga la sentencia. Dicen que en estas circunstancias el castigo para algunas es la expulsión. Pero Mr. Ryan ha intercedido en mi favor. En todos los demás aspectos, he sido una buena alumna. Han decidido que se suspenderán mis salidas durante el resto del año.

Llamo a Arthur. Está en su casa, trabajando en su libro. Le cuento lo sucedido.

—¿De modo que eso significa que no vendrás a verme más? —pregunta. No lo puede creer del todo. Suena muy perturbado. Me siento halagada: no esperaba esto. —En ese caso, deberé ir yo a visitarte —dice.

Cuando le digo cuál es el veredicto a Roe, se siente enormemente aliviada. Una chica de su dormitorio estudiantil fue expulsada hace poco por razones similares. Debería considerarme afortunada.

Llega el sábado, el día en que en circunstancias normales viajaría a la ciudad. Sé que Roe está en algún lugar con su muchacho. Por la ventana de mi cuarto veo que las hojas crecen más día a día, bloqueando los resquicios por los que antes entraba la luz. Sentada allí, trato de estudiar, pero no puedo. Me acuesto en la cama e intento leer, pero no puedo. Me levanto y salgo.

Camino por los jardines del colegio, luego voy a la biblioteca y me siento a una de las mesas. El salón está casi vacío; sólo hay dos chicas, cada una en extremos opuestos, con la cabeza inclinada. El roce de la ropa o las páginas de los libros cuando las dan vuelta suenan muy fuerte. No puedo concentrarme. Me levanto y salgo. Paso frente al banco junto a la pared de la capilla, luego camino hasta el estanque. Me agacho bajo las espesas hojas y observo. Hay varias chicas remando en el estanque. Otras están cerca de la orilla, metidas hasta las rodillas en el agua o sentadas sobre las rocas en el sol. Reconozco a estas chicas. Sé sus nombres y algunos datos sobre ellas, pero no lo suficiente para decirles hola. Todas están en grupos. Me avergüenza que me vean sola aquí.

Me vuelvo y me dirijo colina abajo hacia el pueblo. Aquí puedo caminar sola sin que nadie me vea. Pero —pienso de pronto— ¿y si me encuentro con Roe y Jesse? Más de una vez me parece verlos, al final de la calle, dando vuelta en un callejón o saliendo del *drugstore*.

La luz se está yendo. Entro en el negocio de cosas usadas, pues quiero comprar algo para mi cuarto. Hace un tiempo que no voy. La mujer me mira con familiaridad, agachándose levemente para mirarme a los ojos. "¿Estás bien?" parece decirme. ¿Cómo puede saber que ha pasado algo? Sonríe cautelosamente. Me siento casi con ganas de sentarme y contarle toda la historia. Pero no hay una silla vacía. Doy unos pasos por el lugar, en cambio. Luego se me ocurre: ¿por qué no pedirle una silla?

—¿Me podría sentar un momento? —le pregunto.

Rápidamente despeja una silla de cocina, con un almohadón azul de vinílico.

—¿Estás cansada? —me pregunta.

—Un poco —le digo—. Me quedaré sentada aquí un segundo.

Me sonríe, como si yo fuera no tanto una persona sino un pájaro o algún otro tipo de animal a quien ha entrado para protegerlo del frío.

Miro alrededor del salón. Ella se pone detrás de su caja registradora y se ocupa de algo en silencio. Me quedo sentada un rato, contemplando el lugar, todas esas cosas allí reunidas, todas juntas, inmóviles. Hay botellas y vasos, pequeños cuadros torcidos, con sus marcos, cajas de rapé y cofres de alhajas, montones de alhajas, pulseras, prendedores y anillos. Mis ojos registran todo. Es reconfortante. Después de un momento, me pongo de pie. No tengo ganas de curiosear. Elijo una de las botellas verdes. Es cuadrada, el vidrio es más verde en las esquinas, más traslúcido en los costados.

Pago la botella, agradezco a la mujer, y salgo. Llevo la botella colina arriba, y la pongo en el alféizar de mi ventana, donde la última luz del día la ilumina. Es hora de comer. En vez de ir al comedor, como algunas cosas que compré en el pueblo: manzanas y queso.

Pero todavía no puedo creer que estaré encerrada

durante la noche. Me imagino cómo cae la noche, veo que los vidrios de la ventana se van poniendo cada vez más oscuros y finalmente sólo brillan, no revelando nada, salvo el reflejo de lo que hay en el interior. Miro el reloj. Todavía tengo dos horas antes del toque de queda, y decido volver a salir.

Todas las ventanas de los dormitorios estudiantiles están iluminadas. Luego de las primeras semanas, casi nunca he estado aquí un sábado a la noche, y, por cierto, jamás sola. Siempre he estado con Roe. Ahora siento lo mismo que al comienzo, la monotonía, el vacío, de aquellos días. Recorro los senderos oscuros. ¿Dónde están todos? De vez en cuando paso al lado de un grupo de chicas, que caminan todas juntas. Debería acercarme, decir algo. ¿Qué, sin embargo? Paso por una ventana en la planta baja de un dormitorio, con una cortina oscura; adentro la música palpita, baja. Me llega una bocanada de humo de cigarrillo. Cuando me alejo de la pared del edificio, tengo una vista del prado, de la capilla y, colina abajo, el gimnasio más allá. Una sola luz exterior revela grupos de personas junto a la entrada del gimnasio, algunas de pie, inmóviles, otras entrando y saliendo. Me dirijo hacia allá en la oscuridad, sin intención de unirme: sólo para mirar.

Me acerco al gimnasio, tratando de mantenerme en la sombra, luego bordeo el edificio para ver qué está pasando. Adentro se oye música. No hay sólo chicas, sino también muchachos. Un baile con el colegio de varones. He oído hablar de ellos. ¿Me atrevo a entrar? Mr. Ryan está en la puerta. De pronto siento una timidez que me paraliza. ¿Quiénes son todas estas personas? ¿Es esto lo que han estado haciendo todos estos fines de semana?

Espío, entro con cautela. Hay chicas y muchachos bailando en la oscuridad. Otros se amontonan en los costados. Se arremolinan. Están vestidos con su ropa predilecta de fin de semana. Veo que las chicas ya están acostumbradas, pero todos los muchachos parecen tan jóvenes. La piel sobre las mejillas sin barba los hace parecer niños. Algunos, por supuesto, ya son atractivos. Otros son muy torpes, con una gran manzana de Adán, larguiruchos.

Observo durante un momento. ¿Y si me quedara, me uniera a ellos, y bailara? Miro a mi alrededor. Todo el mundo está absorto. No, es demasiado tarde. Yo me he separado de este mundo. ¿Qué derecho tengo de estar aquí ahora? Me vuelvo y salgo, vacilante.

Camino rápidamente sobre el césped, dejando atrás el gimnasio. Me dirijo de vuelta a mi dormitorio. Todavía sigue vacío, excepto por varias chicas en un cuarto, con la puerta entreabierta, que conversan, sentadas en la cama. Voy a mi propio cuarto y cierro la puerta. Pero estoy inquieta y totalmente despierta. ¿Por qué volví acá? Me acuesto en la cama y miro con fijeza el cielo raso, luego vuelvo a levantarme.

Vacío sobre la cama lo que guardo en el ropero y empiezo a probarme ropa. Me pruebo los vestidos y me miro en el espejo. Algo no está bien. La inexpresividad se ha apoderado de mis rasgos. ¿Es eso? ¿O es el modo en que me muevo? No me muevo ni me paro bien. O quizás es el lugar. Los vestidos no cuadran con este ambiente, o yo no cuadro en este ambiente con estos vestidos. Me pruebo uno tras otro. Me detengo por la mitad, aunque todavía hay una pila de ropa sobre la cama. Me miro en el espejo. Me miro y me miro hasta que dejo de reconocerme.

Suena la campana del toque de queda. Oigo las voces de las chicas que vuelven. Pienso que Roe también estará volviendo a su dormitorio. Supongo que podría llamarla. Pero ya es imposible —lo siento— ya estoy demasiado sola. Haciendo a un lado la pila de ropa, me acuesto en la cama. Escucho las voces de las chicas que hablan sobre lo sucedido esa noche. Poco a poco se van callando, cierran las puertas. Me quedo allí acostada, todavía vestida. Me levanto, enciendo la luz, y me acuesto. Estoy totalmente despierta. Me levanto y me quito la ropa, me pongo el piyama, me vuelvo a acostar. El edificio está en silencio. Los vidrios de la ventana resplandecen.

Capítulo 9

Una tarde, cuando estoy volviendo al dormitorio después de clase, encuentro un sobre junto a mi puerta. Dice "Maya", con la letra de Jasper, pero sin dirección. ¿Cómo llegó? Entro en mi cuarto y me siento en la cama, con el sobre en la mano. Casi no quiero abrirlo. Sentada allí, mientras sigo vacilando, miro por casualidad por la ventana. Hay un auto estacionado frente al edificio, azul pizarra. Recuerdo haberlo notado al venir. Me produjo una sensación de inquietud. Ahora sé por qué: es el auto de Jasper; estoy segura. Pero eso es imposible. Salgo al corredor. Nunca golpeo la puerta de las otras chicas, pero ahora siento que debo hacerlo. La chica pequeña con pecas es la única que está. En su cuarto, estudiando.

—¿Vino alguien a buscarme? —le pregunto.

Asiente.

—Un tipo con una cola de caballo. Me dio una carta. La puse frente a tu puerta.

—Gracias —le digo.

Vuelvo a mi cuarto. La carta está sobre la cama. Verdaderamente no quiero leerla. Pero voy y la tomo. Desde donde estoy sentada, alcanzo a ver la ventana, de modo que no pierdo de vista el auto de Jasper. Leo la carta.

Jasper escribe que se ha enterado de que estoy en dificultades y quiso venir. Sabe que no tenía permitido visitas, y no estaba seguro de poder verme, de modo que me escribe esta carta por las dudas. Se disculpa profusamente por la parte que haya tenido él en meterme en problemas. Es lo último en el mundo que hubiera deseado, como yo sé. Mr. Ryan fue taimado cuando habló, pues no le explicó hasta después de qué se trataba todo esto. Jasper dice que piensa mucho en mí, que ha estado soñando conmigo, que ha tenido toda clase de sueños, incluso eróticos, lo que lo sorprendió, que debe de haber sido por mi voz la última vez que hablamos por teléfono, porque había algo distinto en ella. Debo de estar acostándome con alguien. ¿Es así? ¿Con más de una persona, o con un solo tipo? Me cuenta la historia más reciente sobre Bella, que se casó cuando yo no estaba. Y que luego el hermano de su nuevo marido se enamoró de ella. Que el hermano del marido se sentaba afuera de la casa noche tras noche, junto a la ventana del dormitorio, torturándose, imaginando lo que estaba sucediendo adentro. Jasper quiere saber si alguna vez pienso en él. Me invita a pasar el verano en su nueva casa; tiene un dormitorio extra.

Me tiemblan las manos cuando termino. ¿Qué debería hacer? Espero junto a la ventana, espiando por el borde. Jasper tendrá que volver, aunque sea para buscar el auto. Decido esconderme. Luego de un rato lo veo venir desde lejos. Se lo ve más desaliñado y más juvenil de lo que recordaba. Tiene puestas botas de trabajo y ropas coloridas.

Verlo casi me hace cambiar de idea. Por la manera en que camina, como arrastrando los pies, por la expresión de su cara, inocente, expectante. Pero no, no puedo hablar con él. Lo oigo golpear abajo, y me escondo en el armario. La chica pequeña con pecas sale de su cuarto y va a atender. Cuando golpea mi puerta un momento después, no contesto. Abre la puerta y echa un vistazo, luego se va. Salgo con cautela y miro desde la ventana cómo Jasper se sube al auto y se aleja.

No sé qué hacer con la carta. Estoy a punto de esconderla en la caja de zapatos con la tarjeta, pero luego decido mostrársela a Roe.

—Por Dios —dice—. Está enamorado de ti.

—No, no —digo yo, pero mi voz suena débil—. No es eso. —Visualizo la expresión expectante de Jasper. —Está confundido, eso es todo.

Arthur me llama para decirme que vendrá a verme al colegio. Necesita hablar conmigo. Ha hecho planes. Quedo en verlo en la posada cerca del colegio, donde se alojan las familias de las estudiantes. Sugiero que finja ser un pariente, por las dudas. Está bien, dice, no debo preocuparme. Será muy discreto.

El viernes por la tarde, a la hora fijada, voy a la posada. Desde el comienzo, siento que todo está mal. La posada es grande y formal, con columnas blancas a ambos lados de la puerta de entrada. Adentro está decorada en color malva, con adornos azul pálido y verde. Hay un mostrador y un vestíbulo con tiesas sillas de sala, luego un comedor a un costado, y en el otro un pasillo con ascensores que conducen a las habitaciones. Voy al comedor. Es malva, también. Con pesados cortinados malva y manteles con varios candelabros. Por nada en el mundo me puedo imaginar a Arthur y a mí sentados allí.

Decido esperarlo afuera —a lo mejor podemos ir a alguna otra parte— pero cuando me vuelvo veo que Arthur ya está allí. Desde una mesa en un rincón levanta una mano. Hay otras dos mesas ocupadas; el resto están vacías. Arthur se pone de pie mientras me acerco. Me siento ligeramente avergonzada. ¿Por él? ¿Por mí? No puedo decirlo. Él parece tan fuera de lugar. Yo estoy de uniforme. Las únicas otras personas allí son estudiantes con sus padres.

Cuando llego a la mesa, Arthur me aprieta la mano. El camarero nos trae los menús. Son muy grandes, también de color malva. Las comidas en la lista son todas básicas: carne asada con papas. En ese momento entra un hombre mayor de camisa blanca y traje negro, que se dirige derecho al piano. Toca unas cuantas notas y trinos como práctica y luego, sin solución de continuidad, empieza a tocar con fluidez, profesionalmente, una canción o parte de una canción que luego combina con el resto. Arthur sonríe. Yo trato de devolverle la sonrisa, pero simplemente no consigo ponerme cómoda.

—Tengo noticias —dice Arthur una vez que hemos ordenado la comida—. He hecho planes para que los dos viajemos juntos este verano. A Francia. Dijiste que querías viajar. Está todo prácticamente arreglado.

—¿Qué quieres decir? —le pregunto. Estoy confundida, hasta asustada. Él se está comportando como nunca lo ha hecho antes.

—He estado trabajando en mi libro —dice—. La semana pasada fui a ver a mi editora. Hablamos de todo. Está muy entusiasmada. Acordamos que sería perfecto si yo pudiera hacer las últimas investigaciones, fuera a mirar algunas de las iglesias y catedrales por última vez.

—Digo que sí con la cabeza. Pero siento que sólo estoy escuchando a medias, u oyéndolo a la distancia. Estoy demasiado aturdida. Echo un vistazo a la puerta. ¿Y si entra un profesor? Me siento incómoda sentada aquí con Arthur, aunque fácilmente podría ser confundido con mi tío, primo, hermano. Aun así, estoy inquieta.

—El cuñado de mi editora tiene una casa en Francia, en

el campo —sigue diciendo Arthur—. Me sugirió que vaya allá y termine el libro.

—¿Cuándo iríamos? —le pregunto. Mi voz parece llegar de lejos.

—Este verano. Viajaríamos a París, luego nos dirigiríamos a la casa, parando aquí y allá para mirar cosas.

Veo el paisaje, me veo viajando en tren. ¿No es eso lo que siempre quise hacer? Esta vez la idea me confunde. Me imagino tomándome del asiento del tren, aferrándome como si en ello me fuera la vida.

—Podría resultar como uno de esos momentos mágicos —dice, tomándome la mano—, esos momentos que recuerdas.

—Sí —digo. Pero mi voz suena artificial. ¿Qué me pasa?

El pianista sigue tocando. Llega la comida. Mientras comemos, Arthur sigue hablando de los planes para su libro, para el viaje, las cosas que podríamos hacer y ver. Habla de visitar lugares donde pasó algún tiempo de chico.

Escucho, asintiendo. Pero sigo desorientada. No hago más que mirar la puerta o mi plato. Por fin terminamos de comer. Arthur pide la cuenta. Le digo que tengo que ir al baño.

Cuando vuelvo, Arthur está de pie en el vestíbulo. Pero es como si una locura se hubiera apoderado de él. Está frente al mostrador de recepción, con nuestros abrigos sobre el brazo. Parece casi afligido

—Voy a pedir una habitación para los dos —dice. Lo dice con suavidad, pero hay agitación en su mirada.

Estoy tan sorprendida que no sé qué contestar. Yo también hablo en un susurro.

—¿Aquí? —le digo.

—Sí, sí. —Mueve las manos con impaciencia. Mira por encima del hombro. La mujer del mostrador nos está mirando. Sobre todo, yo no quiero hacer una escena. Y a Arthur se lo ve muy perturbado.

—Muy bien —le digo, muy bien, pero rápido. —Arthur va hasta la mujer del mostrador. Yo me paro junto a los ascensores, fuera del alcance de todo, del comedor, el mostrador de recepción, las tiesas sillas del vestíbulo.

En un momento Arthur se reúne conmigo. Subimos al ascensor, siempre comportándonos como extraños. Lo sigo por el corredor. Él tiene la llave. Va caminando rápido. Él se demora con la llave en la cerradura. Empiezo a preguntarme por qué estamos haciendo esto. Miro hacia atrás. La puerta se abre con un crujido. Estamos en la habitación.

Arthur se mueve muy rápido. Otra vez tiene esa expresión afligida, como si algo anduviera mal. Me quita la ropa y se quita la de él. Nunca lo he visto así. Ni siquiera tengo tiempo para pensar, para moverme. Estamos desnudos. La luz del día entra a través de las cortinas. Por la ventana hay una vista del colegio, de la capilla, y del Prado.

Arthur se detiene.

—¿Qué estoy haciendo? —pregunta—. Esto podría ser terrible para ti. —Me mira fijo. Tiene un aspecto como si fuera a llorar. Después de su habitual seguridad en sí mismo, este aspecto me asusta más que otra cosa.

—No te preocupes —le digo—. No importa.

No sé lo que digo ni me importa. Lo único que quiero es que deje de mirarme así. Continuamos, o él continúa. Yo apenas si existo en esto, o eso es lo que siento. Su ansiedad me asusta. Es como si no pudiera controlarse. Trato de hacer algo para recobrarme, para sentir algo, pero no puedo. Es demasiado. Su deseo me abruma. Es como si una ola me hubiera volteado y arrollado. El impacto y la extrañeza de la sensación, la incomodidad, la arena y el agua en los oídos y en los ojos y en la boca. Mis ojos ven. Veo la imagen borrosa del televisor apagado que me devuelve la mirada. Veo el artefacto eléctrico arriba, también borroso, la luz apagada. No hay fulgor, ni exaltación, en mí. Es como si hubiera sido anestesiada, en todo el cuerpo, de la cabeza a los pies. ¿Lo nota él? ¿Lo sabe? No lo sé. Su aspecto salvaje ha desaparecido. Se está concentrando, se mantiene aparte y reservado, su rostro oculto en la oscuridad. Luego todo termina, rápido, abruptamente.

—Oh, Dios —dice. Me mira. ¿Estuvo bien? —Da un respingo.

—Sí —le digo. Asiento. Mantengo una expresión serena.

Me abraza. Mira por la ventana y sacude la cabeza, sorprendido.

—No sé qué me sucedió —dice.

Nos quedamos acostados. Él me alisa el pelo con la mano. Es una sensación agradable, tranquilizante. O quizás es que en realidad la siento, aunque sea débilmente, mientras que no sentí nada de lo que pasó antes.

—Deberíamos irnos —dice.

Asiento. Me siento extrañamente impasible.

Se apoya sobre un codo.

—¿Cómo deberíamos hacer esto? —me pregunta.

Trato de pensar en la situación, en el hecho de que estamos aquí, en el colegio. Es un esfuerzo. Mientras que todo parecía tan importante antes, ahora parece casi sin sentido. Por fin consigo algo, un pensamiento.

—No deberíamos salir juntos —digo.

Él se levanta.

—¿Quieres adelantarte? —pregunta—. ¿Por qué no vas tú primero?

Me apoyo con esfuerzo sobre un codo.

—No, no, ve tú —digo—. Es mejor así.

—¿Estás segura?

—Sí, sí.

Se está vistiendo; vuelve a ser práctico.

—Pagaré abajo —dice—. Espera diez minutos o algo así, para estar segura.

Asiento. Mientras se va cubriendo con su ropa, vuelvo a ver, brevemente, lo hermoso que es. Lo había olvidado. Sonrío.

—Te llamaré —dice. Se acerca y me besa, luego desaparece por la puerta.

Me quedo acostada en la cama, sola. Fuera de la ventana, la luz parece aumentar. Allí acostada, la vuelta gradual de las sensaciones se extiende sobre mí poco a poco, a través de mis miembros, mis mejillas, mis pechos y rodillas, las raíces del pelo, mis muslos, entre cada uno de los dedos. Siento cómo sucede. Lo que estaba muerto hormiguea, rebosa. Me siento como una planta a la que están regando. Me quedo acostada allí, dejando que suceda. Al mismo tiempo, empiezo a tomar conciencia de la habitación, como si también ella fuera cobrando vida, asumiendo carácter y color, una personalidad propia. Y como un aire musical, la tonada de una melodía familiar que regresa, vuelve a mí el recuerdo de ese otro cuarto de hotel, el de la ciudad. Acostada allí, comienzo a sentir su embeleso, no plenamente, sino oscuramente, como una canción a lo lejos, amortiguada por el aire entremedio, todavía mezclada con otros sonidos, débil y apagada, pero lo mismo hermosa.

Estoy en mi cuarto estudiando cuando suena el teléfono en el corredor. Voy a atender. Es la voz de Roe, pero no suena como si fuera ella. Está ahogada, llorando.

—Soy yo, Roe —dice. Luego deja caer el teléfono. Hay un ruido confuso. El teléfono se queda mudo.

Corro a mi cuarto y me pongo los zapatos. ¿Debería salir a buscarla? ¿Debería esperar? ¿Y si llama de nuevo? Llamo a su edificio. Contesta una chica. Le digo que quiero hablar con Roe. Oigo que la chica va y golpea. Vuelve.

—No está allí.

—¿Estás segura? —le pregunto—. Es una emergencia. —Me tiembla la voz—. ¿Por qué no abres la puerta y miras?

La chica va y vuelve.

—No hay nadie allí —dice.

Roe debe de estar con Jesse, o bien en su casa o en esa casa del pueblo.

Salgo. Quiero correr, pero no corro, para no llamar la atención. Camino de prisa, por la parte de atrás. Doblo en la calle lateral, donde está la casa del amigo. Al doblar, veo la figura de Roe en la otra punta, que se va corriendo.

—¡Roe! —grito—. ¡Roe! —Roe mira por encima del hombro. Me ve, estoy segura, pero sigue corriendo. Debe de estar huyendo de él, de esa casa. Echo un vistazo a la casa. No se ve nadie por las ventanas. Luego distingo el destello de alguien adentro. Debe de ser Jesse. Corro tras Roe. Ha sacado ventaja. Cuando llego a la calle principal, no se la ve por ninguna parte. Debe de haber tomado por la parte de atrás, cortando camino entre los árboles.

Por fin llego a su edificio. Corro escaleras arriba y llamo a su puerta. Está con llave. La llamo por su nombre.

—Sí —dice—. Estoy aquí. Pasó algo —dice antes de abrir la puerta. Me quedo sin aliento al verle la cara. Le han dado una paliza. Tiene un labio roto y un ojo púrpura, hinchado.

—¿Él te pegó? —digo. No logro captar la idea. No estoy enfurecida, ni nada. Estoy tratando de entender.

—Sí —dice Roe y estalla en llanto—. Huí —dice—. Te vi, pero tenía que correr.

—Está bien, está bien —le digo.

Ha cerrado la puerta con llave al entrar yo. Las persianas están bajas. Ella sigue llorando pero empieza a calmarse levemente. Le miro la cara.

—¿No deberías hacer algo? —le pregunto—. ¿No deberías ponerte hielo? Iré a traer hielo.

—No, no te vayas —me dice.

Me detengo.

—Bueno, entonces iré a pedirle a alguien que traiga hielo. Hielo ¿verdad? ¿No es eso lo que hay que ponerse?

—Pregúntale a Annie —dice Roe.

—¿Cuál es Annie?

Roe me dice a qué puerta ir. Encuentro a Annie y le pido que traiga un poco de hielo del comedor.

—Es una emergencia —le digo—. Para Roe.

Acepta ir.

Cuando vuelvo, Roe está más tranquila. Me mira como si se diera cuenta por primera vez lo que ha pasado.

—No puedo creer esto —dice.

—Gracias a Dios que estás bien, sin embargo —le digo—. Cuando oí tu voz...

—Sí, lo sé. Es que él llegó cuando yo estaba en el teléfono.

—Pero ¿por qué?

Me cuenta lo que pasó lo mejor que puede. Estaban en la casa del amigo. Él había tomado un poco de whisky.

—Siempre me dice unas largas mentiras muy complicadas —dice Roe—. Por eso no le creí. —Él le contó que la había estado espiando, casi desde el principio.

—Me lo decía de una manera graciosa. Sonreía de una manera que no entendí. Pero después me empezó a contar sobre una cantidad de cosas pequeñas que hago cuando estoy sola en mi cuarto de noche. Cosas de las que ni siquiera me habría acordado ni pensado, pero él me las estaba describiendo.

—¿Como qué?

—Bueno, como que me probé una camisa una noche, hace unos meses.

—Él te estaba observando.

—Sí, pero más que eso. Me estaba observando desde muy cerca. Sabía qué capítulo del libro de historia estaba leyendo anteanoche. Así que eso significa...

—¿Qué?

—¡Que estaba allí afuera, justo afuera de mi ventana en la escalera de incendios, sentado, mirando hacia adentro!

—¿Y qué hiciste cuando te dijo eso?

—Me quedé helada por lo que me estaba diciendo. Hasta empezó a imitarme, a imitar cosas que hice, mi manera de moverme. No de una manera desagradable, sino casi tierna. Pero me sentí tan turbada, y creo que hasta traicionada. Lo único que quería era irme de ahí. De modo que me levanté para irme. Pero él no me dejaba. Cerró la puerta. Cuando traté de eludirlo, se arrojó sobre mí. Me pegó una vez, fuerte, aquí en la boca. Me quedé alelada. Me levanté y conseguí escapar. Pero me siguió. Conseguí encerrarme con llave en un cuarto. Fue entonces cuando te llamé. Pero él logró entrar. Se me acercó y volvió a pegarme. Grité. Pero entonces oímos que alguien golpeaba con fuerza la puerta de calle. Era un vecino, supongo. Jesse fue a hablar con él. Mientras hablaban, salí por la puerta de atrás y eché a correr. Entonces fue cuando te vi, justo en ese momento.

Annie llega con el hielo. Se lo recibo en la puerta.

—¿Está bien Roe? —me pregunta.

—Sí, sí —le digo—. Luego irá a tu cuarto.

Annie asiente y se va.

—Todavía no puedo creerlo —dice Roe. Se mira la cara en el espejo. Tiene una expresión perpleja, atemorizada pero también curiosa.

—Yo tampoco —le digo.

Me quedo un rato. Levantamos las persianas. Ni siquiera podemos ver cómo cae la noche.

—¿Qué le dirás a la gente? —le pregunto.

Roe parece haber pensado en eso.

—Que tropecé y me caí por la escalera —dice.

Jasper viene y deja un mensaje, reiterando su invitación a que pase el verano con él. Llamo de inmediato a Arthur para consolidar nuestro plan. Luego le escribo a mi abuela, diciéndole que me voy a Europa en el verano con el colegio. Me responde diciendo que es una idea maravillosa e incluye un cheque por lo que me parece una suma enorme.

El año lectivo está terminando. Roe y yo tenemos los exámenes, entregamos nuestros trabajos finales. Cuando voy a verla, ya ha empezado a empacar; ha puesto sus valijas en el medio del piso. Está sentada junto a la ventana, envuelta en una manta delgada.

—¿Cómo estás? —le pregunto.

Trata de sonreír. Nunca la he visto así. Tiene la manta sobre los hombros como una enferma, y el pelo suelto.

—¿Has hablado con Jesse? —le pregunto.

—No. Llamó varias veces, pero no quise.

Me siento en la cama, también. Las dos nos quedamos calladas.

—No es sólo que me pegara. Es que no lo puedo ver más —dice. Casi se pone a llorar. —Esto es horrible, ¿no? Nunca pensé que podría ser tan horrible. ¿Qué nos ha pasado? —Deja caer las manos. —Mírame. —Se ríe a medias, llora a medias. —¿Hicimos algo mal?

—No sé —le digo.

—Siento como si nunca podré volver a ser normal —dice con un gemido.

Asiento, aunque yo no me siento desesperada, sino cada vez más nerviosa. Roe iba a pasar el verano con Jesse, o al menos parte, pero ahora se va a su casa. Yo voy con ella hasta Georgia por dos semanas, luego vuelvo para reunirme con Arthur en Nueva York. Al día siguiente, tomamos un avión a Francia.

Capítulo 10

Roe se muestra tímida cuando me presenta a su padre, Pa, y parece confundida con respecto a cómo comportarse. Él tiene una contextura física firme, musculosa, el pelo corto, como si todavía estuviera en el ejército. Es de él de quien Roe ha sacado los ojos pardos y el pelo claro. Aunque él no reconoce esto.

—Por suerte, los chicos salieron parecidos a Linda —me dice más tarde.

—Piensa que él es muy feo —me explica Roe.

Usa botas de vaquero que quedarían absurdas en otro hombre, pero en él no.

El padre de Roe parece como si estuviera preparado en cualquier momento para defenderse de la vida, en caso de ataque. Tiene el golpe listo para defenderse a sí mismo y a su familia. Ésta es la impresión que da, que moriría por Roe en cualquier momento. La miro de reojo. Siempre me pareció que tiene en su interior algo que yo no tengo, cierta solidez, como si hubiera sabido desde el comienzo, como si hubiera sospechado todo el tiempo, quién es.

La ternura de su padre es muy áspera, muy distante. Él hace todo el trabajo de la casa. Cuando murió la madre de Roe, él empezó a hacerlo, con meticulosidad. Barre el piso todos los días.

—Aprenden a hacerlo en el ejército —dice Roe—. No deja pasar un día sin limpiar.

Su padre está camino al trabajo cuando Roe y yo llegamos. Tiene un pequeño restaurante de comidas rápidas. No es de ninguna manera conversador; al parecer, no se encuentra cómodo con la gente.

—A veces se relaja —dice Roe—, por la noche en el restaurante, cuando se sienta con sus amigos a tomar una cerveza. Pero durante el día, casi siempre es así.

Me río, de ninguna manera de lo que me dice, sino de su acento. Ya se ha vuelto más marcado.

—Tu acento —le digo.

—Lo sé —responde Roe, cubriéndose la boca con una mano.

Roe y yo caminamos por el pueblo. Es pequeño y polvoriento. Hay pocas calles. Algunas ni siquiera están pavimentadas. Hay un leve canturreo en el aire caliente; es posible oír por todas partes el zumbar de los ventiladores.

—Luego conocerás a mi hermano —me dice Roe. Pone los ojos en blanco. —Y entonces realmente te sorprenderás de mí.

El pueblo tiene sólo dos lugares. Uno es el negocio de segunda mano, el otro el café Bluebird. Vamos al negocio primero. Es una organización de caridad administrada por una familia. Roe fue a la escuela con la hija y el hijo. Ha venido a aquí a comprarse la ropa durante años.

—Tú siempre fuiste un personaje —le dice la madre a Roe. Se vuelve a la mujer que está a su lado. —¿Recuerdas que compraba esos pantalones de hombre?

—¡Shh! Todavía los usa —dice la otra mujer.

Roe se ríe. Miramos un rato lo que hay en el local.

—Volveremos —dice Roe. Nos vamos al café Bluebird.

—Bonito, ¿no? —dice Roe una vez que estamos adentro. Era el edificio de una vieja fábrica. Los cielos rasos son altos, con caños que los atraviesan. Debajo hay mesitas con la parte superior azul, un mostrador con platos de galletitas y brownies caseras. Roe conoce a la chica que se acerca a atendernos. Es mayor que Roe; fue a su antigua escuela. Pero Roe se ha convertido en una especie de celebridad ahora que se ha ido del pueblo.

—¡Estás de vuelta! —exclama la chica.

—Antes no me daba ni la hora —me dice Roe una vez que se ha ido la chica.

Todavía no es el mediodía. Está haciendo calor. El calor aumenta con el resplandor en la calle mientras que, adentro, zumban los ventiladores. Roe mira por la ventana. Aquí es donde pasará el verano. Yo haré mi viaje.

—¿Ves a lo que me refiero? —me dice—. ¡No hay nada, nada, nada que hacer!

—Si pudieras venir conmigo —le digo. Luego aclaro esto porque, dicho de esta manera, podría sonar falso. —Quiero decir, en el caso, por supuesto, de que no fuera con Arthur.

—Y que yo pudiera —dice Roe. No tiene dinero ni fuente posible de ingreso, a menos que lo gane ella misma. Mira alrededor. —A lo mejor puedo conseguir un empleo aquí. —Solía trabajar en el negocio de cinco y diez centavos.

La chica se ha ido, y ahora hay un muchacho detrás del mostrador, el hijo del dueño, cree Roe. Roe le hace una seña.

—Estoy interesada en trabajar aquí —le dice—. ¿Tienen vacantes?

El muchacho le trae una solicitud a Roe. La miramos juntas.

—Educación, experiencia previa.

Roe la completa.

—Bueno, es algo —dice—, si consigo el empleo. De lo contrario, leeré. Leeré, leeré y leeré.

Pienso en ello, en los días calurosos, los ventiladores zumbando, ella sentada leyendo. Suena tan atractivo, y hasta un alivio en comparación con lo que debo hacer yo.

—Me suena agradable en este momento, cuando pienso en ello —le digo.

Roe se inclina hacia adelante y apoya los brazos.

—¿En serio? Pero los días pasan tan despacio. No tienes idea de lo despacio que pasan los días.

Me lleva a la cantera en las afueras del pueblo. El agua de la cantera es profunda, negro verdosa. Hay una balsa donde es posible tenderse. Roe tiene puesto un viejo traje de baño de su madre, enterizo, oscuro y suelto. Nos tendemos al sol. Sobre nosotras se eleva el acantilado de la cantera; su reflejo asoma sobre el agua. En el resto de la orilla crecen árboles muy juntos, árboles espesos de hojas anchas.

Nos quedamos tendidas sobre la balsa hasta que tenemos calor; entonces, nos tiramos al agua. La parte superior del agua está tibia por el sol, pero más abajo sacude, de fría que está. A veces nos quedamos un rato, chapaleando en el agua, o nadamos hasta la base del acantilado, ida y vuelta. Pero por lo general nos quedamos recostadas sobre la balsa.

Casi no hemos hablado de mi viaje. Yo prefiero no hacerlo; por alguna razón, la sola idea me pone inquieta. Quiero permanecer allí y no pensar en el viaje. Sólo por el momento, sólo por ahora. En cuanto al muchacho de Roe, casi tampoco lo mencionamos. Pasan dos días sin una palabra sobre él. Luego, en el tercero, mientras estamos tendidas en la balsa, surge su nombre. Ella lo menciona al pasar, se refiere a algo que él dijo. Si bien hablamos después que sucedió, ella vuelve a contarme cómo se dijeron adiós.

Lo vio una noche, parado fuera de su edificio. Por casualidad Roe miró por la ventana. Él estaba allí, muy quieto entre los árboles. Ella lo observó durante un momento, luego bajó la persiana. Pero al día siguiente, cuando él la llamó, aceptó hablar con él. Y el día siguiente a ése, fue al pueblo a reunirse con él. Fueron al café. Esta vez no la molestó. El ojo de Roe ya estaba totalmente curado. Hablaron un rato, luego se besaron.

Roe baja la vista cuando me cuenta esto. Se siente turbada.

—Tuve ganas de hacerlo.
—No te sientas turbada conmigo —le digo.
—No debería estarlo, ¿no?
—No, por supuesto que no.
—Bueno, entonces, sí, nos besamos, tenía ganas, así que lo hice. Sabía que no lo vería en mucho tiempo.

Tiene la cabeza en alto. Está apoyada sobre los codos. Yo tengo la cara aplastada contra la balsa. La levanto para hablar....

—¿Cómo se separaron? —le pregunto.
—Dijimos que nos veríamos en septiembre, cuando yo vuelva al colegio. Le dije que no creía que debiéramos vernos antes. Estoy casi segura de que a él le habría gustado hacer algo este verano. Ese había sido nuestro plan. Pero después que yo dije eso, él se mostró indiferente. Yo creo que en realidad estaba furioso. Dijo: "Sí, seguro, si todavía estoy por aquí".

—¿Qué quiso decir?
—Que a lo mejor se iba. Dijo que quería irse solo.
—¿Sin terminar el colegio?
—No le importa el colegio.
—¿Sabe dónde encontrarte?

—Tiene la dirección. Se la di en caso de que quisiera escribir, pero no lo hará.

—¿Te importa no verlo?

—No —dice Roe. Baja los ojos, luego me mira. Es una mirada nerviosa. Vuelve a bajar los ojos. —Sólo deseo que lo que pasó no hubiera pasado.

Me doy vuelta, con la cara hacia el sol.

—¿Te sientes alguna vez como una impostora? —le pregunto luego de un momento.

Me mira, intrigada.

—Con él, quiero decir —le digo—. Como si estuvieras fingiendo ser alguien que no eres.

Piensa.

—No —dice—. En realidad, no. —Hace una pausa, luego sigue hablando, escogiendo las palabras. —Lo que sí siento es que en realidad él no me conoce.

—Yo también —le digo—. Siento que, aunque Arthur apenas me conoce, pienso en realidad que él cree que soy alguien completamente diferente, y... —me interrumpo.

—¿Qué?

—Bueno. —Me incorporo, incómoda. Estoy más y más preocupada. —Me pregunto qué pasará si lo descubre.

Roe me mira con expresión seria.

—Quizá no deberías ir.

Pienso en la carta de Jasper, y en ir a casa.

—No, no, debo ir.

—Podrías quedarte aquí —dice ella.

Por un momento la posibilidad flota allí, suspendida. Luego pasa.

Roe me presenta a su amiga Laura. Vamos a su casa. Laura nos está esperando en el jardín. Es pequeña, con pelo renegrido, corto. Parece un pajarito, un cuervo, y tiene el acento de Roe, sólo que más pronunciado.

—Vamos —dice Laura no bien llegamos. Podemos

ver la figura de su madre moviéndose adentro de la casa. Echamos a andar por la vereda. Laura va en el medio, más pequeña que nosotras dos.

—No soporto estar más en esa casa.

Nos lleva a conocer a su amiga Tina. Está entusiasmada por la posibilidad de que Roe la conozca. Tina está haciendo jardinería ornamental alrededor de la escuela. Mientras caminamos, tratamos de mantenernos en la sombra. Las hojas de los árboles son polvorientas. En la calle, el sol abrasa.

—¿Ésta es Tina Wiles, verdad, la hermana mayor de Brian? —le pregunta Roe a Laura.

—Ajá. Ella se fue. Pero volvió hace un año —dice Laura—. Es mayor; tiene veintiséis años.

Llegamos a la escuela. Tiene una verja de eslabones de cadena alrededor. Laura grita a su amiga. Tina está inclinada; tiene guantes de goma, y está removiendo arbustos. Se endereza, luego camina hasta nosotras junto a la verja. Tiene una remera y pantalones, es fuerte, de pelo corto, con expresión reservada, cauta. Pero se ve que está muy contenta de ver a Laura. Apenas si mira a Roe y a mí; debe forzarse a hacerlo. Ella y Laura se toman de los dedos a través de la verja.

Esa noche todas vamos a una carrera de autos, Roe y yo con Laura y Tina y varias amigas de ellas. Los vehículos están preparados. Les han quitado los silenciadores. Las luces del estadio son brillantes, el aire está lleno de ruidos increíbles. Cuando llegamos, nos dan un número de lotería con las entradas. Venden cerveza y maní en las tribunas. Tenemos que gritar por encima del ruido.

Roe grita algo que no entiendo; su acento es tan pronunciado que las dos nos echamos a reír. A mitad de las carreras, se hace la rifa. Sale premiado el número de Roe. Roe se lo muestra a Laura. Laura da un salto.

—¡Ganaste! —dice—. Ve allá. ¡Acabas de ganar un auto!

Roe me tira de una manga.

—Ven conmigo —me dice. Bajamos los escalones del estadio. Roe muestra su billete y nos hacen pasar a la pista. Abajo, el hombre le pregunta su nombre a Roe, luego lo dice por el micrófono. Le levanta la mano en lo alto. Roe se ruboriza. El estadio entero vitorea. Nos subimos al auto. Roe maneja. El motor ruge. El auto brinca, como si tuviera resortes gigantescos. Salimos de la pista y estacionamos en la playa de estacionamiento.

Esa noche, vamos a la casa en el auto. Es tarde. Las casas del vecindario de Roe están todas oscuras. La calle de Roe está en silencio. Al pasar, el auto hace un ruido terrible. Roe y yo damos un respingo. Nos detenemos frente a la casa. El ruido es ensordecedor. Roe apaga el motor. Nos quedamos sentadas adentro un momento. Roe está esperando para ver qué pasa. La luz de su padre se enciende.

—Oh, no —dice Roe—. No te muevas.

Su padre aparece por la puerta del frente en piyama.

—¿Quién diablos está ahí? —dice. Su voz es amenazadora. Tiene un arma.

—Soy yo, Pa. Roe.

Su padre baja el arma.

—¿Qué diablos estás haciendo? —Ahora que ha visto que es ella, está furioso. Éste es el tipo de mal comportamiento que él no puede tolerar. —¿De dónde sacaste esa cosa?

—Perdón, Pa —dice Roe por un resquicio de la ventanilla abierta.

—No me digas perdón. Dime qué diablos estás haciendo.

—Lo gané en las carreras —dice Roe—. No sabía qué hacer con él.

—Te diré lo que harás con él. Te lo llevas de aquí.
—¿Ahora?
—No, no ahora. Ahora entras en la casa.

Roe y yo abrimos las portezuelas del auto cautelosamente. Las cerramos haciendo el menor ruido posible, luego pasamos junto a su padre, que sigue con el arma en la mano.

El hermano de Roe y su mujer vienen a cenar. Son cristianos renacidos, los dos de veintidós años. Ya tienen dos hijos. El hermano de Roe se parece a ella físicamente, pero su actitud y su comportamiento son totalmente diferentes, lo mismo que sus movimientos, la luz en la cara y en los ojos. Quizá si estuvieran durmiendo uno al lado del otro, el parecido sería claro, pero tal como son las cosas, se ve por momentos, en un gesto ocasional idéntico, en un movimiento de la mano. Nos sentamos afuera, en la parte de atrás, donde el padre de Roe prepara un asado. El jardín es pequeño pero limpio y con el pasto cortado. Hay glicinas que trepan en la pared posterior de la casa. El padre de Roe no dice demasiado mientras cocina la carne. Está parado a un costado. Pero escucha. Roe y yo hablamos con el hermano y su mujer. Son muy amistosos. Jugamos con los chicos. Durante la comida, empiezan a hablar de algo que sucedió en el pueblo. Mataron a un hombre. Fue un accidente, al parecer. A alguien se le escapó un tiro. Los muchachos Miller estaban involucrados. Roe y yo hacemos toda clase de preguntas. El hermano de Roe y su mujer conocen todos los detalles. El padre de Roe no dice mucho. Aprieta los labios, camina hasta la parrilla, da vuelta la última hamburguesa.

Después de comer, todos volvemos a sentarnos. La luz va desapareciendo. Las luciérnagas empiezan a levantarse del pasto. Los chicos las corren. La mujer del hermano de Roe está hablando sobre una película que acaba de estrenarse. Quería realmente verla. Le gusta el actor. Sólo que luego alguien le dijo que hacía el papel de un hombre gay. Se echa a reír.

—Y dije, "No, gracias" —dice—. Me parece que me perderé esa película.

—¿Por qué? —le pregunta Roe, haciendo la pregunta de un modo muy directo, muy inocente.

La esposa sonríe, sorprendida, luego mira al hermano de Roe y se calla.

—¿Si es algo que existe? —prosigue Roe.

Hay un silencio. Su hermano, Tommy, parece perplejo, como si prefiriera no involucrarse.

—Porque no está bien —dice el padre de Roe, volviendo a levantarse—. Sé que existe, pero no está bien. Esas cosas se hacen en privado.

—¿Por qué? —pregunta Roe.

El padre de Roe está de espaldas. Empieza a ocuparse nerviosamente de la parrilla, raspándola.

—Porque estas cosas deberían ser privadas —dice—. De lo contrario, se darían ideas a otros jóvenes.

—Dice en la Biblia que no está bien —dice Tommy, carraspeando.

Roe gira la cabeza con rapidez.

—¡Por favor, Tommy! ¡Termínala!

—Bueno, basta ya —dice su padre.

—¿Basta de qué? —pregunta Roe.

—De esta conversación.

—No, Pa. Yo no he terminado.

—Roe, te lo advierto.

—Pues yo te advierto a ti. No he terminado.

—¿Para esto te envié al colegio? ¿Para que te portes de esta manera? —pregunta su padre.

Pero Roe no quiere terminar. Su padre, para no hacer nada más, al parecer, cruza el jardín. Roe va tras él.

—Roe, no hagas eso —le dice Tommy.

—¿Por qué? ¿Por qué no? ¿Por qué no puedo decir lo que pienso? —Sigue caminando detrás de su padre, luego se vuelve para mirar a Tommy. —¿Te acuerdas de Laura? Pues es gay.

—Ya sé eso —dice Tommy—. Vivo aquí, Roe. Todo el mundo lo sabe, todo el mundo lo ve.

—¿Y entonces?

Roe corre tras su padre. Él ha salido por la puerta posterior. Se oye el sonido de una camioneta que arranca. Luego los gritos de Roe. No hay respuesta de su padre. La camioneta se aleja. Roe vuelve al jardín, llorando de frustración y de rabia. Tommy va hacia ella, la abraza. Ella lo deja por un instante, luego se aparta. Corre hacia la casa, entrando por la puerta de atrás. La sigo, y la alcanzo en la vereda.

Caminamos.

—¿De qué sirve? —pregunta Roe luego de un momento—. ¿Qué es lo que una quiere, en realidad? —Luego se responde a sí misma. —Una quiere que los demás escuchen, que la escuchen a una. ¡No los demás, sino ellos! Una quiere que la escuchen, aunque sea una vez. —Pensar en ello vuelve a ponerla furiosa. —He visto eso tantas veces, he visto su espalda cuando se va. Podría clavarle un cuchillo. —Se calma un poco, sigue caminando. —¿Por qué nunca han tratado de entender nada con respecto a mí?

Capítulo 11

En el avión a París, miro por la ventanilla. Arthur, con la cara vuelta hacia el pasillo, duerme a mi lado. Nubes, sólo nubes. Las observo. Me imagino cayendo, cayendo a través de esas nubes. Al principio parece sólo una idea vaga, pero luego no puedo dejar de visualizarlo, y me veo saltar, caer. ¿Qué está sucediendo? Me siento mareada. Cierro los ojos. Pero inclusive sin mirar, sigo viéndome caer, saltar y caer. El resplandor de la luz entra a través de mis párpados. Allí, del otro lado de la ventanilla, está la vertiginosa caída. Bajo la persiana, me vuelvo. A través del pasillo, veo una luz roja junto a la salida de emergencia. De pronto se me ocurre: es por allí donde saltaré. No, no, no lo pienso, pero no puedo impedirlo. El corazón me late con fuerza ahora, en lo alto del pecho. Parece que lo tuviera en la garganta. Me muevo para levantarme. Me da un tirón el cinturón de seguridad. Trato de abrirlo pero no puedo. Está atascado. El corazón me late, descontrolado. Trato de respirar pero no puedo, o apenas puedo. Tengo el pecho tan cerrado, con tan poca capacidad, que no hay espacio para el aire. Respiro apenas. Doy un tirón al cinturón. Me libero.

Me paro. Ahora estoy de pie, pero ¿adónde iré? Arthur se mueve en sueños. Por favor no, no te despiertes ahora. La idea de confrontarlo es abrumadora. Paso por encima de sus piernas y ya estoy en el pasillo. El corazón me golpea, mi aliento es corto y poco profundo. Miro a mi alrededor, desesperada. ¿Adónde iré? Una azafata se acerca. Dice algo; no oigo qué es, con exactitud. Asiento, pero no puedo hablar. Tengo la garganta cerrada por completo. Ni siquiera puedo tragar. La boca se me está llenando de saliva. Veo la salida de emergencia otra vez. Tengo que salir de este avión. ¿Estoy yendo hacia ella? Me obligo a dar vuelta, a ir en la otra dirección, por el pasillo hacia el baño.

Entro en el baño, cierro la puerta, y echo el cerrojo. Me siento, pongo la cabeza hacia abajo, pero mi mente no puede parar. Vuelvo a verme, una y otra vez, abriendo la salida de emergencia. ¿Y luego qué? Saltando, arrojándome al vacío. Entra el aire, el viento, el cielo entero. Pandemónium, todo gira. ¿Todo el mundo también saldría disparado? Si yo hiciera eso, ¿moriríamos todos? ¿O seríamos aplastados por la presión? ¿De dónde saqué esa idea? Imagino a la gente desplomándose, y el pecho que se les hunde.

Todavía sigo respirando con dificultad. Estoy sentada, inclinada, con el corazón que me late con desesperación. Me cae la saliva por los costados de la boca. Hay aun menos aire en el baño que afuera. Pero no me atrevo a salir, a volver a pasar junto a esa salida.

Dicen que el cuerpo sólo puede aguantar cierta cantidad de pánico. Cuando se alcanza el límite, emite una droga: eso debe de ser lo que me está pasando. No sé cuánto tiempo ha pasado, pero de pronto lo siento, como una liberación, corriéndome por las extremidades. Mi corazón se retarda, me siento débil, no puedo tragar. Después de unos minutos, regreso a mi asiento. Una vez allí, me tiro hacia atrás, dejo caer los brazos. Me quedo acostada allí, sintiendo cómo la sustancia se extiende a través de mí. Siento un alivio en el pecho, mi corazón se tranquiliza. Hay espacio en mis pulmones. El aire puede ingresar. Respiro y echo atrás la cabeza, cerrando los ojos.

Cuando me despierto, Arthur me sonríe. Me toma la mano. Antes, estábamos volando sobre el océano, sólo sobre el océano. Ahora vemos una franja de tierra, un borde marrón cubierto de verde, y luego un borde largo, una costa. Los rayos del sol caen sobre ella.

París, el nudo de calles, las angostas y curvas aceras por las que una camina, a veces casi apretada contra la pared. Los toldos rojos, los cafés rojos, los cafés en las esquinas en las que una se sienta, ajustada y estrujada contra las mesas diminutas, los cafés que se despliegan, los que se expanden por las paredes de espejos, los famosos con cuartos escaleras arriba, con ventanas, desde las cuales la mirada contempla las calles, los cafés con mesas afuera, los que tienen sillas de paja cuyo color dominante es el verde y no el rojo, los cafés que son siempre copiados, los rojos y los dorados.

Luego de las calles angostas emerger de repente a una plaza, a veces grande y encantadora y solemne, bordeada de árboles, o si no pequeña y escondida, apenas una plazoleta, con una estatua grisácea en el centro, sobre las piedras el liquen negro y verde. El río, el agua que ondea de una manera casi absurda, las hojas de los árboles a lo largo del río aleteando en el viento, mostrando su plateada parte escondida. El muelle, hecho de piedra cambiante y hundida, de contornos redondeados, los lugares de conquistas callejeras, las oscuras áreas designadas, los bancos en la parte despejada, la gente que toma sol, los botes que pasan, agitando el agua. De noche los barcos proyectan sus luces sobre los edificios, sobre las ventanas superiores de los edificios que se hunden, sobre los árboles, blanqueando todas sus hojas.

La descendente curva de los puentes, navegando las islas, las avenidas, los parques. La calle des Écoles, que corre feliz a lo largo del borde de la colina. La colina en sí trepa, sube y sube, agobiada por pesados edificios, y una asciende como cabra, entre los oscuros edificios como cárceles o los lisos, color arena, que presionan a ambos lados.

Vamos al Louvre. La excitación de Arthur es la de un chico. Miramos las estatuas. Hay una chica joven corriendo.

—Se parece a ti —dice Arthur.

—¿A mí? —le pregunto.

En el Museo Rodin las figuras brillan como bajo la luz de la luna. El Centro Pompidou tiene paredes enteras de vidrio. Mientras subimos en el ascensor, me siento mareada. Al parecer, me aterrorizan las alturas. No es que me caiga, sino que tengo miedo de saltar.

Me imagino saltando en todas partes donde vamos. Desde los techos, por las ventanas, al agua desde los puentes y muelles, de los ómnibus, de la puerta de los taxis. Me imagino en el subterráneo saltando delante de un tren. Me hago atrás, cerca de la pared de la estación del subterráneo. Si realmente me siento tentada, me tomo de algo, de un poste o una silla.

—¿Qué estás haciendo? —me pregunta Arthur.

—Nada.

Me mira, intrigado. Yo aparto rápido la mirada. Hasta me siento caer cuando no hay dónde caer, cuando estoy sentada en un banco.

Caminamos por el muelle, del brazo. Pasamos bajo los puentes. El olor a orina es nauseabundo. Abruma, hace que una quiera caerse para atrás. Continuamos. Otro puente. Hay hombres vagando, mirándose.

Mientras caminamos por las calles, hay caras de piedra escrutándonos, esculpidas en los edificios, algunas infantiles, como querubines, otras gárgolas horribles con labios entreabiertos. Así es como son todas las caras, pienso, cuando se tiene miedo. Yo tengo miedo, pero, ¿de qué? Me aferro al brazo de Arthur mientras caminamos, pero no me atrevo a mirarlo.

Vamos a la calle donde vivía la familia de Arthur cuando él era niño. Encuentra el edificio.

—Allí, en el tercer piso —dice.

Miramos las ventanas. Se abren hacia afuera, como la mayoría de las ventanas de París. Tienen visillos de encaje.

Miro hacia arriba. No puedo visualizar en absoluto a Arthur, de niño, viviendo aquí, saliendo para ir a la escuela. Él, por su parte, parece verlo vívidamente. Está extrañamente refrescado. No puede creer que no haya vuelto aquí desde hace quince años. ¿Qué estaría pensando?

Digo que sí con la cabeza. Me siento perdida dentro de mí misma. Es como si estuviera caminando en el interior de una casa oscura. Las ventanas está aseguradas con pestillo, las puertas todas cerradas.

—¿Estás bien? —me pregunta—. ¿Qué te pasa?
—Nada, nada.

Los hoteles donde paramos son oscuros, lugares alfombrados, monocromos, diminutos. Cambiamos de uno a otro. Finalmente encontramos uno más agradable, cerca de la universidad. Da a una plaza en la que se reúnen estudiantes. Parecen de mi edad, o un poco mayores. Un día, mientras los estoy mirando, se me ocurre que todo eso ya ha pasado, que es demasiado tarde para mí. Jamás me reuniré de esa manera en una plaza.

Arthur me dice que parezco diferente.

—¿En qué sentido?
—No sé. Hasta en la forma en que te mueves.
—¿Cómo me muevo?
—Bueno, no sé, pero tenías una especie de gracia. No la gracia de una bailarina, pero otra clase de gracia, no sé cómo expresarlo, individual.

Eso es lo que me falta, gracia. Pero quizá pueda recuperarla. Quizá no se haya ido del todo. Levantar el brazo, llevar el cuello erguido. He dejado que se me debiliten los músculos. Ejercicio, aire. Eso es lo que necesito. Quizá todo se reduzca a eso, a salir, como dicen, y "tomar un poco de aire".

Arthur se va por el resto del día. Tiene unas investigaciones que hacer, y edificios que examinar. Yo salgo un poco más tarde, sola: me obligo a hacerlo. La universidad —paso frente a ella— me sorprende. Me asomo para ver el patio.

—Entremos —dice Arthur, surgiendo de la nada junto a mi codo.

Lo miro, asustada. Siento como si hubiera hecho algo malo. Más y más tengo la sensación de que me aprehenderán, e inclusive me arrestarán por hacer las cosas mal.

—Quería salir —digo— a tomar un poco de aire.

Me mira de una manera extraña.

—Sí, sí, está muy bien.

Todo lo que hago parece sospechoso. Siento que hasta mi aspecto parece sospechoso, que, cuando camino por la calle, voy encorvada, con las piernas encogidas, y un tanto inclinada hacia un costado. Estoy segura de que me pararán, me arrojarán contra la pared, y que lo tendré merecido, aunque no sabré por qué. Cualquier personaje oficial con uniforme, un portero, un policía, un guardián, me llena de temor irrazonable. Se me doblan las rodillas cuando paso a su lado. Camino con paso vacilante. Que logre mantenerme erguida parece una proeza maravillosa.

Si se piensa demasiado en algo, se torna imposible. Si se teme que el cuerpo no pueda llevar adelante los procesos naturales que hacemos mecánicamente —caminar, respirar, tragar— y tratamos de hacerlos de manera consciente, forzándonos a respirar, a caminar (caminar es tan complicado), entonces es imposible. El sistema se tambalea, se sacude. El esfuerzo es inmenso, los movimientos todos antinaturales, las cosas rechinan y se detienen.

—¿Entramos? —me pregunta Arthur.

Echo un vistazo al guardián junto a la entrada de la universidad. ¿Me dejará pasar? Voy tomada del brazo de Arthur, pero estoy del lado del guardia. No, no, debería ir del otro lado, donde no pueda verme. Me obligo a dar un paso, luego otro, encogiéndome al pasar junto al guardia.

Entramos en el patio de la universidad, con su piso de ásperas piedras pálidas. A un lado está la capilla, y al otro, arcadas con lámparas que cuelgan del cielo raso. Nos volvemos y miramos por las ventanas. Imagino que se arrojan sillas desde estas ventanas durante las protestas estudiantiles. Imagino que nos arrojan una silla a nosotros en este mismo momento. A lo largo del otro extremo del patio hay una hilera de puertas de vidrio. Alguien sale, una estudiante, con el pelo recogido. Arthur la mira. Yo también. Se detiene en el patio para encender un cigarrillo. Arthur sonríe. La admiramos.

—Ven —dice Arthur, tomándome del codo—. Echemos un vistazo al interior.

Ha tomado la costumbre de tomarme del codo cuando caminamos, como si yo fuera una anciana o una inválida. Ha sucedido sin que lo discutiéramos. Sin decir nada yo debo de haber indicado mi debilidad, mi temor a caerme. Pero eso es sólo una parte. Él no sabe el resto, que me estoy volviendo decrépita en otro sentido, que mis facultades van fallando poco a poco. Resulta más difícil ver, oír. No se me queda nada en la mente, el nombre de la gente, de los lugares. Todo pasa, resbalando. Mi mente es como un tamiz.

Cruzamos el patio y entramos por una de las puertas de vidrio, de vaivén. Arthur la mantiene abierta para mí. En el pasillo, los estudiantes se arremolinan, mirando papeles pinchados en una pizarra. Hay otro sector de puertas. Arthur se asoma. Me indica que lo siga. Hay una habitación enorme adentro, un anfiteatro, con asientos y paredes de madera. Arthur señala el cielo raso.

—Mira.

Hay pinturas, grandes murales, en lo alto de las paredes. ¿De qué? No puedo ver con precisión. Seres enormes, diosas. Hay una con un arpa, de pie frente a las otras, y un ángel niño a su lado. La pradera que los rodea es maravillosamente verde. Al mirar hacia arriba, vuelvo a tener miedo de caerme. Es una urgencia. Sigo mirando. Pienso que casi no me importaría caerme así, en esa pradera.

—Sigamos —dice Arthur. Me toma del codo. Quiere mirar un poco más. Yo quiero quedarme aquí, contemplando esa pradera, pero lo sigo. Caminamos por los anchos corredores pulidos, subimos y bajamos escalones, recorremos corredores más pequeños, trasponemos varias puertas. Observo a los estudiantes con su ropa oscura, entrando y saliendo por las puertas, caminando por los pasillos, sentados en los bancos. Sus libros, cigarrillos, rostros pálidos, risas. Los envidio. Pero desde lejos, muy lejos. Me parecen estar a mundos de distancia.

Caminamos por los muelles, de vuelta a los muelles. Las hojas tiemblan en la luz.

Vamos a los parques, me confunden, por la forma en que todo está planificado con tanta perfección. En los Jardines de las Tullerías, pasamos junto a canteros de flores, luego entramos en un área oscura y fresca con sombra de árboles. Está la parte ornamentada, las estatuas, la gran fuente como un espejo, las sillas dispuestas en círculo.

Miro la fuente, los trechos de grava y los árboles detrás. "¿Qué te pasa? ¿Es que nada te gusta?", pregunta la voz en mi mente. Sí, ciertas cosas sí, como esas sombras de los árboles detrás de la fuente.

Es como si mi mente estuviera obnubilada, pero quedara una parte luminosa y clara. Aquí es donde veo las cosas, las cosas que me gustan. Sólo que no puedo verlas cuando Arthur está cerca. Es como si su fuerza me paralizara. Mi mente se enturbia. No es culpa de él, ¿o sí? No, hay algo mal en mí. Cuando estoy sola, la luz titila de nuevo, las cosas reaparecen.

Nos sentamos junto a la fuente en el sol. Quizás esto es lo que necesito, días y días de esto, sentada aquí, sin moverme, en el sol. Pero no con Arthur. Eso sí lo sé. No puedo recuperarme con él aquí. Se me ocurre que nunca me mejoraré si él está aquí. Luego me olvido de esa idea. Realmente me siento mejor hoy, me digo. A lo mejor sólo estoy cansada, y es seguro que pasará.

Él está hablando otra vez de su niñez. Piensa en ella casi constantemente. Todas las cosas, todo, van reviviendo lentamente en él. Lo siente, dice, hasta puede verlo, como un lugar oscuro que se va llenando de luz. Recuerda haber venido a esta fuente, por ejemplo, y haber jugado aquí con su hermano.

—Es como si no me acordara de nada —dice—, y de repente todo está aquí.

Hasta se lo ve más joven, con el rostro inundado de luz.

Asiento. O al menos lo intento, pero mi cuello está duro.

—¿Qué pasa? ¿Algo está mal?

Está exasperado. Eso está claro ahora. Se nota en su voz.

—Nada, nada.

Nos levantamos y caminamos.

—¿Tienes hambre? —me pregunta. No sé, ya no sé cómo estoy, si tengo hambre, si estoy cansada. Mantengo la cabeza gacha casi constantemente. No duermo bien. Cada vez tengo más miedo de estar con él, cara a cara; sobre todo temo no tener nada que decir.

Vamos a un restaurante. Nos sentamos frente a frente. El camarero es jocoso de una manera irritante. Con seguridad se está riendo de nosotros, o al menos de mí.

Espero hasta que Arthur pide la comida. Aunque es algo que no me gusta —cordero— digo en seguida:

—Lo mismo. —Quiero evitar decir más de dos palabras.

—Creía que no te gustaba el cordero —dice Arthur.

—No, me gusta. —Me encojo de hombros.

Él parece irritado. No le gusta la forma en que empiezo todas mis oraciones con "no".

—Perdón —digo.

—¿Por qué?

—Por decir "no".

Él no entiende a qué me refiero. Trato de pensar en otra cosa que decir. Lo mejor sería algo casual. O, mejor todavía, algo gracioso. Trato de recodar si antes he dicho algo gracioso. Solía hacer reír a Roe. Una vez se rió tanto, que se sintió enferma. Quizá debería decirle esto a Arthur.

—Una vez hice reír tanto a Roe que se sintió enferma —le digo.

Arthur me mira, sorprendido.

—¿En serio? ¿Hiciste eso?

—Sí —digo, bajando los ojos, avergonzada por haber dicho algo tan patético.

Si sólo hubiera una tormenta, un incendio, algo trágico, de modo que en un momento nos barriera. Imagino que soy arrebatada y separada de Arthur, o, pensándolo mejor, que soy muy valiente en medio de un desastre. Estamos volando en el aire, pero lo tomo de la manga. Alrededor hay piedras y vigas de metal que vuelan. Pero, ¿podría ser tan valiente? La verdad es que no estoy tan segura.

Pero de todos modos un desastre sería lindo. Después, entre las ruinas, podríamos empezar de nuevo. Imagínense lo aliviados que nos sentiríamos entre las ruinas. Cuántas cosas nuevas tendríamos para decir. Yo diría: "¿Recuerdas cuando esa viga te pasó tan cerca de la cabeza? ¿Viste le cara de esa mujer? Me pregunto qué le habrá pasado a ese perrito marrón". Y él diría: "Me sostuviste con tanta fuerza". "Si no hubiera sido por ti", diríamos, "qué terrible", "el ruido", "¡y el fuego!" "¡Sí, el fuego!"

—¿En qué estás pensando? —me pregunta Arthur.

Me quedo congelada cuando lo dice. Es decir, ya estoy inmóvil, pero siento que se me congelan las entrañas.

—Nada —digo.

Esto lo irrita, también.

—No, estaba pensando que sería lindo que hubiera un desastre, quiero decir en este mismo momento, no un accidente, con personas muertas, sino, de todas maneras, algún tipo de desastre terrible.

—Maravilloso —dice él—. Justo lo que necesitamos.

El camarero pasa, moviéndose rápido.

—¿Podríamos —le digo—, es decir, podríamos por favor tomar vino?

El camarero da media vuelta y enumera una larga lista de vinos. No oigo lo que dice ni distingo los sonidos.

—Sí —digo, confundida.

—¿Sí, qué? —pregunta él. Se vuelve y le guiña el ojo a Arthur.

—Lo que le parezca —digo, más confundida.

—Deberías tener cuidado —me dice Arthur cuando se ha ido el camarero—. Estás bebiendo mucho. No tengo nada en contra. Pero es algo que hay que cuidar, es todo. Para mantenerlo en regla. Es bueno decir de vez en cuando: "Esta noche no beberé".

Está bien, pienso, esta noche no beberé. Le digo al camarero que se lleve de vuelta el vino. Extiendo la mano para servirme pan. El pequeño cesto se cae. Migas por todas partes.

Todas las mañanas, Arthur sale mientras yo me quedo en la habitación. Acostada allí, recupero una leve sensación, el rastro de un recuerdo de aquel otro cuarto de hotel en Nueva York, en el que paré sola. Surge como las primeras notas de una canción, luego se desvanece. Me quedo acostada allí muy quieta, pero no vuelve. Eso es lo que la presencia de Arthur anula; incluso cuando no está, está la presencia de sus cosas. Es una fuerza que agobia toda fuerza que yo pueda llegar a tener. Me queda sólo un rincón, un trozo pequeño de piso.

Empiezo a sentir nostalgia de mí misma y de la manera en que era. De pronto me doy cuenta de que he perdido mi forma de caminar. Puedo sentirlo. He perdido mi forma de caminar. Antes la tenía, sin saberlo, siquiera. A lo mejor, pienso, puedo recobrarla. A lo mejor debería practicar y caminar ida y vuelta por el cuarto. Pero sólo puedo hacerlo cuando Arthur no está.

Espero a que él se vaya. Aunque sólo sea porque entonces siento el pecho menos oprimido. Me imagino cómo me sentiré cuando él vuelva. Trato de prepararme, quedándome muy quieta. Mejor aún es darme un baño caliente.

Cómo estaré: con el paso leve, recién lavada. Miro por la ventana, impaciente. Corro al espejo a arreglarme el pelo. Hay música. ¿Soy yo? ¿Estoy cantando? Sí, eso es. Cantar de forma totalmente inconsciente esta o aquella canción. ¿Qué canción? No sé ninguna canción. La única en que pienso es una sobre la guerra: *Where Have All the Flowers Gone?* Ésa no servirá. Pero hay millones de canciones. Aunque rara vez escucho música —y, para ser franca, sospecho que carezco de oído— debe poder ocurrírseme aunque sea una canción adecuada.

Demasiado tarde. Él ya está en la puerta.

Siento la garganta cerrada. Tengo tos. Cuando tratamos de hacer el amor, toso y lo rechazo.

Sola en la habitación un día, me siento inquieta. Quiero salir, al menos a tomar una taza de café. Todavía tengo puesto el camisón. Me asomo a espiar por la ventana. ¿Podría hacerlo? ¿Salir sola y tomar una taza de café? Parece inconcebible. Entonces pienso en la manera en que solía tomar el ómnibus sola, y llegaba a la ciudad sola. Pero me siento confundida. ¿Puede realmente ésa haber sido yo? Voy al espejo y me miro. Veo signos de vejez en toda mi cara. ¿Cómo pasó esto? Veo círculos oscuros, arrugas. ¿Lo ha notado Arthur? Debe de haberlo notado, con seguridad, pero no ha dicho nada. Es porque siente lástima por mí, creo.

La idea de salir a tomar una taza de café cae en el olvido. ¿Qué me pasa? No hago más que volver al espejo. Mi cara parece destruida. Me la lavo; se la ve peor, ahora con la piel roja, los círculos más profundos. Me quedo exhausta. Finalmente, me acuesto. Vuelvo a verme saliendo a tomar una copa sola en la ciudad. Otra vez pienso: ¿Pudo ésa realmente haber sido yo? Con cuánta indiferencia lo hacía, cómo miraba hacia arriba, no hacia abajo, y lo veía todo. Seguramente podría salir ahora, aunque fuera por poco tiempo.

Me levanto y me pongo un vestido. Es el vestido equivocado. Lo veo estridente, tonto. Me miro en el espejo. Todo el mundo se reirá de mí con eso puesto. Elijo otro. Parece peor todavía, incluso más raro. ¿Qué pude haber pensado al usar estos vestidos? Empiezo a sentirme pegajosa. No hay aire en el cuarto. ¿Cómo voy a salir si no me puedo poner ninguna de estas cosas? Mirando alrededor, veo la ropa de Arthur. Quizá pueda ponerme algo suyo. Ha guardado todas sus cosas prolijamente, colgadas en el ropero, dobladas en los cajones. Me pruebo una camisa, luego unos pantalones. Todo es demasiado grande, pero me meto los faldones de la camisa en los pantalones, luego me pongo un cinturón y los ajusto. Me vuelvo a mirar en el espejo. Esto se ve un tanto extraño, pero mejor que los vestidos.

Encuentro un poco de dinero que ha dejado Arthur en el escritorio. Y la llave: necesitaré la llave. La dejaré abajo, en la recepción. Pero dudo absolutamente de todo. ¿Es eso lo que se supone que hay que hacer en los hoteles? Pienso en la mujer y en el hombre que trabajan allí. Si les entrego la llave, ¿no se mirarán entre ellos y se echarán a reír?

Bajo la escalera vestida con la ropa de Arthur. Paso junto al escritorio de la recepción y dejo la llave encima.

Ya tengo ganas de esconderme. Ojalá se cerrara una pared a mis espaldas, y no quedara ni la menor seña de mí. Logro salir por la puerta y estoy en la plaza. La luz y el aire me agobian. Los estudiantes están reunidos. Permanezco alejada de ellos, caminando junto a la pared, rozando las esquinas con los hombros. Me siento más segura de esta manera. Echo un vistazo al café, estoy a punto de entrar, luego vacilo, demasiado tarde, ahora tengo que seguir camino. Me fijo en otro café. No, el camarero me ha mirado, ya he hecho una escena. Sigo camino. Paso una tienda de ropa. Quizá debería tratar de comprar algo. Alguien entra detrás de mí, una mujer con un bebé. Debido a su movimiento hacia adelante, me veo obligada a entrar. La chica que trabaja en la tienda me mira. Aparto los ojos. Ella me dice algo. No tengo idea qué. Sacudo la cabeza y me vuelvo, para salir. Tropiezo con una estudiante con una mochila, que entra.

—Perdón —le digo, tambaleándome ligeramente por el golpe, y luego salgo corriendo. Qué locura, en qué estaba pensando para entrar allí. Pensar que éste fuera el momento para comprar ropa. No, lo que hay que hacer es buscar un café. Estoy en la calle otra vez. Están por todas partes, los cafés. Es imposible elegir. Peor aún, tener que entrar, que todos me miren, sentarme y pedir algo. Empiezo a entrar, luego vacilo. Una vez que vacilo, ya no puedo.

Para este momento he llegado al borde de un parque. Una verja con barras de hierro terminadas en punta lo rodea. Jardines de Luxemburgo, dice un cartel. A lo mejor sea más fácil dar una caminata por el parque. Entonces no tendré que sentarme, ni decir nada. Camino tratando de encontrar una abertura en la verja. Sí, el parque es infinitamente mejor. Todo el mundo no estará mirando con fijeza. Habrá arbustos y árboles. Encuentro la puerta y entro. Hay senderos bajo los árboles, y a cielo abierto, cerca de canteros de flores. Excepto por un pequeño rectángulo que parece destinado para los niños, no hay gente sobre el pasto. El pasto es alto, perfectamente cortado y peinado. Luego llego a unos escalones de mármol blanco. Debajo hay una escena deslumbrante. Esto es lo que significan los Jardines de Luxemburgo. Hay una inmensa fuente blanca, alrededor de ella un brillante estanque inmenso, y a su alrededor, igual que en las Tullerías, sillas dispuestas en un enorme círculo y gente sentada bajo el sol, conversando o leyendo. Tienen las piernas cruzadas. Algunos fuman. Unos cuantos tienen las piernas levantadas y apoyadas en otra silla.

Recuerdo que una vez pensaba en recuperarme junto a una fuente, sentada allí día tras día bajo el sol. Esto es lo que haré, pienso. Me sentaré aquí, echaré la cabeza hacia atrás. El sol me penetra. Cierro los ojos. Hace noches y noches que no duermo bien, excepto una hora aquí y allá, y luego un par de horas por la mañana, cuando se ha ido Arthur. No puedo dormir bien con él cerca. Ahora sí. Por fin tengo un sueño profundo, en que me sumerjo.

Después de lo que parecen horas, emerjo. Me enderezo, dura por la silla. Por un momento no puedo imaginarme dónde estoy o por qué tengo puesta esta ropa. Miro el agua de la fuente. Luego recuerdo, poco a poco. París. Y Arthur. Y mi huida de la habitación del hotel.

Me siento descansada pero débil. Todavía no he comido ni bebido nada. Me incorporo y miro alrededor, luego subo por los escalones de mármol y, aún dentro del parque, llego a algo que parece un café. Hay gente sentada ante mesas bajo los árboles. Yo me siento, también. Se acerca el camarero. Es rápido e impaciente. Pido un café y un sándwich de queso. No es realmente lo que quiero, pero son las únicas palabras en francés que se me ocurren. El sándwich resulta ser delicioso. Tiene manteca.

He salido, pero en algún momento debo regresar, ¿No es así? Estoy totalmente desorientada. ¿Y si es para siempre? No tengo nada encima. Busco en los bolsillos, tengo unas monedas, pero no mi tarjeta del cajero automático. No, es imprescindible encontrar mi camino de regreso.

Busco al camarero. Mis movimientos, cada uno de ellos, deben ser planeados por adelantado. Le pido al camarero la cuenta y un poco de agua. Tomo un sorbo de agua, pago, y me movilizo. Primero debo salir del parque. Me voy del café y camino hasta que encuentro la puerta. Salgo. Pero no recuerdo el nombre de la calle del hotel. No recuerdo el nombre del hotel. Todo lo que recuerdo es la plaza llena de estudiantes. Debo encontrar esa plaza. Está en el vecindario de la universidad. Echo a andar. Café tras café tras café. Todos parecen familiares, pero no puedo estar segura. Luego llego a una calle ancha que sé que no me es familiar. Sigo caminando, dando vuelta la esquina aquí y allá. Pero estas vueltas parecen llevarme cada vez más lejos. Cada vez estoy más perdida. Ahora hasta he perdido de vista el parque.

Arthur se pondrá furioso conmigo, estoy segura. Ahora casi siempre lo veo en esta postura de enojo o irritación. Es la cara de la gárgola. La veo en todas partes.

Entro en un café y me dirijo al baño. El camarero me dice algo. ¿Qué? Podría ser cualquier cosa, pero estoy segura de que me está diciendo que me vaya. Doy media vuelta y me voy. Intento otro. Este camarero menea la cabeza y dice algo. Otra vez, doy media vuelta y me voy. Otra vez en la calle, sigo caminando. Realmente necesito ir al baño. Veo un cartel que parece indicar un baño público. Hay que bajar unos escalones. Bajo. El olor es insoportable. Hay un pasillo y una puerta que dice MUJERES y otra que dice HOMBRES. Entro en el baño de las mujeres. Es inmundo. Hago mis necesidades lo más rápido que puedo, sin tocar nada. Cuando salgo y me dirijo a los escalones, veo un hombre que baja lentamente. Él también me ve. Tiene puesto un sobretodo. Se demora en los escalones y se abre el abrigo, sin dejar de mirarme. Tiene la bragueta abierta. Puedo ver todo. Parece una lozana flor blanca. Mi corazón se acelera. Quiero retroceder. Pero sigo mi camino escaleras arriba y paso a su lado. Una vez en la calle, me alejo lo más rápido posible, y el corazón me late con fuerza con cada paso que doy. ¿Ahora qué? Ahora realmente quiero volver.

Me detengo en un café como refugio. Por un momento, me siento más segura con otra gente cerca. Luego vuelvo a salir. Doy vueltas y vueltas y vueltas. Las calles empiezan a ponerse oscuras. Empiezo a sentir pánico. Me olvido de que una ciudad se ilumina a sí misma, e imagino que pronto la oscuridad será total, la noche, nada. Imagino que me doy contra las paredes de un edificio de piedra, raspándome la cara, rompiéndome los dientes. De repente, después de otra vuelta, llego a un edificio que se parece a la universidad, no el lado que yo conozco, pero quizá sea la parte de atrás. Camino alrededor del edificio. Es inmenso; las paredes infinitas se hacen más altas. Hasta empiezo a creer que debo de estar equivocada. Luego veo, por fin, en una calle angosta, un vislumbre de la plaza de estudiantes. Camino hacia la plaza. Los últimos estudiantes se están yendo. Veo nuestro hotel; aminoro el paso. Después de todo, no quiero entrar.

Subo la escalera.

—Ahí estás —dice Arthur—. ¿Dónde estabas?

—Salí. Fui a caminar.

Mira mi ropa y sonríe.

—¿Qué tienes puesto? —me pregunta.

—Ah —digo, con temor a que se enfurezca—. Tu ropa.

—Está bien —dice. Por Dios. —Debe de haber visto mi expresión, el miedo en mi cara.

—Perdón —le digo.

—¡Basta! —dice—. Deja de decir perdón.

Estoy a punto de volver a decirlo. Aprieto los labios para no hacerlo.

Capítulo 12

Estamos en la estación de tren. Arthur lleva las valijas. Yo estoy allí de pie, inútil, o avanzo con dificultad detrás de él. Siento que siempre voy rezagada detrás de él. ¿Es esto debido a que él camina rápido, o porque yo lo prefiero, para no tener que caminar a su lado? Me lanza hacia atrás una mirada irritada.

—¡Vamos! —me dice.

Trato de ponerme a su lado, aunque no quiero hacerlo. Quiero estar sola, aunque sólo sea porque entonces puedo respirar, pero por otra parte tengo miedo de salir sola. Más y más, siento que no puedo hacer nada sola. Mis brazos y piernas, los dedos de las manos y de los pies, parecen haber perdido su destreza. Aunque he estudiado francés en el colegio, no me acuerdo de nada.

—Pero yo creía que sabías algo de francés —me dice Arthur.

Es verdad. Hasta recuerdo haber leído varios libros en francés, libros cortos que eran fáciles de leer, como *L'Étranger*, de Camus. Ahora eso parece imposible. Visualizo la estela que sigue los botes de París, las líneas espesas de espuma, cómo se hunden y se esfuman. Al final no queda nada. Todo se va.

Ya no puedo oír bien. Todo suena amordazado, lejano. Pero lo que más le molesta a Arthur es que, cuando hablo, mi voz casi no se oye. Está perdida en alguna parte, vagando, dentro de mi garganta.

Arthur va a comprar los boletos, dejándome sola con las valijas. Tengo puesto un vestido, el verde, el primero que compré. Me lo puse esta mañana, me obligué a ponérmelo, para viajar. Pero si bien este vestido solía quedarme a la perfección, ahora me queda mal. No es sólo incómodo, sino que está sucio, y me pica. Siento la tela oleaginosa contra la piel. Al pasar, un hombre me roza la piel con su manga, y me mira de arriba abajo. Antes, este tipo de cosas no me molestaba. Hasta me halagaban, en las calles de Nueva York, las miradas prolongadas, los comentarios al pasar. Pero de repente me siento inquieta. Miro a mi alrededor. La estación está llena de hombres. Quizá lo estoy imaginando, pero me parece ver que una mujer de falda de color claro, del mismo color que sus piernas, me echa un vistazo antes de desaparecer por una puerta, y entonces sólo quedan hombres. Los puños de su camisa. Sus pantalones y cuellos. Todos están vestidos exactamente igual. Se dan vuelta, se arremolinan. Siento que me rodea su aliento. Como perros, ellos perciben, huelen, mi miedo. Pero no son perros. Son infinitamente mucho más sutiles, infinitamente más aterradores: hombres.

Tomamos el tren para salir de París. La enmarañada arcada de la estación se prolonga en madejas, en hebras de hilos que nos siguen hasta los alrededores de la ciudad. Pronto estamos en la campiña. Hay un verde, el de las márgenes de pasto, y un verde grisáceo, el de los árboles redondeados. Vacas pastando. Lo que de lejos parecen bajas ciudades medievales. Arthur estudia un mapa. Dice el nombre de las cosas. No puedo seguirlo. El mapa, extendido delante de nosotros, no tiene ningún sentido para mí. Ni siquiera recuerdo adónde nos dirigimos. Arthur va al baño. Me dice que recuerde adónde vamos en caso de que pase el guarda. Me lo dice dos veces, tres veces. Pasa el guarda, pero no me acuerdo del nombre.

Vamos a Chartres. Es un manchón que trepa por una colina. Caminamos junto a un muro. Recuerdo el muro perfectamente. La ciudad está arriba, la catedral, sobre una colina. No estoy segura de que nada de esto sea verdad. Sólo estoy segura de ese muro. Y luego de la sensación de subir por calles estrechas, de subir y subir, de los muros cerca, muy cerca, una sensación de muros altos, del cielo bloqueado.

Recorrer las calles oscuras de ciudades medievales. Esto parece ocurrir una y otra vez. Los muros son ásperos al roce de la mano. De vez en cuando, sobresale un cuello, una socarrona cara de piedra, que escupe agua. Las calles no tienen nombre. Están flaqueadas por muros, ásperos, cubiertos de líquenes. Por lo general son líquenes negros, pero aquí y allá crece una planta en una grieta, con luminosas hojas verde amarillento, pequeños brotes de flores de las que cae un polvo amarillo.

En las ciudades, todos los negocios están cerrados. Quiero un sorbo de agua, al menos un sorbo de agua. El sol golpea fuerte sobre la piedra. La plaza frente a la catedral está llena de pájaros. Están haciendo trabajos en la catedral. Hay un espacio señalado al que no se puede entrar, con géneros y herramientas. Están restaurando las figuras de los profetas en las puertas. ¿Son los profetas? No sé nada, nada. Estoy cansada de preguntar. Arthur parece exasperarse cada vez que pregunto. Además, ahora tengo dudas acerca de todo lo que alguna vez supe. Todo suena falso. Cuanto menos sé, más parece saber Arthur. Parece adoptar una actitud superior con todo lo que sabe. Cuanto más temor demuestro hacia él, más superior parece. ¿Es verdad, o lo imagino? No puedo estar segura.

Aunque me aleje apenas, si voy por uno de los pasillos en la catedral mientras él va por la nave central, empiezo a sentir que la sangre me vuelve a las extremidades. Puedo sentir que las mejillas me hormiguean. Pero todo esto desaparece no bien nos encontramos detrás del altar. Había visto algo que quería mostrarle, pero no me acuerdo qué era. Él me cuenta cosas, señala cosas. Quizá sea que porque me esfuerzo demasiado por escuchar, ya no me queda energía para oír. Asiento y asiento, pero no oigo ni una palabra.

Al salir de la catedral a la deslumbrante luz, me gusta ahora pensar en esas oscuras y altas calles, en los muros, el angosto descenso colina abajo. Pero está otra vez el ómnibus, el tren. Todo se siente tan sin gracia, tan complicado y traqueteante. Tratamos de hablar. Él entiende mal lo que digo, y luego yo no lo oigo. Está leyendo algo. Le digo que me gustaría leerlo, también.

Cualquier cosa que digo suena críptica, insuficiente. Después de todo, cuento las palabras. Trato de construir cuidadosamente de antemano lo que diré. La idea, por supuesto, es decir algo notable pero con la menor cantidad posible de palabras. Si es demasiado largo, un párrafo, sé que nunca lograré expresarlo. Me mira, intrigado. Todos mis comentarios suenan artificiales, extraños. Después de un tiempo, me doy por vencida y empiezo simplemente a decir cosas que él ha dicho. Con seguridad él no podrá encontrar algo malo en eso. Después de todo, son cosas que él ha dicho.

Paramos en Aix-en-Provence. Es una plaza fuerte. Veo los soldados uniformados en el patio, practicando con sus armas. Hay un casino, árboles temblorosos flanqueando las calles, una fuente de regordetes peces de piedra parados sobre su cola, que arrojan agua. No me acuerdo de nada. Unas cuantas imágenes, eso es todo. La oscura habitación del hotel. ¿Qué hace el resto de mi mente? Está apagada, vagando dentro de sí misma. La casa oscura, las persianas todas bajas. De vez en cuando, hay un resquicio. Entra la luz. Me asomo. Alcanzo a ver algo, los lindos peces regordetes de la fuente, el mercado de los domingos en la plaza. Ponen sobre mesas todas las frutas y verduras. Les da el sol. Todo resplandece. Arthur pasa caminando, la cara en alto.

—Ésta es la primera vez en años que camino bajo el sol —dice.

Yo voy avanzando a los tropezones a su lado. Trato de imaginar lo que debe de estar sintiendo él. Yo también levanto la cara, y trato de sentir el sol.

En el otro lado de la plaza hay un montón de hombres. Están en grupos, caminando y conversando.

—Juegan —dice Arthur— a los caballos.

Él parece saberlo todo, mientras que yo sé tan poco; su experiencia es monumental. Es como caminar a la sombra de un gran acantilado, una imponente pared de piedra. Cuando trato de hablar, mis palabras pegan contra la pared. Se agotan, no significan nada.

Otro hotel. Es oscuro. Me imagino trasponiendo la puerta, entrando desde la luz de afuera. Es como ingresar en la oscuridad.

Hacemos el amor. En la mitad, todo se oscurece.

—¿Qué pasó? —pregunta Arthur.

Lo oigo débilmente. Pero no contesto. Me quedo acostada allí, disfrutando de la oscuridad. Si tan sólo pudiera quedarme allí, sin volver en mí.

Cuando estoy sola en la habitación del hotel, me imagino que Jasper llama a la puerta. He salido del baño y estoy acostada en la cama, envuelta en una toalla.

"Llegaste", diría yo... No, no, no, no digas eso. Pero lo diría, de todos modos. "Llegaste. Te he estado esperando".

Estamos en el tren otra vez. Pasamos bajo puentes de piedra, blandos de musgo. Luego campos púrpura, campos amarillos, mostaza y lavanda. La suavidad, los colores uno contra el otro, la manera en que todo pasa, fluye. Al mirar, por un momento es como si todas las ventanas se hubieran abierto, luego la pared entera de una casa oscura. Estoy otra vez al aire libre, viéndolo todo. La casa oscura ha quedado atrás.

Recuerdo haber leído una vez en un libro de cartas, una en que la madre le escribía a la hija. "Mira los colores. Hay un gran solaz en los colores". Mirando el amarillo y el púrpura y los diversos matices de verde, el suave verde grisáceo de los árboles distantes, el tierno verde amarillento del trigo, el pasto verde azulado que empuja hacia arriba, las briznas que proyectan sombras entre sí, siento que debe de ser verdad.

Campo con canales, campo con esclusas. Avanzamos deslizándonos a través de campos centelleantes. Los canales corren, lúgubres, de un verde sombrío, a veces más claro. Los botes se mueven despacio. Avanzan junto a las márgenes cubiertas de hierba; se detienen a pasar la noche. Ocasionalmente se encuentran frente a frente. Uno se retira hacia un lado. Pasan rozándose. Los canales se mueven indolentemente a través de las ciudades. Puentes de piedra los cruzan. Los niños pescan. Luego, entre las ciudades, hay trechos de soledad. Nada. Márgenes con hierba, campos. Aquí y allá, una casa en una esclusa. La familia del encargado de la esclusa. Sus casas son como cajas, construidas por el gobierno, bonitas y sencillas, encaramadas en el borde del canal. Frente a algunas hay hileras de delicadas flores, rosadas y azules, o pequeños manzanos con frutos deformes, aunque lo mismo deliciosos y dulces. Por dentro, las esclusas se ven tan viejas como la tierra. Están cubiertas de musgo, de plantas acuáticas colgantes. El día entero el agua entra y las llena, luego desciende. Hay un torrente al principio, cuando entra el agua, un sonido rugiente, y el bote que está adentro se mueve hacia un costado. Luego la boca misma de la esclusa queda sumergida en el agua. Todo se calma. El agua entra, cautelosa, amortiguada, desde abajo. El bote se levanta lentamente.

Nosotros hemos seguido una ruta tortuosa pero nos estamos acercando al lugar al que nos dirigíamos desde el principio, la casa del cuñado de la editora en una aldea en el campo, que allí está, vacía, aguardando. ¿Nos volveremos locos juntos en una casa vacía? Al menos cuando se está viajando, allí está el paisaje cambiante, las vistas por la ventanilla, el bullicio y la confusión.

Estamos en la última estación antes de llegar a nuestro destino. Tiene un techo de vidrio, de vidrio y hierro. ¿En qué ciudad estamos, en qué país? ¿Hemos cruzado alguna frontera? No tengo idea. Arthur va a comprar los boletos. Hay distintas hileras de mostradores; él debe averiguar a cuál debe ir. Yo miro alrededor. Miro el tablero sobre mi cabeza que tiene un listado de los horarios y destinos de los trenes. Veo en el tablero que hay un tren a Avignon, y otro a París.

Un momento después, se anuncia el tren a París. La gente empieza a dirigirse a una de las vías. Un tren ha llegado. Veo su parte delantera, sus bruñidos costados. A su alrededor hay un hormiguero de actividad, gente de negro, gris o azul marino, con valijas negras o grises. Más y más figuras desaparecen dentro del tren. Vuelven a llamar a abordar el tren por los altoparlantes. El andén está casi vacío. Un guarda uniformado se asoma. Justo entonces, una chica viene corriendo por la estación, con vaqueros azules, un bolso pequeño sobre un hombro, el pelo hacia atrás. Viene corriendo para tomar el tren a París. El andén está vacío ahora. Ella está segura de haberlo perdido. No hay manera de que pueda llegar a tiempo. Ya han cerrado las puertas. Ella sigue corriendo. Yo la observo, y el corazón me late con fuerza. Ella corre más y más rápido, llega a la primera puerta. El guarda mira, la puerta se abre. Sin dudar ni un segundo, ella salta. No puedo creerlo, me siento tan aliviada. El andén está vacío ahora. Miro por encima del hombro pero no veo a Arthur, luego vuelvo a mirar el andén y el tren a París. Se está moviendo ahora. Se está yendo. Me quedo en mi lugar, suspendida, mirándolo ir.

La aldea está encaramada sobre una colina. A medida que nos acercamos en el taxi, podemos mirar y verla. Abajo, en el valle, hay viñedos, filas y filas de viñedos. El valle baja. Los viñedos lo siguen, aferrándose a sus curvas. A lo largo de los costados del camino hay árboles, pero hay algo mal en ellos. Lo noto de inmediato. Les han cortado todas las ramas inferiores, cerca del tronco. Se ven deformados, grotescos. En vez de árboles, son muñones. Es como si hubieran sido amputados. No puedo creerlo. Quiero arrancarme los ojos, pero no puedo.

La casa es grande. Hay un portal con piso de piedra, luego la escalera. Es lindo. Recuerdo el portal, la escalera. Luego un espacio amplio arriba, un dormitorio estilo desván, y ventanas, una vista al valle de los viñedos. Cubro la vista de los árboles amputados con una mano, para no verlos; sólo veo las hileras de viñedos.

Arthur desempaca sus cosas. Está feliz de estar aquí, ansioso por empezar a trabajar. Va al estudio, junto a la escalera del frente. Está ocupado, no quiere necesariamente que yo esté cerca. Es un alivio. Desempaco mi valija, trato de ponerme a leer. Pero oigo los pasos en el estudio. No me puedo concentrar. ¿Camina tanto, realmente? Estoy en la sala, pero luego subo al desván, donde está la cama. Los pasos son más fuertes aún.

Decido salir y echar un vistazo al pueblo. Camino, agachando la cabeza cuando paso al lado de alguien. Entre el camino y los edificios hay montones de pasto. El poblado está construido en lo alto. Un empinado camino marrón lleva a la cumbre. Las casas son de piedra, con techos de tejas y liquen y musgo sobre las paredes. Espío por una entrada. Hay un jardín con árboles frutales, pequeño, pero para un niño sería todo un universo. Veo una niña en un portal, mirando hacia afuera. Yo estoy espiando a través de la cerca. Ella me devuelve la mirada. Sigo caminando. Hay una iglesia en la cumbre. Es un día muy claro. Miro las verduras en el jardín de la iglesia, y espío el interior.

Tomo un camino distinto para bajar y llego a una plaza pequeña. Hay un restaurante aquí. Pienso mencionarle el restaurante a Arthur, como al pasar. "Hay un lindo restaurante pequeño en el pueblo. Quizá deberíamos ver cómo es". Pero las palabras ya han sido fabricadas. No son palabras reales, ya no son más mis palabras. Con seguridad él lo notará, con seguridad se molestará no bien las diga.

La casa está en silencio cuando vuelvo. Él está en el estudio. Debe de estar escribiendo. No quiero molestarlo. Trato de leer. Hay algunos libros en inglés aquí. Pero cuando me siento, me resulta difícil concentrarme. Hay algo que pasa en mi mente, una gran actividad, arañazos, refunfuños, buceos. No hay lugar suficiente para que otro mundo, como el mundo de un libro, tome forma. No hay espacio, no hay luz. En el pasado leer siempre era lo único que podía hacer para olvidar. Olvidar todo, por entero. Un nuevo mundo florecía y yo partía, navegando por océanos, caminando por páramos. Ahora no hay nada de eso. Miro fijamente las palabras. No toman forma, las letras saltan. Saltan como bichos. Nada, no evocan nada. Me quedo en la oscuridad con los refunfuños y los arañazos.

Pasan los días. Estamos en la casa juntos. El miedo que le tengo, no sólo no disminuye, sino que aumenta. No hay distracciones entre nosotros. Oigo el crujido de las tablas, él que se acerca, y quiero esconderme. Él ve el miedo en mi cara. Se queda confundido, luego enojado. Ya casi no puedo dormir con él en la cama. No quiero tocarlo. Me aparto poco a poco. Salto si él me toca, aunque sea en sueños. Pero ¿no se supone que estamos enamorados? ¿No era ésa la idea? Ésta se supone que es una historia de amor. Trato de abrazarlo, me obligo a hacerlo. Lo aprieto demasiado fuerte. Él se siente incómodo, se libera.

Él es "él" ahora, no Arthur. Él ya no tiene un nombre en mi mente. Pero "él" es grande, se eleva, inmenso, como una pared. Una tarde me está esperando, desnudo, en la cama, cuando vuelvo de caminar. Lo veo, pero demasiado tarde. Ya estoy demasiado cerca. Me quedo congelada, aterrorizada. Es un miedo salvaje. Animalístico. Estoy congelada, los ojos como saetas. Él se mueve. Yo retrocedo, aunque estoy lejos de la cama, al menos a un metro.

—Por Dios —dice— ¿qué es esto? —baja los ojos para mirarse a sí mismo, asustado y perplejo por haber provocado semejante efecto.

A la tarde siguiente, abro una botella de vino. Tengo una copa. Luego me acerco a él. Está en el sofá, leyendo. Sin el vino, es impensable. Pero de este modo puedo.

Me acerco a él sin vacilar. Él levanta la vista. Estoy cerca. Me siento. Empiezo a acariciarlo. Ni siquiera le miro la cara. Él suelta el libro. Me deja hacer esto. Con la ropa puesta, sólo desprendida, empezamos a hacer el amor. Yo no pienso, no lo veo, sólo me muevo y lo toco. Luego él extiende las manos y me mueve. Cambia de posición mis caderas, me corrige. O eso me parece. Mis ojos vuelan a su cara. Estoy haciendo esto mal, como todo lo demás. Trato de moverme como me han indicado sus manos, pero en vez de hacerlo con tranquilidad, mis caderas golpean contra sus manos. Había empezado a disfrutar de esto, pero ahora no siento nada. Debo de tener esa expresión de miedo otra vez en la cara, porque él tiene los ojos cerrados. Luego los abre. Mira hacia arriba y ve mi expresión. Deja de moverse, se sienta.

—No me mires así —dice, como traicionado.

Me encojo hacia un costado. Él se incorpora y se sube el cierre relámpago, se abotona la camisa. El mundo se derrumba. Devastación. Él se levanta. Lo he corrido del sofá. ¿Ahora qué? Él va al piso de abajo. Yo espero en el sofá, con el mundo destrozado a mi alrededor. Miro el aparador. El vino sigue allí. Tomo otra copa. Me calma. Visualizo el naufragio flotando en el agua, alejándose. Me veo en el sofá, flotando. La casa está en silencio. Él no está en ninguna parte. No me importa dónde esté. Yo estoy en mi sofá, flotando. Hay restos del naufragio, agua en todas partes. Así como una hora después, cuando sube la escalera camino al desván, lo observo y veo, sorprendida, que él es sólo una persona, diferente y separada, nada más aterrador que eso. Y se me ocurre que él, como yo, puede estar sufriendo. Oigo que se acuesta. Está durmiendo una siesta, pienso, tratando de consolarse. De pronto todo parece completamente claro, nuestra compartida confusión e impotencia, como si nos hubiéramos perdido en el bosque, los dos, y no pudiéramos encontrar la forma de salir.

La noche cae pesadamente. Duermo en el sofá. A mitad de la noche, me despierto con dolor de cabeza. Me levanto y bebo un vaso de agua, luego vuelvo al sofá. Me hundo en él. Estoy durmiendo, durmiendo realmente luego de noches de no dormir. Llega el día. Me despierto y lo oigo caminar por la casa. El corazón me empieza a latir rápidamente. Estoy asustada otra vez. Lo espío. Veo su cara cuando se vuelve para entrar en la cocina, su perfil. Trato de recobrar parte de la comprensión que logré la noche anterior, la visión que tuve de él simplemente como una persona, pero no puedo. No está allí. Con la llegada de la mañana, él ha vuelto a ser una figura enorme.

Incapaz de hacerle frente, finjo dormir. Finalmente ya no puedo permanecer quieta. Abro los ojos. Él está en la cocina, y hace un esfuerzo. Sugiere que vayamos al restaurante del pueblo a cenar esta noche. ¿Qué está pensando? ¿Qué está planeando? Todo el día me preocupo. ¿Quiere que me vaya? ¿Cómo voy a arreglármelas sola? Salgo y camino junto a la hilera de viñedos, con los árboles amputados a mi izquierda. No los miro. Me niego a hacerlo. Las uvas están creciendo, todavía verdes. Hay pequeños zarcillos de madera en todas las vides. Me interno entre los viñedos, mirando por encima del hombro, temiendo que me sorprenda el agricultor. ¿Qué haría él? ¿Gritarme? ¿Pegarme? Estoy oculta entre las hileras de vides. Aprieto la cara contra un grupo de hojas, cierro los ojos. Ay, quedarse aquí y jamás volver.

Regreso colina arriba, como si cumpliera una sentencia. Llega la noche. Iremos al restaurante. El pensarlo me llena de angustia. Vamos caminando por la calle, en dirección a la plaza. Dejo que Arthur camine adelante, como siempre. Yo camino pesadamente detrás, a un paso o dos, sintiéndome conducida, con una cadena de hierro alrededor del cuello. ¿Por qué todas estas imágenes? ¿Estas torturas medievales? No puedo explicarlo. En el restaurante nos sentamos frente a frente. La luz es brillante. Todos los ojos están sobre nosotros, los forasteros, los extranjeros. Es todo lo que he temido.

—Entonces —dice Arthur. Entrelaza las manos. No le miro la cara. Por fin lo hago. Sólo un vistazo. Bajo los ojos. En ese vistazo su cara se veía tensa e inmóvil. No es feliz. Lo pienso desde lejos. Pero mi impresión, lo que yo siento, es que está enojado conmigo.

—Creo que tenemos que hacer algo —dice—. Creo que no eres feliz.

De modo que está tratando de librarse de mí.

—Soy... feliz —digo—. O quizás en este momento... no soy tan feliz, pero lo seré. Sólo necesito... relajarme.

Su expresión es de dolor. Pero su voz suena enojada.

—Creo que es más que eso.

Lo miro con suspicacia. ¿Qué quiere decir?

—Creo que es muy aislado aquí —dice—. Quizá, se me ha ocurrido, deberíamos ir a otra parte, a algún lugar animado, a la playa. O quizá deberíamos volver a casa.

Él lo está intentando. No lo puedo creer del todo.

Doy un respingo.

—Yo estoy bien —le digo—. Estaré bien aquí. Tú necesitas escribir.

—No, no estás bien —dice él—. No estás bien, en absoluto.

Me quedo en silencio.

A lo mejor, pienso después, es debido al sueño. La gente, me parece, siempre describe premoniciones con total claridad, como si las entendiera en el momento, cuando en realidad no significan nada sin una mirada posterior.

Mi sueño, de todos modos, es maravilloso. No es la sensación de un árbol o de que soy como un árbol. Yo soy el árbol. Me despierto, es el alba, y siento por un momento que estoy de pie en lo alto de una colina en medio de la luz y el viento. Luego, una vez más, la puerta oscura se cierra.

Pero varios días después, vuelvo a despertarme al alba. Me levanto de la cama, con el corazón latiendo con fuerza, pero la mente muy clara. Junto todas mis cosas rápidamente, sin hacer ruido, y bajo la escalera. Todavía tengo puesta mi ropa de dormir. Arthur sigue durmiendo arriba. Puedo oírlo respirar. Me visto, lleno mi valija. Voy al baño y empaco mis cosas, luego tomo una pera del tazón. Todo es tan fácil. Salgo en silencio. Tengo mucho cuidado con la puerta. Casi no hace ningún ruido, salvo un diminuto "shh" al cerrarse.

Estoy en la calle con mi valija. Me dirijo a la plaza, con pies ligeros. No hay tiempo para pensar, no hay tiempo que perder. No sólo por Arthur, sino por mí misma. Debo seguir esta ondulante corriente en mi cabeza. Hay otras, ya sé, que pueden arrastrarme hacia abajo. Sólo tengo que seguir esta corriente ligera, al menos hasta que esté lejos.

Llego a la plaza donde está el restaurante. Afuera hay un taxi. Lo he visto allí antes. Quizás, en alguna parte de mi cabeza, lo he estado registrando todo, preparando mi escape todo el tiempo. El conductor no está en el taxi. Está en el restaurante, tomando una taza de café. Entro. Voy hacia él, en seguida. Encuentro todas las palabras que necesito en francés. Estén todas allí, en alguna parte. Le pregunto si me puede llevar a la estación de tren. Él asiente, toma el último sorbo, y se pone de pie. Segundos más tarde, los dos estamos en el taxi.

Me siento en el borde del asiento, observando el camino. No me puedo recostar, como si mi postura hiciera que fuéramos más rápido. Avanzamos por el camino, pasamos los viñedos, bajo la hilera de árboles truncos. Luego doblamos y entramos en un camino más ancho, con verde a los dos lados. Nos estamos alejando de la aldea hacia la ciudad, donde está el mercado, donde para el tren. Es temprano a la mañana, la neblina asciende del pasto, las vacas en la pradera levantan la cabeza para mirarnos.

El conductor es callado. Me siento agradecida por eso. Nos acercamos a la ciudad. Hay una pared de piedra a lo largo del camino, cubierta de liquen; detrás de ella, casas con pequeños árboles frutales en el jardín. Entramos en la ciudad. Todo es de piedra, las casas, las calles, todo es gris, con parches de verde aquí y allá, un cuadrado de patio, grupos de plantas que crecen de las paredes. Una plaza central, luego, más allá, la estación de tren. Delante de ella, otros árboles amputados, más altos, con troncos moteados, la corteza descascarada, sicomoros, sí, sicomoros amputados.

El conductor se detiene junto al cordón. Le pago y me bajo. Entro en la estación ágilmente; la puerta de vaivén se cierra detrás de mí. El interior es diminuto. Hay un tablero de madera con una lista de trenes. Hay uno a París, sólo que no inmediatamente. Tengo un poco más de una hora de espera. ¿Y si Arthur viene a buscarme? Pienso. No lo hará. Nunca lo sabrá. Pensará, a lo sumo, que he salido a caminar.

Compro el boleto y me dirijo al andén. Quiero estar allí, lo más cerca posible de cualquier tren que pase. Si lo veo a él, creo que saltaré a cualquier tren que pase; no importa cuál. También estoy asustada, por supuesto, de mí misma. Pero conservo la calma. Me concentro en la vista del otro lado de las vías. El otro andén y el toldo allí, vacíos. Detrás, más de la ciudad, y luego, más allá todavía, una suave colina que sube. Campos, probablemente. Veo el punto de una figura que atraviesa el campo, se da vuelta, lo atraviesa otra vez. Debe de estar sembrando, pienso.

El andén está desierto durante casi una hora. Luego llegan unas pocas personas, un muchacho y su madre, un anciano. Llega el tren. Subo. Subo, como si tal cosa. Elijo un asiento junto a la ventanilla. El tren está casi vacío. Da un tirón, luego parte suavemente. En seguida hemos dejado atrás la ciudad y estamos en el campo, las suaves colinas verdes, los lentos arroyos.

El tren toma velocidad, se desliza con rapidez. Una chica que corre. Cierro los ojos, luego los abro, luego vuelvo a cerrarlos. Una chica que corre, la veo, y el pelo se le mueve hacia atrás. El paisaje pasa rápidamente, se mueve velozmente, pasa flotando.

Capítulo 13

Roe también está de viaje. Jesse, su muchacho, aparece un día en la casa del padre de Roe. El padre ha salido a trabajar. Jesse se comporta de manera casual. Dice que está de paso y que pensó detenerse para saludar. Tuvo un empleo, ganó bastante para comprarse un auto. Es un auto viejo, pero anda muy bien, dice. Se da vuelta frente a la puerta y lo señala; está allí junto al cordón.

—Estoy enamorado de él —dice—. Mira mi hermoso auto.

El auto está desvencijado, no se alza mucho del suelo. A Roe también le gusta. Pero no sabe qué hacer. Él está parado en el portal. Se lo ve fresco y feliz, cambiado.

—He cambiado mucho —dice, como si hubiera oído los pensamientos de ella.

Pero ¿debería hacerlo pasar a la casa de su padre? El solo pensarlo la asusta. En cambio, se mueve un poco hacia afuera, y se queda parada con él en el pequeño porche.

—¿Manejaste hasta acá? —le pregunta.

Él está orgulloso.

—He estado por todas partes.

—¿Y dónde duermes?

—En el auto —dice él. Lo indica con mímica. —Se hace el asiento hacia atrás.

Todavía no se han besado. Roe mira la calle. Es extraño no saber cómo comportarse. Pero está contenta de verlo. Mira la calle, pero él la mira a ella. Ella puede sentirlo.

—Estás tan bonita —le dice finalmente.

Ella se pone colorada.

—¿Piensas alguna vez en mí? —le pregunta él.

Se lo ve tan joven y esperanzado. Está tratando de dejarse la barba —ella se da cuenta— pero sólo lo logra a medias: la mayor parte de la barbilla sigue totalmente lampiña.

—Sí —le dice. No quiere mentir.

—¿Verdad? —pregunta él.

—Por supuesto —dice ella, bajando la vista.

—Pienso en ti todo el tiempo. —Él es tan valiente, piensa ella, para poder decir estas cosas, aunque sepa que ella no podría decir lo mismo, podría no querer verlo todavía. Él siempre ha sido así, siempre lo ha dicho todo. Esto es algo que ella admira. Ahora él habla con gran ternura, describiendo cómo en la cama, de noche, piensa en ella, para poder soñar con ella cuando se quede dormido. Si no puede verla cuando está despierto, quiere por lo menos poder soñar con ella, verla en la noche,

—Y lo hago, con frecuencia. Algunas veces, sin embargo, tú estás furiosa conmigo. O te vas, bajando la persiana de una ventana. Una vez hiciste eso. Pero aunque estés furiosa, prefiero verte, al menos verte. Escucha —le dice—, ¿podemos hacer una cosa? No estás ocupada, ¿no? ¿Puedo llevarte a pasear en el auto?

El padre de Roe no vuelve hasta más tarde. No es que no tenga permiso para ver a nadie, o para no ver a un muchacho. No hay una regla fija contra eso. Pero hay algo especial con respecto a Jesse, a que su padre lo conozca, que la atemoriza. No que su padre sepa nada con respecto a él. Por supuesto que ella no le ha contado nada. Pero ella se siente segura de que su padre percibirá algo no bien vea a Jesse. Y ella teme que si alguna vez se entera de la verdad, que Jesse le pegó, su padre mate al muchacho. De esto Roe está absolutamente segura.

Ella entra y busca sus zapatos, y se van a dar una vuelta en el auto. Ella sabe que esto significa algo. Es un paso en una dirección. Sin embargo, al mismo tiempo, siente que es algo tan simple y natural, y tan refrescante luego de la monotonía de sus días.

No dicen casi nada al principio. Roe lo mira de soslayo. Se siente realmente muy contenta, y casi tímida, de estar sentada allí andando en auto junto a él. Él la mira, encantado. Dan vueltas. Ella le muestra cosas. Él parece tranquilo de una manera en que casi nunca ha estado antes, como si realmente hubiera cambiado, obtenido cierto dominio sobre sí mismo.

Antes de dejarla, él dice que cree que se va a quedarse en la zona un día o dos, y luego seguirá viaje a Texas. Éste es su plan esencial. La deja frente a su casa. La deja, simplemente. Ella espera una escena, casi desea que suceda, que haya alguna expresión de deseo, o incluso de desesperación. Nada. Él la deja tranquilamente, casi con indiferencia.

—¿Puedo volver mañana? —pregunta él.

Ella está de acuerdo. Él no la besa. Ella no lo puede creer. Cuando se ha marchado, se siente desesperada por besarlo. Se arroja sobre el sofá. Casi no puede esperar que llegue el día siguiente, cuando él vuelva, para poder besarlo.

Él vuelve a la tarde siguiente. Esta vez ella lo besa de inmediato, tomándole la cara entre las manos. Y desde ese momento, él vuelve todos los días. Se ha quedado en el pueblo. Vive en el auto, estacionado cerca de la cantera. Se baña en la cantera. Roe le lava la ropa en su casa cuando su padre sale. Las cosas se están poniendo peligrosas. Roe lo siente. Existe el temor y la excitación de que su padre se entere. De repente sus días están llenos de suspenso. Ella y Jesse han vuelto a dormir juntos, cada vez que pueden, en el auto, en la cantera, debajo de las espesas hojas colgantes. Tratan de hacerlo en el agua. Una vez hasta lo hacen en la casa del padre de Roe, cuando él ha salido. Es algo terriblemente, terriblemente prohibido. Roe imagina a su padre buscando su arma.

Un día el padre de Roe le dice que alguien la ha visto en el pueblo con un muchacho. ¿Quién es?, quiere saber. Quiere conocerlo. Arreglan para que Jesse vaya a la casa.

Se sientan en la sala a tomar el té. Jesse se comporta muy bien. Roe se queda impresionada al verlo. Se inclina cortésmente cuando habla con el padre de Roe para contarle todo lo referente a sí mismo. Pero al padre de Roe no le gusta Jesse. Roe se da cuenta. Ella ya lo sabía. Él percibe ciertas cosas. En cierto sentido, su padre parece muy recio. Pero en otro es extremadamente sensible, intuitivo.

Roe y su padre acompañan a Jesse hasta su auto. Luego vuelven a la casa. Se paran en el vestíbulo junto a la escalera. El padre de Roe tiene la mano sobre la balaustrada. Baja la vista.

—No quiero que vuelvas a verlo —dice.

—¿Por qué? —pregunta Roe, que sabe por qué.

—Tengo un mal presentimiento sobre él.

—Pero yo quiero verlo —dice Roe.

El padre de Roe mira por encima del hombro de su hija, eludiendo mirarla a la cara. Por una fracción de segundo, parece vacilar. Luego aprieta los labios.

—No lo verás más. Eso es definitivo, mientras sigas viviendo en esta casa.

A la tarde siguiente, cuando Jesse llega, Roe sale de la casa con un pequeño bolso de lona.

—Vámonos —dice.

—¿Adónde? —pregunta Jesse.

—A Texas. ¿No es allí donde te diriges?

—¿Hablas en serio?

Roe asiente.

—¿Qué hay de tu padre? ¿No le gusté? —Jesse parece casi desconsolado.

—No, no, no es eso —dice Roe—. Sólo que quiero ir. Estoy cansada de estar aquí.

—¿Y tu padre?

—Le expliqué todo. Le dejé una nota.

Van en el auto. Es excitante. Es más excitante de lo que ha imaginado Roe, con todas las ventanillas abiertas, el pelo volando en el viento. Andan todo el día y después duermen en el auto. Los dos tienen un poco de dinero ahorrado, Jesse de su empleo de principios del verano, Roe de su trabajo en el café Bluebird. Comen en lugares junto al camino. Esto es mejor que nada, piensa Roe. ¿Por qué no pensó antes en hacer esto?

Jesse parece diferente, sensato, realmente cambiado, como le ha dicho. Roe está impresionada; casi no puede creerlo. Después, el cambio empieza a molestarla. Un día decide fastidiarlo burlándose de su obsesión con los católicos en Irlanda.

—Te dices católico. Tú no eres católico —le dice—. Nunca te he visto ir a la iglesia. Ni te he oído decir nada católico, ni pensar como católico.

Él se ríe. Ella se enoja. No puede creer que él se esté riendo de ella, quedándose tan tranquilo.

—¿Cómo, has alcanzado una especie de nirvana? —le pregunta.

Él vuelve a reírse.

—No, no es eso. Es sólo que no quiero pelear.

Pero Roe sí quiere pelear. Lo hace. Cuanto más lo hace, menos reacciona él.

—Quizá parte de todo —me dice luego—, parte de la atracción era la intensidad de su carácter. O al menos la intensidad de esos momentos en que su carácter aparecía. Quizás eso era en realidad parte de lo que yo deseaba.

Un día, cuando ella lo provoca, él reacciona. Han estado viajando todo el día en medio del calor y el polvo. Paran en un motel, cerca de una cárcel de alta seguridad. El cuarto tiene un olor extraño, como a metal. No funciona nada, ni la ducha ni la cocina. La luz titila. Jesse se pone nervioso como antes. Roe podría haber elegido este momento para no atacar, para retroceder; en cambio, lo aguijonea. Pelean, bajo una bombilla que zumba sobre ellos. Él arremete contra ella, sacudiendo la cabeza y el pelo de Roe. Ha vuelto a atacarla. Ella toma una lámpara. Está a punto de arrojársela, pero no puede. La suelta. Esto sigue. Y luego él la culpa por empezar todo de nuevo.

El placer de los primeros días da paso a la locura. Están viajando en el auto. Pelean, dan portazos, gritan en la ruta. A veces uno de los dos se baja del auto, furioso. El otro arranca; luego, mucho después, vuelve. Se buscan mutuamente en pequeños pueblos. El que está en el auto conduce despacio, buscando en callejones, mirando por las ventanas de los restaurantes y bares. De noche duermen en un motel o en el auto. Los cuartos de los moteles son escenarios perfectos para las peleas. Él bebe, se acalora. Ella lo aguijonea, haciendo su parte. Él le pega, la tira contra las paredes, contra los postes de la cama. Ella tiene moretones a la mañana, cortes, el ojo negro. Cuando parten con la luz de la mañana, los dos se sienten tímidos. Hacen un rodeo, evitando la oficina del frente, para llegar al auto. Él va y paga. Ella es la chica con la cara amoratada que se queda sentada en el auto. No puede creer que ella sea eso. Le parece extraño, casi inconcebible, tan diferente de lo que se ha imaginado sobre sí misma.

Está esa espera en el auto mientras él paga. Luego están viajando otra vez, por una campiña áspera y hermosa, con pastos altos, hilos telefónicos. Viajan en silencio. No hay nada que decir. Él trata de no mirarla. Cuando por fin la mira, parece a punto de llorar. A veces, en ves de llorar, se enfurece.

—Tú no tienes dignidad —le dice con desprecio.

La palabra "dignidad" confunde a Roe. Luego recuerda. Han hablado de eso. Ella se aferra a la idea. Eso es lo que le falta a ella, dignidad.

Los moretones también son armas importantes en contra de él. Todo lo que ella tiene que hacer es quedarse sentada allí y recibir golpes. Él se siente terrible; haría cualquier cosa. Un momento después, sin embargo, ella quiere ocultarlos. Él se siente demasiado mal, su expresión es demasiado angustiada, suplicante. Ella no quiere nada en el mundo, salvo que él se sienta otra vez bien.

Viajan a través del desierto, en medio del polvo que se levanta, la maleza plateada. Más moteles. Después siempre, durante algunos días, él es tierno. Ambos lo son, acostados juntos en un cuarto de motel en la oscuridad. El ventilador gira sobre ellos. Roe, totalmente despierta a la noche, lo observa remolinear el aire encima de ellos. Estaban jugando, fingiendo ser adultos, y luego una ola oscura los golpeó. Ésta es la vida real. ¿O no?

—No estoy segura —dice Roe más adelante— de que ésa sea la vida real. Ni siquiera la parte más interesante.

Pero por el momento, están aterrorizados. El uno del

otro, de sí mismos y de la oscuridad que remolinea arriba. Tienen varios días de ternura, o inclusive toda una serie. Luego algo interfiere, al principio sólo una comezón. Irascibilidad. La cosa aumenta y flota en el aire. Por un tiempo está muy quieta. Luego irrumpe. Él va tras ella. Ella intenta escapar. No es que no lo logre. Desde el principio, parte de ella trata de escapar; otra parte se queda. La escena se repite. Hay algo intenso en todo eso, por supuesto, cierta vena de excitación. Roe se siente estremecida, viva. La monotonía viene luego. Sentada en el auto, Roe se siente atrapada. Quiere irse ahora, pero no puede. Todavía no. Empieza a creer que quizá nunca.

Una mañana en un café ella toma el diario local y lee acerca de una mujer asesinada por su marido. Golpeada y asesinada. Así es como terminaré, piensa, riendo. Pero tiene el labio hinchado. Duele reír.

Capítulo 14

París otra vez. Me queda un poco del dinero de mi abuela. No sé cuánto me durará. Desde la estación de tren, tomo un taxi a la universidad. Me alojaré en el mismo hotel. El conductor me deja del otro lado de la universidad; daré una vuelta hasta encontrar la plaza de estudiantes. Mi valija es pesada, pero al parecer puedo con ella. Me aproximo al hotel y me detengo. ¿Y si Arthur viene tras de mí? ¿No debería ir a otro lugar? Camino un poco más por la angosta calle. De un lado de la pared está la universidad. Del otro lado, negocios, un restaurante, y luego lo veo: un hotel pequeño. Entro.

Mi cuarto da a una calle angosta que sube una colina. Del otro lado está la pared de la universidad. Hay estudiantes caminando despacio, con sus libros. Aunque la pared proyecta una sombra, hay ciertas horas cuando hay luz en el cuarto. Después de todo, el cuarto es mío. Durante los primeros días, casi no salgo de él. Estoy cansada, muy, muy cansada. Me levanto y voy a comprar comida, sándwiches de la panadería, frutas de un puesto callejero. Duermo de una manera en que no dormía antes, como si me sumergiera debajo del agua cada vez, zambulléndome no bien apoyo la cabeza.

Cuando por fin me despierto —es decir, me despierto totalmente— me siento débil. Voy a la ventana. Un estudiante camina a lo largo de la pared. Lo observo.

Tiene pelo oscuro, ojos oscuros, mejillas rojas. Va hacia la plaza. Luego aparece una chica, en la dirección contraria. Estoy débil pero más lúcida que hace mucho tiempo. Me siento junto a la ventana y observo pasar a los estudiantes que caminan a lo largo de la pared. Después de un día o dos de esto, quiero ver más. Espío por los costados de la ventana. Desde un ángulo alcanzo a ver la esquina de la plaza. Desde el otro, la pequeña calle que sube, un rectángulo de cielo. ¿Voy afuera a mirar? En mis excursiones en busca de comida, casi no he levantado la vista. Pero ahora quiero hacerlo. ¿Me atrevo? ¿Qué pasa si alguien se me acerca? ¿Podré hablar? Los temores se ciernen como alas cerca de mi corazón, transparentes, latiendo con rapidez.

Me pongo uno de mis vestidos con una camisa abotonada encima, de tal manera que el vestido queda casi oculto, y bajo. Echo una mirada rápida desde el portal del hotel y camino a mi izquierda, hacia la plaza de estudiantes.

Aún siento que perduran muchos de mis antiguos temores. Pasa un taxi. Voy a saltar, a arrojarme bajo las ruedas. El pensamiento cruza como un relámpago por mi mente. Me muevo cerca de la pared.

Voy a un café. Vacilo entre varios, luego entro en uno. Está en la esquina de la plaza, junto a una calle más grande. Cuando pido un pocillo de café, el camarero sonríe. ¿De mí? ¿De mi francés? ¿Me estoy comportando de una manera rara? No tengo idea. He perdido todo sentido sobre mí misma. No estoy en absoluto segura de cómo aparezco ante otras personas. ¿Joven o vieja? ¿Bonita o no? ¿O algo intermedio? ¿Parezco devastada? ¿Estoy en la flor de mi juventud? Si sólo pudiera ver cómo se presenta mi imagen ante la cara de los demás. Pero eso significa estudiar la cara de la gente, eso significa atreverse a mirarla de frente. No, no puedo hacer eso. Es demasiado por ahora. Me siento mucho más cómoda mirando sólo objetos.

Me demoro en el café, mirando por la ventana, tratando de acostumbrarme al mundo exterior. Me doy cuenta de que tengo hambre, y pido algo, una tortilla con pan. Finalmente me levanto y salgo. Parte de mí quiere volver directamente al hotel, pero la otra parte siente curiosidad. Miro hacia la calle grande. Luego veo una calle más pequeña que parte de la plaza, que avanza entre paredes de piedra. La tomo, parece más confiable: Champollion. Es muy angosta; no hay nadie en ella. Al final se encuentra con otra calle que revive en mí un recuerdo vago. He estado antes aquí: rue des Écoles.

Doblo por la rue des Écoles, caminando con cautela, mirando a todas partes. Me paro a ver las vidrieras. No entro. Las vidrieras están llenas de cosas distintas, esperando allí tranquilamente. En el negocio de lámparas hay lámparas de todas clases, pequeñas y delgadas o regordetas, con pantallas de tela, pantallas de papel, pantallas con borlas, algunas muy modernas, altas y delgadas, otras antiguas, con cordones raídos. Siento que podría quedarme parada aquí todo el día, mirando. ¿Por qué? ¿Qué hay de placentero? Las lámparas no piden nada: están allí, quietas. Paso por el local de un taxidermista. Hay animales y pájaros pequeños agazapados o encaramados en ramas en la vidriera. Miro otra vidriera llena de zapatos, filas sobre filas. La uniformidad me satisface.

Al día siguiente voy otra vez a la rue des Écoles. Tomo el mismo camino. Miro otra vez las vidrieras. Al día siguiente, también. No quiero entrar, enfrentarme a alguien y tener que hablar. El café y el camarero son suficientes. Allí es donde como siempre ahora. Me traen lo que pido. El camarero ya no se queda cerca sin hacer nada ni sonríe al oír mi francés. Valoro eso, que me dejen sola. Lo valoro tanto que casi tengo ganas de decírselo. Pero no, eso conduciría a la conversación.

Pierdo toda noción del tiempo. Un día sigo una de las pequeñas calles laterales hasta el río, donde termina. El agua ondea, las hojas ondean en lo alto. ¿Cómo pude haberme olvidado? ¿Por qué no pensé en ello antes? Miro el río hacia abajo, desde la calle. A lo largo del agua hay pálidas piedras redondeadas, las curvas de elefante del muelle. Miro desde aquí —ya es suficiente por hoy— y vuelvo a mi cuarto. Al día siguiente vengo y miro otra vez. La gente pasea por el muelle. ¿Debería ir allá también?

Paseando por el muelle, mantengo los ojos fijos en el tramo siguiente de escalones para poder escapar si es necesario. ¿Escapar de qué? No lo sé exactamente. No está claro en mi mente. Un hombre se acerca. ¿Qué debería hacer? ¿Volverme? ¿Hacerme a un lado? Miro la calle, arriba. Allí también hay gente caminando, una pareja. Tengo una idea. Saludo a la pareja con la mano. Seguramente el hombre jamás me atacaría si pensara que tengo amigos tan cerca.

Empiezo a convertir en hábito el pasear por el muelle. Me encanta observar el agua y las ondulantes hojas. A veces casi cierro los ojos mientras camino. De esta forma puedo sentir la brisa y oír el sonido del agua y de las hojas más claramente. Otras veces, sin embargo, me siento amenazada, en guardia. Me fijo dónde está el siguiente tramo de escalones. Un momento después, esto parece tonto. Veo lo lindo que es. La gente está recostada en los bancos, tomando el sol. Otros, adolescentes, están sentados al borde del muelle, con las piernas colgando. El agua está lejos, abajo. Alguien ata un bote a uno de los grandes anillos de hierro.

Los días son grises y lluviosos o cálidos de sol. Yo salgo, sin importarme el tiempo. Se me mojan los zapatos, y luego por la mañana están duros. Cruzo uno de los puentes desde la tierra firme a las islas. Recuerdo las islas, pero sólo oscuramente, unas caras de querubín en un portal. Cuando caminé por aquí antes, iba mirando para abajo, tomada del brazo de Arthur. Ahora miro hacia arriba. Exploro las islas. Luego cruzo un puente desde las islas hasta el otro lado de París. Hay una calle de autos veloces que corren diagonalmente en la dirección opuesta. Yo camino por ella. Paso por un café rojo y oro, una tabaquería, una florería, luego nada más, no más negocios, ningún objeto para contemplar, sólo un alto muro de piedra. Desde atrás del muro oigo un pisoteo fuerte, luego un resoplido. Levanto los ojos. Hay una ventana con rejas. El fuerte y delicioso olor a caballo, encerrado adentro, en alguna parte.

Un día, cuando paso por una librería en el extremo de las islas, veo un nombre que reconozco en la sobrecubierta de un libro en la vidriera; Marie Loup. La cubierta es blanca, las letras negras. Entro para mirar. Es un libro de tapa dura. Lo doy vuelta, hay una foto pequeña, en blanco y negro, en la parte de atrás. Marie Loup, Madame Loup. Es ella, no puedo creerlo. Miro la primera página, en francés, por supuesto, pero mi francés está volviendo. Las palabras, las oraciones, todo tiene sentido. Compro el libro. Camino todo el día con él en mi bolso. Más tarde, cuando estoy comiendo en el café, lo saco y leo.

Las oraciones son simples, pesarosas. Ella usa las mismas palabras una y otra vez. Es la historia de una chica que crece junto a un río. Hay un manicomio cerca. Pero no es tanto la historia, aunque está también eso, sino la forma en que se la cuenta. Las oraciones fluyen como un paisaje a través de una ventana. Leo mientras como en el café y luego sigo leyendo en mi cuarto del hotel hasta tarde en la noche.

El tiempo pasa, ondulante, como en un sueño. Voy a un museo. Camino por los salones cuando algo me llama la atención. Me detengo y observo de cerca. Es una sala de Cézanne. Hay un cuadro de un río despacioso con un puente sobre él y márgenes de hierba. En la hierba hay flores como diminutas estrellas blancas. Sigo mirando. Del otro lado de la sala hay un cuadro de una colina con árboles verde grisáceos, luego otro de una catedral. Es Chartres. Están haciendo refacciones afuera. Eso es lo que yo vi, creo. El río despacioso, la catedral, la colina y los árboles. Sí, eso es, eso es exactamente lo que vi. Miro alrededor. Hay un hombre en la sala conmigo, en un rincón, estudiando una tela de muy cerca. Me vuelvo hacia él, casi quiero decirle, maravillarme con él de que yo también vi estas cosas.

Otra vez en la calle, me siento refrescada. Es una calle grande junto al muelle. Hay un viento del río, una brisa ligera, en realidad. Pero luego pasan los autos a toda velocidad. Se me vuelan el pelo y la ropa, violentamente. Pienso en Roe. Me paro de repente. ¿Dónde está ella? Decididamente, debo llamar a Roe.

Vuelvo al hotel y le pregunto al hombre de la recepción cómo hacer una llamada de larga distancia. Él me dice todos los números, y subo y llamo. El padre de Roe contesta. Roe no está allí, me dice. Salió de viaje. Volverá pronto; él no sabe exactamente cuándo, en una semana o algo así. Le pregunto adónde fue; hace una pausa. "A ver a una amiga", dice. Pero hay algo raro en su voz. Antes de que pueda preguntarle más, cuelga. De pronto no puedo dejar de pensar en Roe. ¿Adónde habrá ido? ¿Cómo es posible que él no lo sepa?

Llega el fin de semana. Vuelvo a llamar. Su padre contesta. Todavía no está allí. Esa noche sueño que Roe está muerta. Me despierto presa del miedo. Me siento, con el corazón latiendo con violencia. Por un momento pienso que hay luz de día por la ventana. Puedo levantarme, salir. Pero luego corro la cortina y veo que es el farol de la calle. Miro el reloj. Son sólo las dos de la mañana. Tengo la noche entera para pensar. Me quedo acostada, esperando la luz. Pero ¿qué me traerá? ¿Qué ha de cambiar la luz si Roe se ha muerto? Tengo el cuerpo muy cansado, pero mi mente sigue dando vueltas. ¿Qué haré, adónde iré, si Roe ha muerto? La noche se arrastra, lenta. Cuando aparece la primera luz en el cielo, salgo para ir al café.

Observo desde el café mientras más luces llenan el cielo. Bebo café. Luego vuelvo y llamo otra vez. El teléfono de la casa de Roe suena y suena. La llamo todo el día. Ahora estoy segura de que ha muerto. Pasan la noche y la mañana, la larga semana gris. Llamo y llamo. Ya no tengo miedo a nada: me olvido de eso. Paso sin pensar de mi cuarto al café a la calle, y de regreso. Con seguridad es mi culpa. ¿Cómo no llamé antes? Trato de consolarme. A lo mejor no es nada. A lo mejor la familia ha ido a la playa. Me aferro a este pensamiento durante un tiempo. Pero luego se desmorona. Recuerdo la voz de su padre en el teléfono, lo extraña que sonaba. No, está muerta.

Me obligo a comer cuando puedo. Un día trato de obligarme a leer, para poder pensar en otra cosa, aunque sea brevemente. Me llevo al café el libro de Madame Loup. Ya lo he leído una vez. Decido leerlo de nuevo. Al principio no puedo. Lucho con una página o dos.

Mi mente no retiene las palabras. Luego algo se rompe. La página se aclara. Descubro que puedo. Las oraciones van pasando, relatando la historia de la chica pero también algo más grande, mi historia, la historia de todos los chicos y chicas del mundo. Sentada allí, leo página tras página.

Luego le pido papel al camarero, todo lo que me pueda dar, y empiezo a escribir. Escribo lo que sucedió desde el comienzo, sobre Roe y cómo conocimos a Arthur y todo lo que viví en este viaje. Es un gran alivio simplemente escribir y escribir. Siento que tengo todo el mundo encerrado en mi interior. No que no sea capaz de decirlo mejor más adelante, una vez que haya leído muchas cosas y practicado, una vez que haya aprendido a escribir. Ésta es la primera versión. Hacerla bien habrá de llevarme años. Por ahora, estas palabras son todo lo que tengo.

Cuando se me termina el papel, me voy del café para ir a comprar más. De vuelta en mi cuarto, sigo escribiendo, sentada junto a la ventana frente a la pared de la universidad. A la mañana siguiente me despierto y escribo un poco más. Sigo así durante diez días, hasta que lo tengo todo, desde el principio al fin.

Después salgo y camino. Es el fin de la tarde. Hay algo diferente en la manera en que camino. Me siento diferente. Siento la cabeza en alto y muy clara, como si pudiera ver por encima de los bordes más altos de los edificios. Si entendiera música, si pudiera amarla, diría que mientras camino oigo una tonada imaginaria. Es mía sola; nadie más la oye. Sin embargo, expresa todo lo que veo, todo lo que he vivido, oído y sentido hasta ahora. De repente me siento segura de que si escucho con mucha atención, algún día podré cantarla. Sí, en eso pienso mientras camino, que algún día, si escucho con atención y practico mucho, seré capaz de explicar, como ha hecho Madame Loup, no sólo lo que yo siento sino lo que sienten otras personas. La música será mía, pero si puedo cantarla, será algo más. Y eso es lo que debe significar, la imagen que veo todo el tiempo mientras camino, de ese salto de cabra, ese vuelo mental de la pequeña figura que soy yo —la veo del tamaño de una hormiga, desde lejos, caminando por una calle de París— a los tejados. Trepo arduamente hasta allá, y cuelgo. ¿Podré tomar impulso para subir?

Uno o dos días después, reservo mi vuelo de regreso.

Capítulo 15

El vuelo fue sereno. Me sentía sola, nada más. Pero apretaba con fuerza lo que había escrito. Lo llevaba conmigo. Había llamado a Roe varias veces más antes de partir, pero el teléfono llamaba y nadie contestaba. Ya no sabía qué pensar, si estaba viva o muerta. En cuanto a mí misma, seguía sintiéndome insegura de todo, de quién era, qué sentía, que me había sucedido. Pero tenía lo que había escrito. Podía mostrar eso. El avión partió y luego aterrizó. Todo fue un deslizarse, y yo iba adentro. Desde las ventanillas del avión, observaba pasar las nubes. Estoy sola, pensaba todo el tiempo, muy sola. Y ¿adónde iré ahora?

Consideré llamar a mi abuela, ir a su casa. Pero en ese caso habría fiestas. Habría copas y hombres. No, había ciertas cosas sobre las que no dejaba de pensar, ciertas cosas que quería ver, los árboles frutales junto al jardín, el agua del arroyo, la forma en que cambiaba de color, el patio mojado a la mañana.

Estoy sola, pensé. Y en casa de mi madre estaré sola también. Pensé en la extensión de días solitarios, y otra vez en Roe. En hablar con Roe. ¿Con quién podría hablar alguna vez?

Fui a mi casa. Al regresar por el camino a través de los campos, recordé todo, todo minuciosamente; me sorprendieron los surcos, la forma de la ribera, cada parte de los bosques, el lugar donde la madreselva soltaba su aroma. Y luego el camino describía una curva. Todo esto lo había olvidado. Olvidado por completo. ¿Cómo era posible? Lo conocía tan bien. Ahora aparecía el sendero a la casa. El jardín que se expandía. Lo vi. Los árboles frutales, la cerca del jardín. ¿Amamos las cosas porque las conocemos tan bien? ¿Es sólo eso? No, no lo creo. Había otras cosas que vi que no amaba igual. Pero a los árboles frutales los amaba. Allí estaban, todavía creciendo, más grandes ahora, con ramas que se extendían más lejos.

Estaba sorprendida de lo mucho que recordaba todo. Parecía en cierta forma injurioso de mi parte haberme olvidado de algunas cosas. Los árboles me devolvían la mirada, los arbustos, las rocas. Hasta la forma de algunas piedras era familiar, y el sendero curvo alrededor del costado de la casa, la clase de guijarros que se amontonaban allí.

Me acosté arriba, en mi viejo cuarto. Acostada allí, visualicé claramente en el ojo de mi mente los perales y nogales que crecían en el jardín. Visualicé sus raíces embebiendo el agua y el aspecto que tenían en invierno, cómo sus ramas se perfilaban en el cielo.

O bien me quedaba acostada o caminaba y miraba las cosas. Un día, camino al arroyo, encontré a mi madre en su jardín. Hablamos acerca del jardín, de qué crecía este año, de lo que esperaba plantar. Pero mi madre y yo no hablamos acerca de lo que sucedió en mi viaje. ¿Ella no sentía curiosidad? ¿No se daba cuenta de que algo había cambiado? A lo mejor sí, pero no quería hablar de ello. Un día dije en la mesa:

—¿Sentiste alguna vez que te estabas volviendo loca?

Pareció asustarse. Se levantó y llevó los platos a la pileta.

Pensé en Jasper. No podía no hacerlo, cuando estaba en los bosques, o pasaba por el granero. Recordaba todas las cosas que hicimos juntos. Lo echaba de menos, pero tampoco estaba lista para verlo.

Alguien le había dicho que yo había vuelto a casa. Llamó. Le dije a mi madre que le dijera que no estaba allí, que ya me había ido. Mi madre me miró. La vez siguiente que llamó —yo estaba en la habitación— ella hizo lo que yo le había pedido, le dijo que me había ido. La oí decirlo. Colgó el teléfono. Corrí al jardín. Me paré debajo de los árboles frutales, llorando inconsolablemente. Me pareció que estaba llorando por primera vez en mi vida, como si nunca hubiera llorado antes.

Después de algunos días, saqué lo que había escrito y lo revisé un poco más en mi cuarto mientras mi madre trabajaba afuera en su jardín. Pero era un período de espera, un intervalo. Pronto volvería al colegio

Pasaron los días. El intervalo se acortó. Como el tiempo transcurrido en un muelle, en un andén, viviendo a medias, la mayor parte esperando.

Había hablado con Roe. Estaba viva.

—Pero apenas —me dijo. Rió con su risa alegre. Tenía un acento fuerte ahora. —Te diré —me dijo—, tengo mil cosas que contarte.

—Yo también —le dije.

De vuelta en el colegio, la luz es menor, oblicua, y dorada en el borde de las hojas. Siento alivio por estar otra vez en mi antiguo cuarto. Tengo todas mis cosas aquí. He traído lo que he escrito para mostrárselo a Madame Loup. Roe no ha llegado todavía. La espero, confinada.

Cuando por fin llega, estoy tan excitada que siento

casi timidez. Lo mismo le pasa a ella. Tiene puesta su vieja ropa. Sus cosas están en bolsos de lona, color verde militar. La ayudo a subirlas por las escaleras del dormitorio estudiantil. Ella también está en el mismo edificio, en el mismo cuarto del año pasado. Ninguna de las dos ha pedido un cambio. No pensamos en ello. En nuestra mente no nos habíamos imaginado que estaríamos de vuelta aquí; realmente no. ¿Qué nos habíamos imaginado? Que pasábamos al mundo, embarcándonos en nuestra vida.

Nos miramos. Las clases no han empezado todavía. ¿Qué hacer?

—¿Vamos al pueblo? —pregunta Roe, casi riendo, no porque sea gracioso, sino porque todavía no podemos creer que en realidad estamos aquí.

Vamos colina abajo, por la vereda rajada, junto a las casas altas sobre sus porches. Pasamos por el negocio de cosas usadas y miramos el interior. Decidimos que iremos más adelante; si no hoy, mañana. Nos encaminamos al café. La calle principal, la mujer policía, el baldío lleno de malezas. En el café nos atiende la camarera de piernas gruesas. Nos contamos mutuamente lo que ha sucedido, o tratamos de hacerlo. Es la primera vez. Deberemos volver a lo mismo una y otra vez.

—Era una sensación —digo— de estar vaciada de mí misma. Y no podía hablar. Era como si no quedara nada de qué hablar. —Todavía me siento incómoda al contarlo, hasta asustada. Pero hay también un placer en tratar de explicar.

Roe me observa. Le cuento que soñé que se había muerto.

—¿Cuándo fue eso? —me pregunta. Trato de recordar el momento. Ninguna de las dos tiene muy en claro las fechas. ¿A fines de julio? ¿Agosto? —Fue alrededor de entonces cuando en realidad casi me morí —dice Roe.

Hemos terminado nuestra taza de café, hemos salido y vamos caminando. Hemos llegado al lugar donde el pueblo se acaba, más allá del centro comercial. Allí está el río y la fábrica de hilados. Roe se da vuelta mientras caminamos y me muestra una cicatriz debajo del labio.

—Por Dios —digo—, ¿eso es de la pelea?

Ella asiente, luego niega con la cabeza, como confundida ella misma. Nos detenemos en el puente.

—Mi padre fue a buscarnos —dice—. En su camioneta. Nos buscó durante semanas.

Recuerdo que, después de hablar con él una vez, el teléfono sonaba y sonaba.

—Nos encontró. Yo estaba sentada en el auto afuera de un motel. Tenía moretones y todo eso. Jesse estaba adentro. Mi padre se acercó. Golpeó en la ventanilla, luego abrió la puerta y me tomó de la mano, con mucha suavidad, y me llevó a su camioneta. Lo seguí automáticamente. Vi que tenía su arma en el asiento de la camioneta, pero no la llevaba consigo. Luego fue y bajó mi valija del auto. —Está mirando el río, el agua gris con pliegues. —Jesse salió de la oficina del motel justo entonces. Vi que miraba a Pa. Pero Pa no miraba, no miraba a su alrededor en absoluto. Creo que estaba tratando de no ver a Jesse. Pa volvió a la camioneta. Entonces Jesse vio dónde estaba yo. Me miró a través del parabrisas. Pensé que iba a acercarse, a empezar algo. Pero entonces Pa subió a la camioneta. Levantó la vista y miró a través del parabrisas. Éste es el momento, pensé; va a verlo. Pero Jesse debió de haberse agachado para que no lo viera. No estaba por ninguna parte. A lo mejor también él se sentía aliviado. Quería terminar, pero no podía hacerlo. Él sabía, como yo, que ésta era nuestra oportunidad. Pa y yo viajamos en silencio casi durante todo el viaje de vuelta a casa.

El agua gris se arruga. A lo largo de las orillas se ven las primeras hojas mojadas que se han caído. Nos volvemos y emprendemos el camino de regreso a través del pueblo, por las pequeñas calles laterales. Pasamos por la casa del amigo de Jesse, con el porche posterior con almohadones rosados. Me había olvidado del lugar, pero ahora lo recuerdo claramente, es de donde Roe huyó.

—¿Dónde está él ahora? —le pregunto cautelosamente, sin querer sonar asustada ni asustarla a ella.

—¿Jesse, quieres decir? —dice Roe—. No sé. —Hay una rápida chispa de nerviosidad en sus ojos, que se va pronto. —Dudo de que haya vuelto a su casa.

Seguimos caminando por la parte de atrás, pasando junto a la posada, luego a la capilla. Allí está el banco de la capilla, desierto. Nos acercamos a echarle un vistazo, luego seguimos camino a través del Prado.

Debajo del haya ferrugínea, el sol, oblicuo, está más bajo. Vamos al cementerio. Roe camina entre las piedras. Yo escudriño de cerca la corteza del haya, hay todo un universo adentro, hormigas que van y vienen por las arrugas, transportando entre varias el ala de un insecto. Me apoyo de espaldas sobre el tronco y me deslizo hasta sentarme. Roe se acerca.

—Hay veces que me pregunto si tratar de atraer a los hombres no es un callejón sin salida —digo.

Roe sigue de pie.

—¿Qué quieres decir?

—Pues, sólo eso. Me pregunto si en realidad no lleva a ninguna parte, y, quiero decir, menos que nada, a un hombre.

Roe se ríe. Se sienta en cuclillas.

—¿Imaginas tu vida con un hombre?

—Pues, sí, eso es lo que me gustaría, con el tiempo. Si soy capaz de estar con uno.

—A mí también me gustaría —dice Roe—, si puedo. —Hace una pausa. —¿Puedes siquiera imaginar tu vida?

—Bueno, no, en realidad no. Al menos no en una forma común.

—Oh, no puede ser común —dice Roe. Vuelve a ponerse de pie. —Yo no tendré una vida común.

—Pero, ¿entonces qué? ¿Tiene que ser interesante?

—Sí, interesante, ésa es la palabra. ¿No estás de acuerdo?

Digo que sí con la cabeza, observándola. Ha escogido un palito. Está caminando alrededor del haya, con el palito en la mano.

—Y hay otra cosa que he decidido —dice—. De ahora en más, quiero disfrutar de las cosas.

La miro, asombrada.

—¿Podemos nosotras? —Casi lo digo en un susurro.

—¿Podemos qué?

—¿Disfrutar de las cosas? —digo—. Quiero decir, yo creo que creía que se suponía que debíamos tener experiencia de las cosas.

—¿No podemos hacer lo uno y lo otro?

Siento que la cabeza se me irriga.

—Supongo que sí —digo. La idea nunca se me había ocurrido.

Roe se encoge de hombros. Sonríe.

—No veo por qué no intentarlo.

La miro. Pienso en esos brotes de césped que crecen en los baldíos del pueblo, o en esos brotes de verde que se abren paso en los muros de piedra de las aldeas medievales. ¿Hay una parte de nosotras, pienso, que brota sola, sin importar las circunstancias, que simplemente se libera?

Esa noche, antes del toque de queda, salimos para sentarnos en el banco de la capilla. El aire de la noche es fresco. Delante de nosotros se elevan los pesados pinos. El viento sopla a través de ellos.

La vida —hemos decidido— ha empezado, definitivamente.

—Pero —nos preguntamos la una a la otra—, ¿qué pasará? ¿Qué crees que pasará ahora?

Agradecimientos

Deseo agradecer a mi madre y a mi padre y a mis hermanos, Leda, Jake y Kyle; y a los amigos que me han ayudado como lectores y modelos: Jane Brodie, Danielle Brunon, Eva Marer, Eliza Minot, Pola Oloixárac Lauren Mueenuddin, Ruby Palmer, Evie Polesny, Gwen Strauss, y a la memoria de Elizabeth Wood. Especialmente deseo agradecer a Mary Gordon, invalorable maestra y amiga, y a Frances Coady y Sarah Chalfant, por el permanente apoyo brindado a este libro, y a Rolando Costa Picazo por su traducción. Mi agradecimiento va también para Don McMahon. Por último, pero también en forma crucial, vaya mi agradecimiento a las personas que me dieron un lugar para escribir: Star Gifford, Henry Greenewalt, Deborah y Gubtram Hapsburg, Katherine y Jim Ingram, Claudia Ceniceros y Horacio Kaufmann, Lauren y Tamur Mueenuddin, Clover y Nick Swann, Mary Swann y Josh Brumfield, y Yaddo.